生命养护所

一座养老院的前世今生

尤恒——著

江苏凤凰文艺出版社
JIANGSU PHOENIX LITERATURE AND ART PUBLISHING, LTD

图书在版编目（CIP）数据

生命养护所：一座养老院的前世今生 / 尤恒著 . --
南京：江苏凤凰文艺出版社，2020.6（2024.5重印）
ISBN 978-7-5594-4852-1

Ⅰ.①生… Ⅱ.①尤… Ⅲ.①纪实文学－中国－当代
Ⅳ.① I25

中国版本图书馆 CIP 数据核字 (2020) 第 077692 号

生命养护所：一座养老院的前世今生

尤恒 著

出 版 人	张在健
责任编辑	牟盛洁
责任印制	刘 巍
出版发行	江苏凤凰文艺出版社
	南京市中央路 165 号，邮编：210009
网 址	http://www.jswenyi.com
印 刷	三河市兴国印务有限公司
开 本	718×1000 毫米 1/16
印 张	15.5
字 数	200 千字
版 次	2020 年 6 月第 1 版 2024 年 5 月第 2 次印刷
书 号	ISBN 978-7-5594-4852-1
定 价	69.80 元

目录

酣畅地彰显生命意义
——序:《生命养护所: 一座养老院的前世今生》

在寒梅尚未着花的季节里，读到尤恒先生的手稿《生命养护所：一座养老院的前世今生》，分外欣喜。作品着重报道了我的故里镇江市在养老事业方面所取得的新成就，勾描出把养老作为奉献社会的事业，孜孜而为，无怨无悔的一群身形，道出了他们行进在服务于养老道路上的甘苦，彰显出他们崇高的人格精神。

老有所养，是先圣前贤的理想，《论语》《孟子》里写着，康有为的《大同书》里也写着。能不能实现这个目标，是衡量社会是否进步、安康的重要标准之一。在当前我国逐步进入老年社会的严峻形势下，如何解决养老问题，特别是用怎样的方式解决中低收入人群的养老问题，尤其显得紧迫、尖锐。

尤恒先生敏锐地抓住了这个带有历史深度和时代色彩的问题，深入采访，精心结撰，终成佳作。其写人写事，跃然纸上，剖析事理，丝丝入扣，虽长了一些但也读之不倦。

一

我一口气读完了尤恒的长篇报告文学《生命养护所：一座养老院的前世今生》，感奋之余，掩卷而思，有些问题老在头脑里转，比如作品的文体该是什么，它的意旨、取向和终极追求又该是什么。

是励志作品？因为它是抒写刘彤从炉前热处理女工成为省保险公司副总，转而投身养老事业，成为具有相当规模、获得盛誉的镇江市九久老年康复中心董事长的个人史；是著录她勇立潮头、善于把握商机的胆识，抒生民之困，解黎老之忧的济世情怀。是典型案例，田野调查？因为它记下了一所民办养老企业，“摸着石头过河”，艰难创业，终而成为具有中国特色“医养融合”的康复中心，成为三线城市“老百姓住得起的”生命养护所。它为中国“养老学”教科书（现在还没有见到，以后必然会有）提供典范模式以及由此升华的理念。是养老人和被守护老人群体的生存状况的视频剪辑？因为它书写了九久康复中心各个层面以及有关人物的故事：顶层、决策层——刘彤、蒋元兰、柯敏；管理层、中层——张萍、吴九香；护理层、基层的护工——胡巧子、朱海涛；被护理的半失智、半失能、全失智、全失能的老人——刘老太太、陈老太太夫妇、吴老太太、钱老爷子、王老爷子，以及幕后推手卫生局局长林枫；指导老师顾正财诸多人等。

是其中的哪一类？也许兼而有之，也许难以在这几项中找到归属。我们何必在文体分类上打圈子，任何一个作家，都不会依据文体学上的经典定义打造来自现实生活的作品。《生命养护所：一座养老院的前世今生》是一个开放的、带预示性的、有待于完成的文本。

二

尤恒先生从有限的三维空间——镇江市九久康复中心的发展历史，

丁卯桥路—官塘桥路鸿雁山庄的现场，延伸开去，写出了在场和不在场的人物，场内和场外的世界。

开篇《引子·这就是我要的生活吗？》从历史发展——世界和中国大视野来看老年问题的严峻，指出养老是关乎每一个人（年轻、未老、将老和已老）的必须思考的问题，是对于生命意义的探究和首肯。在其后的每一章中，都会从述说的故事中扯连出另外的故事。几乎每个因失智、失能而进入九久康复中心的老人，或因丈夫婚外恋被甩出来的糖尿病、抑郁症患者，或老是担心火车误点，上不了班的阿尔茨海默病的患者，或怕带累子女而拒食自行了断的母亲，或总是伺机遁逃，不能离开护理员视线的老爷子，或提防着子女弃养而藏着存款单的父亲；他们背后的故事，或喜或辈，应得上托尔斯泰说的："幸福的家庭都是相似的，不幸的家庭各自有不同的不幸。"

几乎每一个护理员，都有可以演绎下去的故事。试想一下，一个四五十岁，甚至六十岁、文盲或半文盲的农妇，离乡背井来到镇江这个陌生的城市，从事她们从不熟悉的养老工作。究竟是为了什么？管理层、特别是顶层的刘彤，是因为审时度势，找到了新的经济增长点，还是因为奉献而甘冒风险，纾家兴业？

我们从《生命养护所：一座养老院的前世今生》一书中拈出一个人，寻找他生命的轨迹和特有的生存环境，做一番深入的探究，都可以书写出新的文本。

《生命养护所：一座养老院的前世今生》中活动的人群，都是为了守护生命而聚合到一起来的。尊重、维护和延续生命，是九久人共守的信念；让生者减少照料失能、失智亲人带来的烦恼和内疚，让逝者有尊严而安然地离开这个世界，是九久人至高的精神追求。这个康复中心的群体，是因对生命意义的感悟而萌生、成长，终而成为参天大树。作为这个康复中心的缔造者的刘彤，并非是由于眼光敏锐而进入养老职场的早来者，而是因为生命现实的启示。看着健壮的，一直护持、照料、关爱自己的母亲，一天天老去，终于因“小脑萎缩”失去生活能力，不能动弹，不能自主呼吸，在抢救回来后需要照料。做女儿的能做些什么？她能用什么来回报母亲？请保姆，全天的、住家的，一个不够，就四个轮班。可是金钱并买不来爱，买不来贴心的服务，她只能带着永久的愧疚送走远行的母亲。刘彤由一己的爱和悔，推衍开去，从而做出新的选择。她想到陷于同样境地、想到比自己更为窘困的作为儿女的一辈，想到他们的无助和无奈，终于走上以一己之力开办养老机构——新型的、平民化的、不以逐利为目的、医养融合的道路。在使这个自己打造出的老年康复中心得以生存、运转、发展的过程中，她又得到新的启示。尊重生命，尊重和她一同投入养老事业的生命体，不必问他们来自哪里，为何而来。她和她的同行者，在走访护理员家庭的过程中，了解到这些人之所以缺少耐心、爱心的原因：一个很少感受到爱和温暖，很少受到村人、家人尊重，有着一肚子烦恼的农妇，怎能施人以爱，怎能耐心、体贴地照料老人呢？刘彤和她的同行者，在教授这班人养老技能的同时，培育她们的爱心，用自己对于底层员工的爱，唤起她们的良知良能。康复中心的顶层和管理层，在细节上下功夫，精心安排年节发放的奖品、平时发放的劳保用品，让她们拿回村子，可以傲视于人，可以在乡人、家人面前抬起头，找回人格自尊。定“五·一八”为护工节，在欢乐中让护理员找到自己的存在价值，发现自己的人生价值。对于不同状况的员工，刘彤懂得区别对待，注意培育转化。胡巧子，60岁，莽撞、倔强，大嗓门，不能处理好人际关系，但又手脚勤快，肯吃苦，珍惜这份工作。刘彤注意到她的优点，引导、鼓励，为了让她能评上优秀护理员，借周年庆放假，让她能回家探望，得以保持全勤。用爱促使她思想的转化，终于使她成为业务骨干。

在康复中心经营陷于困境时，生命给予刘彤和她的团队以启示：要留存九久这个延续生命、恢复人们生命力、唤起人们生命希望的共同体，光靠爱是不够的，要改善经营管理。在康复中心站稳脚跟时，生命给予刘彤和她的团队以启示：生命的维护需要提高质量，需要更好的软件——经营管理的机制和硬件——设备、环境的改善。在康复中心臻于盛境、荣誉纷至沓来时，生命给予刘彤和她的团队以启示：爱的施与是无尽的，还需要重新学习，把智慧的生命链延续下去。

毫无疑问，刘彤是大爱者，她能施爱于大众，是源于她对生命意义的理解。而这种理解又是我们社会主义新时代的赐予。设想一下，如果不是改革开放的时代给予年轻人以机会，她也许只会是每天拎一桶热水回家相夫教子的小女人。设想一下，如果没有党中央对人民生命价值的重视、及时作出的关于兴办养老事业的决策和指示，没有镇江市委、市政府的政策扶持，没有深明大义甘愿和她患难与共投身养老事业的闺蜜、同行者，她的养老事业会如此辉煌吗？

敬畏生命，感恩时代。

我在尤恒先生《生命养护所：一座养老院的前世今生》文本的最后，写下了这行字。

谨为序。

秦兆基

二〇一九年十二月八日于苏州

引子：这就是我要的生活吗？

生老病死，是不以人的意志转移的客观规律。唐代大诗人李商隐曾说：“从来系日乏长绳，水去云回恨不胜。”面对时光的流逝，他发出了无可奈何的感叹。连怀有“踏遍青山人未老”的革命情怀的伟人毛主席，也曾发出过“人生易老天难老”的慨叹。

是的，早晨的阳光虽然依旧那样明媚，正午的阳光虽然依旧那样热烈，但是，离落日余晖还会远吗？

不管你是00后、90后，还是80后，我要告诉你一个残酷的现实，我们真的身处在一个老年社会之中了。

到2018年底，全国65岁以上人口达到了1.7亿，占总人口的11.9%，远远超过了联合国规定的老龄化社会的标准，即一个地区60岁以上老人达到总人口的10%，或者65岁以上老人占总人口的7%。换句话说，在你身边的100人中，大约生活着12个老人。事实上，在1999年的时候，我国60周岁以上老年人口已占到总人口的10%，标志着我国步入了老龄化社会。也就是说，00后至出生之日起，就必须为老龄化社会担负起责任，说得更直白一点，就是为老龄化社会“买单”。

还有一个更加严峻的问题，那就是老人们的健康状况。据老龄蓝皮书——《中国城乡老年人生活状况调查报告（2018）》介绍，2012年我国老年人的总失能率为2.95%，2015年我国城乡在家居住的老年人中有4.25%为失能老人。截至2018年底，我国失能和部分失能老人约为4000万人，占老年人总人口的23.5%。

另外，我国还有1000多万的阿尔茨海默病患者，也是通常所说的老年痴呆，占世界总病例数的五分之一，给我国造成的社会经济负担高达1.2亿人民币/年。

这些失能或者部分失能、失智的老年人需要依靠他人的照顾才能生存下去。

如此严峻的老龄化社会形势，国家已将它摆上了经济发展的战略层面进行应对。党的十八大报告指出，要积极应对人口老龄化，大力发展老龄服务业和产业。党的十九大报告指出，积极应对人口老龄化，构建养老、孝老、敬老政策体系和社会环境，推进医养结合，加快老龄事业和产业发展。

党的十八大后，仅2013年，中央、国务院、部委办局就陆续出台了十余个包括第七十二号主席令《中华人民共和国老年人权益保障法》（修订版）在内的十余个法律、政策性文件，因此，2013年被养老业内称为"养老元年"。

2013年12月28日，习近平总书记来到北京市海淀区四季青敬老院，看望住在那里的老人；2014年11月，总书记来到福州市鼓楼区军门社区的居家养老服务中心调研。总书记强调指出："提高养老院服务质量，关系2亿多老年人口特别是4000多万失能半失能老年人的晚年幸福，也关系他们子女工作生活，是涉及人民生活质量的大事。"

党中央对养老事业的高度重视，总书记对"夕阳红"的牵肠挂肚，无疑是中国老年人的福祉，是养老机构发展的前行动力。

本书要说的养老机构，是江苏镇江的"九久老年康复中心"（以下简称"九久"）。

镇江是“沪宁线”上的一座历史文化名城，也是一座三线城市，《白蛇传》中的“水漫金山”、《三国演义》中的“刘备招亲”两个桥段就发生在这里，知道了这两个精彩的桥段，也就记住了镇江。

在镇江的“九久”，90%的老人都是失智失能者，这里的老人把“九久”当成了自己的家，“九久”的工作人员把老人视作自己的爸爸妈妈。

“九久”的创办人叫刘彤，是位女性，1968年9月出生，2010年初辞去某省保险公司的副总职务，创建“九久”。“九久”由最初的100张床位发展到现在的600张床位，成为镇江市规模最大的“老百姓住得起”的养老院，也是镇江市首家“医养融合”型养老院的试点。“九久”先后获得“江苏省敬老文明号”“全国敬老文明号”的荣誉称号；刘彤先后获得江苏省“第二届百佳孝心”、全国“敬老爱老助老模范人物”等荣誉称号，现为江苏省政协委员、镇江市政协常委。

关于“九久”、关于刘彤的故事，要从一个午间说起。

这是一组建在小山坡上的建筑群，有着一个很田园的名字——鸿雁山庄。这里，树木茂密，鸟语花香，四季郁葱。“九久”就是这个建筑群中的一部分。每当夕阳西下，这里的青山翠林沉浸在万丈光芒里，仿佛镶嵌上了金边，金光闪闪，分外夺目。“九久”沐浴在灿烂的夕阳中，显得分外美丽。

午间的“九久”是安静的，安静得仿佛能听见午睡中的老人们均匀的呼吸。刘彤坐在自己的办公室里，身着香云纱的汉服，点上一炷沉香，泡上功夫茶。香云纱的丝滑挺爽，沉香的醉人妙香在空间流动，而舌尖上回旋着普洱茶的香醇，这一切都增加了安静的分量。刘彤喜欢有分量的安静，喜欢这有分量的安静来自日头高悬的午间而不是来自黑夜。没有人知道，她是那么害怕黑夜。每个晚上回到一个人的家，听觉便变得异常敏感，哪怕一丁点的声响都会引得她心跳加速，她只能亮着卧室的灯进入睡眠，让自己时刻处在白昼的氛围之中。都说“白天不懂夜的黑”，可她最懂夜的黑。在外人看来，她是老板，是强大的，是豁达的，是乐观的，是什么都不怕的。只有刘彤自己知道，自己其实只是一个普通的女人，女人的胆小，女人的脆弱，女人的敏感，女人身上所具有的一切特质自己都有，但这些绝不能让外人看出来，否则她还怎么做这个养老院的院长呢？她只能用高负荷的工作量来压住对夜的害怕。十几年过去了，除了出差和休假，她总是在高负荷的工作中度过一天又一天，当她回到一个人的家里时，已经累得靠枕就着，黑夜在睡眠的吞噬中安然度过。

这个上午的“九久”很繁忙，等了三个多月床位的四位老人终于等到了床位，在家人的陪同下办理了入住手续；“九久”的三期工程在紧锣密鼓的建设之中，一批志愿者来到“九久”为老人服务……作为“九久”的经营管理者对这样的忙碌早就习以为常了。但今天有些特殊，在“九久”住了一年多的刘老太太走完了自己的人生，三个儿子过来料理后事，小儿子很伤心，陪伴刘老太太最后日子的护理员也很伤心，两人都在默默地流泪。分管市场的副院长柯敏劝慰他们说：“现在还不是哭的时候，看着你们哭，其他老人心里是什么滋味。出了‘九久’，随便怎么哭都成！”自“久九”开业以来，几乎每个月都会有老人离世，起初，大家抱成一团伤心落泪，引得住在“九久”的其他老人也跟着伤心，情绪几天得不到缓解。后来，“九久”立下规矩，老人离世，员工们一律不能哭，还要劝慰老人家属不要在“九久”哭。

但对于刘老太太的离开，刘彤想哭。记得一年多前，刘老太太被三个儿子送来时，进食非常困难。一了解才知道，刘老太太十几年前得了中风，导致全身瘫痪，并逐步引发了多种并发症。三个儿子分成三班，一个人守护 8 小时。为了照顾母亲，小儿子人到中年，至今没有成家。后来，刘老太太的情况越发严重了，连吞咽都有了困难，喂食时必须用布蒙住她的眼睛，随着她呼吸的节奏，将食物喂下去，以维系她虚弱的生命。再后来，刘老太太的情况越发糟糕，家人已没有能力对她护理照料，迫不得已将她送进了养老院。对于刘老太太，刘彤却对她多上了一份心，因为刘老太太让她想起了自己已经离世的母亲，母亲死于小脑萎缩症，最后也是失去了所有的活动功能，甚至无法自主呼吸，只好切开气管来维系生命。刘老太太住进“九久”后，刘彤很快发现，刘老太太的无法吞咽完全是心理作用，老太太虽不能言语，但意识是清醒的，她无法吞咽是因为拒绝进食，一心求死。刘彤握着她枯瘦的手，在她耳边低语：“看在三个儿子的份上，您老也要坚持活着呀。您看，您那小儿子多孝顺，为了您老，他都这岁数了，连个家也没有成。如果您老不吃饭，可怎么对得住儿子们的一片孝心呀！”刘老太太听着听着，泪水顺着眼角流了出来。打这以后，刘老太太变得“听话”了，可以在护理员的帮助下，顺利进食了。

在“九久”员工的眼中，刘老太太的小儿子确实是个孝子。老太太送来后，小儿子每天下班都要来“九久”陪伴母亲两三个小时，向护理员询问母亲一天的情况，替母亲擦身、洗头、剪指甲等等，尽管这些事本应由护理员来完成，但小儿子坚持要自己来做。刘老太太走了，小儿子哭得厉害，刘彤却没有坚定地制止他。一个中年的未婚男人，为这个家付出了太多太多，照顾瘫痪了十几年的母亲，已经成为他生活中不可缺少的一部分，也是他生命的意义所在。现在母亲去了，他有权痛哭，他痛哭不仅仅为了母亲，也是为了自己。

送走了刘老太太，刘彤找了个背人的地方悄悄流了一场眼泪。她明白，这泪是感动的泪，为小儿子的孝心而感动。“老吾老，以及人之老”，这是“九久”的办院宗旨，员工们需要的正是刘老太太小儿子对待老人的这份心，但大家做得还很不够。

此刻，刘彤替自己倒了一杯香茗，慢慢品味着普洱那与众不同的茶香。焚香品茶是她一天中最惬意的时刻，在有分量的安静里，她可以什么都想，也可以什么都不想，这是一种身心最自由的状态，她喜欢这样的自由状态。突然间，远处传来一种类似金属物相撞的声响，虽然很短暂，却仿佛撞击在了自己的心坎上。她打电话给负责基建的副院长蒋元兰，让他查查这声音是否来自基建工地，如果确实如此，让他关照一下工地上的工人，动作轻点再轻点，不要因为施工而打扰老人们的午休。

挂了电话，刘彤的心绪却再不能回到先前的那种自由而平静的状态之中。“哐当……哐当……”，这声响是熟悉的又是陌生的，仿佛就在耳边，仿佛又很久远。“哐当……哐当……”，有节奏地从心底涌出，她看见了一条路，这是一条路面并不平坦的水泥路，就在自己宿舍的窗后，通向镇江市锚链厂的锅炉房，每天下班后回到宿舍，就会看到这条路上来来往往的都是人，一律骑着自行车，自行车的后座上一律挎着两只洋铁皮的水桶，车头上挂着两只水吊子。往锅炉房去的时候，水桶和水吊子都是空的，随着行进中的颠簸，撞击着自行车，“哐当……哐当……”有节奏地响着；从锅炉房往回走时，水桶和水吊子都盛满了热水，丝丝地向外吐着热气，仿佛大冷天里人的呼吸。由于有了足够的重量，水桶和水吊子不再晃荡，却在行进中洒出了水，因此那条路永远都是湿漉漉的。他们要这么多热水做什么？有一天，刘彤终于鼓起勇气问同车间的老职工，因为他也在下班打热水的行列之中。这个老职工不算“老”，顶多也就是中年人，但在锚链厂工作了快20年，自然就是“老”职工了。他说，家里要用热水的地方多了去了，洗澡要用，洗衣服要用，有奶抱子的烫尿布要用，家里养着猪的烫猪食要用，到了冬天，洗碗、洗菜、洗脸、洗脚，哪样不要用热水？厂里的热水反正不要钱，不打白不打。能省几个是几个，以后用钱的地方多了。“小丫头，等你到了我这个年纪，也一样的！”

老职工末了那意味深长的语气深深撞击着刘彤年轻的心灵。1991年，刘彤从学校毕业被分配到镇江市锚链厂从事热处理工作。锚链厂可是当时镇江效益最好的企业，别的企业逢年过节只能发个几十块钱的福利、奖金，可锚链厂的福利、奖金都是以千为计量单位的；别的厂还热衷发放饮料、床上用品的时候，锚链厂已经在发双卡录音机、彩色电视机了。有多少人找路子托关系，要往锚链厂钻呀。当周围所有的人都羡慕刘彤的工作好时，刘彤却总感觉到丝丝的不满足。到了这么好的工厂，一切似乎都在复制别人的套路，找对象、结婚、生子，看着孩子一天天长大，自己却在一成不变的生活中一天天老去。老职工的话让她已经看到了10年后、20年后的自己，为了抠点煤钱、水钱，天天从锅炉房驮着热水回家；为了抠点菜钱，天天挎着篮子到菜市场为一毛两毛甚至一分两分，与菜贩子讨价还价……

“难道这就是我要的生活吗？”

与老职工的一席交谈之后，她已记不清有多少次，望着宿舍窗后的那条路上来来往往的打水人群，自我诘问：“他们现在的生活难道就是我要的生活吗？可我要的生活又是什么样子的呢？”有时一站就是个把小时。

丈夫敏锐地捕捉到妻子情绪的变化，关切地问：“你这些日子是怎么了呢？都在想些什么呢？”

刘彤仿佛自言自语地说：“前几天，我去了趟大市口，在华联遇到了一位中学同学，她告诉我，单位效益不好，她下岗了，在大市口租了间门面房，卖服装，我还去她的店里买了件衣裳；她还告诉我，好几个同学都从工厂辞职去了深圳、广州。现在好多工厂都死掉了……大市口变化好大呀……”

丈夫说：“你都在胡思乱想些什么？锚链厂效益这么好，怕什么？！”说完，转身找人打牌去了。

刘彤对自己说：“我得搬家，从厂里搬到城里去住！”按当时的镇江城市格局，锚链厂确实很偏远，厂子四周都是农田，到了晚上黑灯瞎火，又交通不便，上趟城不容易，想去大商场买件漂亮点的衣服都得筹划多时才能成行。

1996年，镇江市悄然开放商品房市场，刘彤得知消息后，立即拿出积蓄到市区的三茅宫买了一套复式住房，她成了锚链厂第一个进城买房的职工。对于刘彤的行为，一些老职工还在背后指手画脚，议论纷纷，说她乱折腾、瞎折腾。但刘彤不管这些，她想，我过自己想要的生活，碍着谁什么事！那时她刚结婚不久，手里只有不到二万元的存款，于是硬着头皮向亲友借款了部分，又向银行贷款了部分，才凑齐了一套房的房款。考虑到三茅宫离父母的住房很近，互相照顾方便，于是选择了离市中心有一定距离的三茅宫小区。当她拿到新房钥匙时，一股喜悦之情油然而生："终于可以过上城市生活了！"

然而，"城市生活"过得并不轻松。由于离工作单位很远，公交车班次很少，只好坐厂车上下班，这样一来，一天花在路上的时间就将近三个小时。厂车穿越城区，一间间繁华的店面从眼前掠过，还有肯德基、麦当劳，可刘彤很少进去逛逛看看，因为时间都耗在了上下班的路上，加班加点又是常态，基本没有属于自己的自由时间。身为"城里人"，可城里的东西只能远视。"这算不算一种悲哀？"坐在厂车里，望着车窗外亮丽的街景，她一遍又一遍地问自己，"这难道就是我要的生活吗？"

转眼过了 5 年，人也老了 5 岁。刘彤还是在问自己："这就是我要的生活吗？"可过得依旧按部就班，依旧一成不变。

有一天，难得的一个休息日，刘彤的一位高中同学来到她家，说是介绍一位朋友认识，不由分说拉着她就走。她茫然地跟着去了。到了那里才知道，同学介绍的这位朋友其实是一位保险公司的业务经理。那时，老百姓对保险还是陌生的，刘彤亦是如此，不知道保险到底是个什么玩意。可是，保险界正处于"春秋战国，诸侯争霸"的时代，一部部群雄逐鹿的好戏正在上演，那戏演得如火如荼，倍儿精彩。可老百姓并不清楚这些，他们对保险最直觉的感受就是，身边的某个亲友或者同学，突然拿了一沓材料，来到自己的家里或者单位，直奔主题地向自己宣传购买材料中的某个产品，在十年二十年后，会有哪些收益、得到哪些好处，听者听得如同坠入云里雾里，碍于情面，还是签下了保险合同，权当是长期储蓄；也可能是自己的家门经常会被一个陌生人敲开，原来是保险推销员，禁不住他的游说宣传、死缠硬磨，以为保险就与银行存款差不多，于是拿出自己积攒的血汗钱买下了保险，坐等数年之后拿到比存银行更多的利息。这就是当时的老百姓对保险的认知。

这位保险经理对刘彤上下打量了一番，又彼此拉了几句家常。经理对刘彤的同学说："不错！"转而又问刘彤："愿意跟着我们一起做保险吗？"刘彤一时无法言语，心里忐忑着，这毕竟是一种选择，不管是兼职的还是全职的，但终究是对自己职业生涯的新选择，不可以掉以轻心。见刘彤犹豫着，经理动用自己的口才，讲述起保险的美好明天。他在口若悬河地讲，刘彤却在纠结，不答应吧，老同学的情面怎么办？答应吧，做保险业务得花去很多时间和精力，如何才能处理保险、工作和家庭的关系呢？他讲了那么多，她却一句也没有听进去。直到他说了这么一句："保险不是保一万，而是保万一；保险不是为现在，而是为将来。"就是这一句，竟让她对保险产生了初恋般心动的感觉，于是她放弃了纠结，开始了另一种思考：是呀，为将来，没有将来的人生是很可悲的，作为一个女人，自己已过了30岁了，人生又有几个30年？难道甘愿就这么在这个厂里平庸下去吗？是得为自己的将来做打算了！

这次会面，对刘彤而言，几乎是对自己过往生活的彻底颠覆。她做起了兼职的保险业务员。对于新的业务员，要啃的第一块硬骨头就是如何完成三个月的指标任务。保险公司经理在授课时，对如何在三个月中实现价值最大化讲得很清楚了。比如，保险业务员的眼前有三笔业务，如果将这三笔业务在一个月内一次头做完，虽然可以立竿见影，但佣金却无法达到最大化，必须三笔业务分三个月来做才行。然而，三个月的业务量在哪里？刘彤回家和妈妈一起商量，决定为三个孙辈

（刘彤的儿子、侄子、侄女）一个人买一份保险。按着经理授课时讲的知识，刘彤一个月一个月地做。由于在这三个月里，每个月都有一笔业务做底，她就有精力去开拓更多的业务。这三个月里，她一有时间，就去交朋友，凡是有过一面之缘的人，她都上门聊天，或约出来逛街、喝茶。三个月后，她拿到了三个月最大价值的收入。对于当时拿着死工资的企业职工来说，多了一份外快收入，刘彤心里别说多有成就感了。她一高兴，就拿着这外快收入，给家人每人置办了新衣服。

回想当初的三个月，刘彤觉得最大的收获不是做了多少业务量，而是学会了与各种各样的人进行交流沟通，生活的空间突然间打开了，外面的世界原来是这么精彩，这么富有挑战性，就像是一条生活在小河里的鱼儿游进了长江、游进了大海，尽管随时都有风险，却可以自由自在地遨游。

六个月后，刘彤决定从锚链厂辞职。那时，辞职和下岗是社会上的两个时尚词儿。下岗是被迫的，没有选择的，而辞职是主动的，有选择的。这个决定，她只征求了母亲的意见。母亲知道女儿的个性，从小就有主见，行事果断，既然决定了，就算刀子架在她脖子上也拉不回来，于是二话没说就同意了。刘彤没有征求丈夫的意见，她知道就是征求了他也不会给出任何意见，他就是这么个人，与自己根本不是一条道上的。但是，当刘彤把辞职申请递交厂部的时候，还是引起了一些风波，不少人都嘲笑刘彤脑子进水，都三十多了，放着稳定的工作不要，却要去拉“朝不保夕”的保险业务。别人议论什么，刘彤不在乎，但丈夫对自己的选择漠不关心，让她心里透凉透凉的，这也为后来的婚姻破碎埋下了隐患。虽然工厂的职工是这样议论她，但保险公司却把她当成一个典型，在大会小会上进行宣传：你看人家刘彤，连锚链厂这么好的工作都辞了，一心一意做保险，可见保险的前景是多好，保险保的就是将来。你们现在的单位难道比锚链厂效益还好？别举棋不定了，来我们公司专门做保险吧。这些煽动性的话，吸引得一批兼职业务员纷纷辞职，专职卖起了保险。后来成为“九久”副总的柯敏就是其中的一员。

不管外人怎么说，但刘彤就认个死理：走自己的路，让别人去说吧！

后来的事实证明，刘彤当初的抉择没有错，全身心投入保险业后，她的事业发展非常顺利，从最基层的业务员做到了培训讲师，又从培训讲师做到了县公司的老总、市公司的老总，在创建“久九”前，她已做到了省公司的副总，拿着数十万的年薪，买了车，在省城买了房，事业步入了黄金期。唯一的遗憾是，由于一心扑在工作上，自家后院起火了，在她做培训讲师期间，她与丈夫的感情走到了无可挽回的地步，他们平静地分手了。打那以后，刘彤以一个单身女人的身份闯荡世界，直至现在依旧如此。

“这就是我要的生活吗？”

当刘彤再次追问自己的时候，从锚链厂辞职已过去了10年。10年，在历史长河中只是眨眼的瞬间，在个人的人生阅历中却可能是一个从成长到成熟的过程，甚至更加漫长。

刘彤至今也忘不了2012年初的冬天。那个冬天，是她人生中最黑暗最无望的时刻，她仿佛走进了一条漫长的隧道，不知道什么时候才是尽头，不知道什么时候才能看到亮光。她一直拼命拒绝回忆那个冬天，可是在没有光亮的隧道行走，却多次出现在自己的梦境之中。

2010年春节一过，刘彤毅然辞去某省保险公司的副总职务，创办“九久”，目的其实非常简单，就是为了照顾患重病的父母，把他们接进自己建的养老院直接照顾，总比把他们送进其他的养老院强。就是这个单纯又单纯的选择，让外人看来简直是不可理喻。为了照顾父母，放弃数十万年薪的工作，在不惑之年重新创业，一切从头再来，傻不傻呀？可刘彤就是看不得父母受苦，别人照顾得再好，总比不上自己的女儿贴心。能够理解她的选择的只有柯敏，那时柯敏在市保险公司当一名普通的内勤，看到刘彤辞职了，她也跟着辞职了。柯敏就认定一条，刘彤选择的一定没有错，她永远相信她。

然而，经营养老院远不是想象得那么简单。忙活了一年多，父母却无法住进女儿建的养老院中，因为对于患重病的父母来说，不仅需要“养”，更需要“医”，当初刘彤铁了心要办一座“医养融合”模式的养老院，可是由于条件所限，无法让“医”落地，只好退而求其次，最初的“九久”只能是座普通的养老院。初衷没有实现，却让自己背上沉重了的经济包袱。虽说办养老院有政府补贴，但那补贴只是杯水车薪，再说她是一心要做养老的人，不是为了拿国家补贴才去建养老院的。补贴不够，只能靠自己解决，辛苦打拼了一年多，100 人床位可入住的老人只有 10 多个，不要说盈利，连收支平衡都没能实现，一切的运营费用全靠自己的积蓄，“坐吃山空”的滋味不好受。刘彤不知道这样的状况还能持续多久，不知道自己还能支撑多久。

有一段时间，她几乎彻夜难眠，睁着眼睛看着黎明的曙光一点一点穿透窗帘，最后与卧室的灯光融为一体。“这就是我要的生活吗？我要的生活就是这样吗？”这样反复的自我追问从黑夜到黎明，与她的失眠成了一个共生体。可到了“九久”，她只想找张床躺下去。她对柯敏说：“就是天塌下来，也不要来找我。现在我只想睡觉，只想睡觉……”可是，真正睡下去，却不能成眠，脑子里仿佛塞满了东西，却又不知道塞满的那些东西是什么。脑海里盘旋着的还是那句老话：“这就是我要的生活吗？”这种状况持续了将近一个月。

有一回她上卫生间时，路过洗脸池前的镜子，不经意中瞄了一眼，连自己都被镜中的人吓着了。这是谁呀？镜中的女人憔悴不堪，眼袋下垂，黑着眼圈，脸上全是褶子，就像是风干了的苹果。这是刘彤吗？这是自己吗？什么时候成了这个样子？她拧开水龙头，发疯似的将冷水往脸上泼。泼了一阵子，又抬起头对着镜子，然后继续泼，然后再照镜子，就这样重复了多次，最后她终于确定，镜子里的人就是刘彤，镜子的人就是自己，镜子没有骗人，骗人的其实就是自己。她对着镜子稍作修饰，走进自己的办公室，然后把职工都喊了进来。

刘彤把“九久”运营一年多的财务状况向大家交了底，让大伙一起想想辙，如何渡过难关。其实，职工只有六七个，除了柯敏，剩下的就是护理员了。护理员的流动性很大，与“九久”刚开业那会儿比，已经换了几茬人。职工们没有想到，“九久”运营情况会这么糟糕，更没有想到，刘院长一个女人家扛了这么长时间，那得多么不容易呀。现在向大家交了底，那是老板看得起自己。于是，大家七嘴八舌地各抒己见起来。有的说，降低老人的伙食标准；有的说，降低老人入院门槛，管他吸不吸烟，管他子女孝不孝顺，管他是否要求最后死在养老院，只要是老人，只要能付得起钱，都收进来再说；有的干脆说，降低服务质量，护理员与老人的配比由现在的1∶5降低到1∶8甚至1∶9……对于大家的好心建议，刘彤没有当场表态，她只说考虑考虑。不过这次交底，让刘彤最感动的是，大家伙纷纷表示要与“九久”共渡难关。

那天，刘彤待在办公室很久很久，暮色降临时，她来到了供老人户外活动的大平台上。眼前是丁卯桥路上那无尽的灯河，灯光下是来去匆匆的行人和车辆，她看不清他们的脸，也不可能看清他们的脸，却能从他们步履的形态中判断出他们此时的心态。她在心里反复衡量着职工们善意的建议。其实这些建议，她何尝没有考虑过，如果为了眼前，只要采纳其中的一条，压力立即减小。可是……突然间，她的耳边响起了这么一句话：“不能因为走得太远，而忘记了初心。”她记不清这是从哪看来的，或许就是在保险业务培训班上某位老师说过的。当初，顶着压力从锚链厂辞职，就是为了证明自己，证明我刘彤可以到更广阔的世界里去遨游，后来的发展证明了当初的选择是正确的。如今，自己又选择了放弃省保险公司副总的职务，为的是建座养老院把父母接进来照顾，现在因为没法做到“医养融合”，父母住不进来了，可是“九久”还住着十几个老人呀，他们需要“九久”，他们需要你刘彤，如果只是为了眼前，让老人们受委屈，这不是我刘彤应该做的事呀！可是，眼前的问题怎么解决？眼前的问题能够解决吗？

天完全黑下来，冬天的风吹在脸上，像刀割一样，可路灯越发明亮了，目光所及的住宅都亮起了灯，往远处眺望，那万家灯火就像天上的星星落在了人间。刘彤不禁想起 2008 年的那个冬天。那个冬天是寒冷的，因为下了场 50 年未遇的大雪。可刘彤忘不了那个冬天，不是因为雪，而是因为在冰天雪地里，她扛住了彻骨的寒。那年，保险公司总部安排她到镇江分公司担任老总。万万没想到，她上任的第一天，底下的职工就炒起了自己的鱿鱼，所有的业务员都跑光了，她这个老总成了光杆司令。气温是那样低，可她急得上火，口腔里都是溃疡，喝口水都疼。在保险行业摸爬滚打多年的经验告诉她，这事实在急不得，急了也无用。于是，她主动联系那些业务员了解情况，原来镇江新开了一家保险公司正在招兵买马，许诺只要业务员去报名，前三个月不拉业务就能拿到 2000 多元的工资。天下竟有这样的好事？但对方许诺了，不得不相信。了解了真相，刘彤的心落地了。一行有一行的特点，没有哪家保险公司愿做这等赔钱买卖。等着吧，他们一个个会回来的。刘彤不急了，她这个光标司令每天做的事就是找朋友喝茶聊天，慢慢熟悉人头，打开局面。果不出所料，几天后，出去的业务员一个个回来了。原来那家公司虽许诺不拉业务照发钱，却是有先决条件的，那就是每位业务员每天必须提供一名新客户的个人资料，姓名、身份证号码、家庭住址、家庭成员情况、联系电话等等一个不能少。这分明就是一种变相的拉业务，比在老公司不知压力要大多少倍。业务员们觉得受到了愚弄，气呼呼地回来了。那次，她做了半个多月的光杆司令，结果当月的业务量却一点也没有下降。

回想起 2008 年冬天的那一幕，她之所以能够一个人不急不慌地坚持下来，是因为了解保险行业的特点。那会儿，她是光杆司令，现在不管怎么说，还有六七个人跟着自己了，那时能顶下来，现在为什么不能？难道是自己老了不成？这样一想，就通了，通了就没什么好担忧的哩，只要持之以恒做养老，诚心诚意树口碑，不信“九久”就没有云开日出的那一天。那天晚上，她在“九久”的一间空房里，一觉睡到了日头高照，起身时，觉得一切都是新的了。

这一次的自我追问，让刘彤明白，遇到困难时，必须多维度思考，思考的维度不一样，得出的结论也不一样，不管怎么说，都要看到好的结论，好的结论会让自己觉得太阳每天都是新的。在这个信念的支撑下，刘彤带着员工们咬牙坚持着，到这年的第四季度时，“九久”首次实现了月收支平衡，更可喜的是，入住“九久”的老人首次突破55人，“九久”的口碑逐步在市民中间树了起来。

“这就是我要的生活吗？”其实，这样的追问总是在刘彤走到人生十字路口时不经意地就冒出来，仿佛是一种提醒，提醒她：现在的这套办法落伍了，该更换思路了。

2014年，“九久”已实现收支平衡并略有盈余，虽然离回收投资成本还遥遥无期，但一切都向好的方向发展。如果甘于现状，守着丁卯桥路上那100张床位，“九久”的运营不会差，坐等慢慢收回投资成本，刘彤的个人生活质量也不会差。“九久”良好的口碑，再次点燃了刘彤心中的梦想，那就是要把“九久”打造成“医养融合”模式的养老院。与创建“九久”之初相比，社会大的环境那时已发生了根本的改变，走过了被誉为“中国养老产业元年”的2013年，更多的人、更多的机构开始关注养老。“九久”逐步在镇江业内树立起的口碑，让一些医疗机构主动找上门来，但他们到“九久”实地考察后，只能摇摇头，他们一致认为，“九久”的硬件设施与医疗的要求相差太远，这对刘彤的打击很大。她意识到，“九久”不能再安于丁卯桥路上的一隅，必须主动求变，扩大规模，提升硬件，为“医养融合”做准备、打基础。于是，刘彤决定开始新的创业。

在多方努力、多次协调下，通过公开招标，刘彤选择了位于官塘桥路上的“鸿雁山庄”。虽然这个地方与丁卯路上那个地方相比，位置有点偏，交通也不是很方便，但发展空间很大，房屋租金也相对便宜些。升级改造是需要大量资金的，当初创业用光了自己的全部积蓄，投资成本尚未收回，而银行提高了放贷门槛，作为一个小微民营企业，要想从银行贷到款更是难上加难，而当时的“九久”根本不可能引起银行家们的关注。刘彤毅然卖掉南京的房产，对新租赁的房屋进行更高标准的改造。然而，资金缺口依旧很大，她只好打起了自己居住的房子的主意。

这套房是她在国家实施房产市场化后的第一年购买的，是她为实现自我跨越所走的第一步。这里有她太多的回忆。她在这里生下了儿子；她在这里写下了辞职书；她在这里做出了离婚的决定；她在这里筹划创建“九久”的设想；她在这里送儿子出国留学。这里还保留着母亲的气息。母亲身体好的时候，每天从这里接外孙上学，然后又把外孙从学校接回这里，空闲时，还来家里洗衣做饭。就是现在，刘彤在阳台上晾晒衣服，一扭头，却看见母亲拎着菜篮子就站在楼下对着自己笑，她情不自禁地对着楼下喊：“妈，你今天买了什么好吃的菜？你上家来呀！”可一眨眼，母亲就不见了。刘彤固执地向楼下张望，竭力寻觅着，等她意识到这是幻觉时，已是泪流满面……

如今，新“九久”的建设工地上正等着这笔钱了。刘彤一咬牙，到房产中介办了上市挂牌手续。中介很快有了回头，说是有人来看房了。接到中介的电话，刘彤感觉心被什么东西刺了一下，疼得她捂住心口弯下腰来，一句话也说不出来。她听见中介在电话里催：“刘总，买家下午来看房，你几点在家？”

按照约定的时间，中介领着买家来到了家里。买家几个人到各个房间转了一圈，然后指手画脚规划着要怎么样布置房间，显然他们已经把这里当成了自己的家。此情此景，刘彤立刻意识到这个房子马上不属于自己了，心口那里又一阵刺痛，她甚至能感觉到那里在流血……她对中介说：“我们马上电话再商量吧。”看完房子没有多久，中介就打来了电话，转达了买家强烈的购买意愿。刘彤沉默了半晌，终于开口了：“房子我不卖了，对不起……”

她听不见中介又在电话里说了什么，脑海却蹦出了这么一句话：“这就是我要的生活吗？”为办养老院，自己失去了令人羡慕的工作和城市，没有了自己的感情生活，现在连自己的窝也要没了，儿子从国外回来住哪？“我要的生活难道就是这样的吗？”

这时，两个声音在她的耳边打起架来。

一个声音说：“房子不能卖，卖了，你就什么都没有了。”

另一个声音说：“新‘九久’是你的梦想。卖了这房子，梦想就会实现。你难道不想实现梦想吗？”

那几天，两个声音一直在打架，如影随形般跟着她。工地那边又不时有电话来催款，如果再没有钱打来，工地就将停工。多方的夹击反而让她渐渐平静下来，她明白现在需要的是换另一种方式思考。房子卖了可以再买，但实现“梦想”的机会稍纵即逝，把握不住眼前的机会，可能永远失去机会。这套老房是有着很多的回忆，但人不能永远生活在回忆中，只有跳出回忆，才能向前，回忆不应成为前行的绊脚石，而应成为前行的动力。也许，这套老房子存在的价值就是为了帮助自己实现梦想，现在正是实现它价值的时候。思考维度的改变，让刘彤豁然开朗。她立即拨通中介的电话，请他们尽快把这套房挂牌上市。

中介不相信地问：“刘总，你确定吗？”

刘彤坚决地说：“是的！”

中介又问：“你不再反悔吗？”

刘彤说："一言既出，驷马难追！"

几天后，房子出手了。搬家那天，除了自己和儿子的衣服，刘彤什么都没有拿。来帮忙搬家的"九久"职工都在劝，刘总，电器都还挺新，拿到"九久"都好用的，还有这些摆设，不拿走可惜了。刘彤决然地摇摇头，心里在说："老房子，你的使命已经完成，就此别过！"她拿起行李箱头也不回地步出房门。谁也不知道，当她坐进自己的那辆"荣威"车里时，泪水在脸上泛滥成灾。她知道，从此"九久"就是自己的家了……

如今，"九久"以崭新的面貌展现在世人面前，成为镇江市首家"医养融合"养老模式试点，并催生了镇江市"医养融合"养老模式相关文件的出台；"九久"的床位已由最初的100张发展至现在的600张，为镇江养老院规模之最，更成为"老百姓住得起"的养老院之标志；冬有地暖夏有空调，有户外活动花园，有医疗介入，满足了各类层次服务的需求。

在养老领域已打出一番天地的刘彤还会追问：这就是我要的生活吗？会的，一定会的，因为只要梦想还在，就不会停止自我追问。

人生永远没有句号！

第一章　为尽孝，辞职办养老

在保险公司干得顺风顺水的刘彤，怎么也不会想到，有一天她会闯入完全陌生的养老产业。人到中年辞职去创业，在很多人看来不值，况且辞去的那份工作可是拿着数十万的年薪，离开的那座城市可是省城。但刘彤觉得值。“谁言寸草心，报得三春晖。”在刘彤心里，再好的城市，再高薪的工作，也不比上父母的养育之恩。

1……… 父母都病倒了

2009 年 3 月 24 日，刘彤正在常州主持一个省公司的会议。正讲得绘声绘色之际，她放在桌上的手机震动起来，屏幕显示是哥哥的来电。不知为什么这平常的来电此刻却像是掀起了八级海啸，把她卷入了无底的深渊。会场上所有的人都察觉到了刘总的突然失态，刚才还在口若悬河地讲话，眨眼间就停顿了，这停顿来得莫名其妙，中间间隔了足足有 5 秒的时间。5 秒，只是瞬间的时长，可刘彤却经历了海啸从开始至结束的全过程。为了掩饰自己的突然失态，她有意识地清了清嗓子，喝了口茶水，然后接着讲下去，此时她的讲话已没有了先前的那种鲜活。桌子上的手机又震动起来，还是那么急促，还是那么没完没了。刘彤已经完全可以确定，镇江家里的天又一次塌了下来。

仿佛是在不经意之中，母亲就走到了生命的边缘地带。看起来是不知不觉发生的，但细细回想起来，却是一点一滴地积累才走到了这一步。不知道从什么时候起，母亲在家里做家务时不时就会被凳子、椅子、桌子磕着，弄得腿上、胳膊上青一块紫一块的。当时并没有引起注意，总以为是自己不小心撞到的，直到有一天，母亲上街时被邻居送回了家。邻居把刘彤拉到一边悄悄告诉她，她母亲在大街上跌倒了，好不容易才把她从地上扶起来。“你老妈不像腿脚不利索，赶紧到医院看看吧！”邻居说。

邻居离开后，刘彤看到母亲坐在床边，一边不停地捶打着自己的腿，一边自言自语：“老矣，不中用了，不中用了……”

刘彤听着却觉刺耳：妈妈才六十出头呀，怎么就老了呢？于是，她走到母亲身旁，让母亲在床上躺下，帮助母亲按摩着双腿。她问：“妈，平时是不是觉得两腿无力？”

母亲梦呓般地说：“那也不是，就是走得好好的，突然就失去重心……”

“失去重心”四个字让刘彤警觉起来，她将母亲先前的那些磕磕碰碰与“失去重心”联系了起来，预感到问题的严重性。第二天她请了假，带着母亲去了医院。在做了很多项检查之后，诊断结果出来了，母亲患的是小脑萎缩症。

“这是什么病？能治好吗？”刘彤急切地问。

医生借故把母亲支开后，告诉刘彤，小脑萎缩不是一种病，而是一种综合征，是由于各种原因导致参与调节躯体平衡或肌肉张力的小脑出现病变所致。这个综合征是治不好的，治疗只能缓解症状，最后的情况就是患者的每个部位都不能动弹，甚至不能自主呼吸，更可怕的是患者的意识是清醒的。

毕竟在保险行业一路打拼过来，刘彤在知道了真相后，反而变得心静如水。她问：“我妈妈到您说的那个程度，还有多长时间？”

医生说：“按您母亲的现状，两至三年吧……”

获得这个残酷的真相，是在2007年的初春。之后，母亲的情况每况愈下，大有一泻千里之势，很快就卧床不起，接着就不动弹，不得不找一个全天候的保姆对母亲实行“一对一”服务。

然而，“屋漏偏逢连夜雨”，在省城某国企担任重要技术职务的父亲于2008年查出患上肺癌。这下家里全乱套了，刘家三兄妹不得不做好分工，母亲这头由在镇江工作的兄长和弟弟负责，父亲这头由在省城工作的刘彤负责。其实，父亲这边问题不大，由于父亲有较高的职位，可以享受到很好的服务，不用家人操太多的心。问题出在母亲这边，保姆难找呀，像这样全天候照顾不能自理老人的保姆更难找。到家政中介找保姆时，中介总是把自己推荐的保姆夸成一枝花，仿佛这世上就找不到第二个这么好的保姆了，等收了中介费，一切就与他们无关了。用过保姆的家庭都知道，明明是家里的主人，却要看保姆的脸色行事，主人倒成了寄人篱下的角色，更可怕的是，由于保姆 24 小时与家人生活在一起，对这个家庭的底细多少知道一些，一旦双方关系搞僵，保姆就拿主家的私事到外面添油加醋地乱说。刘彤已记不清换了多少个保姆了，只记得有一回，有个保姆只做了不到一天就做不下去了，从衣柜里偷了一件毛料外套，工钱也不要了，不辞而别，急得刘家三个子女晚上分头去中介找新的保姆。在单位的时候，刘彤成天听家里用保姆的同事诉说保姆们的种种不是，一句话，找保姆难，找好保姆更难，找对主家贴心的保姆是难于上青天。那时，听同事们抱怨时，刘彤站在第三者的立场，总会真诚地安慰几句。现在轮到自己了，才明白那些安慰的话再诚恳，也苍白得如同一张白纸。花 1 万元买不到 1 万元的服务，这是中国服务业必须面对的现实。

既然是现实如此，最明智的做法就是积极面对。在换了好几个保姆后，刘家终于找到了一个服务相对满意的保姆。可她的事也多，才干了半个多月，就提出新的要求，说是自己的大孩子要来镇江读书，没有地方住，能否在刘彤家暂住。刘彤看她干得好，着实不舍得放了她，于是答应了。结果答应了一回，就有了第二回、第三回，两个月后，她的两个孩子和丈夫全住进了刘家。虽说房子大，但一下子进来了四个人，又都是外人，毕竟不方便。可是，母亲这边又离不了人，她做得又确实比其他人都好，刘家人只好忍着。刘彤创办“九久”后，特别强调以服务树口碑，特别强调护理员的职业道德，都是在吃尽了保姆苦头后得出的经验教训。

手机又震动了一下，这回哥哥发来的是短信：“母亲病危进医院抢救，速回镇江！”

这消息犹如晴天霹雳，又一次把刘彤抛到了谷底。虽然对这一天的到来早有思想准备，但真正来了，还是不愿相信。她又喝了口水，水已经凉了，却平复了自己有些慌乱的心，支撑她坚持到了会议的结束。等她驱车赶到医院时，母亲已进入了ICU……

母亲在死亡线上挣扎了一个多月后，命算是保住了，可是吞咽功能正在逐步丧失。由于意识是清醒的，母亲拒绝鼻饲，只求一死。

怎么办？怎么办？

刘家三个子女望着在病床上痛苦的母亲束手无策，那一刻刘彤感觉到了母亲正在承受着的那种生不如死的痛苦。

医生给出了两条建议，一条是满足母亲求死的愿望，不再让其进食，让其生命慢慢耗尽；另一条是切开食管，用人工食管连接，辅以外力，恢复进食功能，延续生命，但必须长期住院，因为切开的食管必须天天消毒，如果消毒不过关，就会引起发炎，引发其他的并发症。其实，医生的建议就两个意思，一是通向死亡，让身陷其中的所有人都得以解脱；二是维持生命，让身陷其中的所有人继续挣扎。

刘家坚决地选择了第二条。母亲只有一个，母亲在，人生尚有来处；母亲不在，人生只剩归途。

2009年5月1日，母亲的食管被切开，永远失去了说话功能，生命只是苟延残喘，但暂时脱离了死亡的威胁。母亲在死亡线上挣扎时，家人分成四班一刻也不离地守着、照顾着，弄得大家精疲力竭。现在母亲脱离了危险期，寻找“一对一”服务的保姆势在必行，毕竟大家都是上班族，还要上班挣钱养家糊口。按母亲的情形，一个保姆是远远应付不过来的，必须找四个才行。因为有了前面找保姆的经验，这次找的保姆成功率很高。但是新的问题又接踵而至。

四个女保姆就是一台戏。她们本是陌路人，因为一个患小脑萎缩症的老太太走到了一起，成了一群乌合之众。她们拿着同样的工钱，拼的是彼此的工作量，我说你做事少，你说他做事少，他又说我做事少；服务做不到位了，你推我，我推你，大家都做得很好，不好是因为躺在床上不能动弹的病人太难弄了。闹得不愉快了，干脆拿钱走人，炒了主家的鱿鱼。走了一个，家人立即到中介找一个新的来填补，新来的却被先来的排挤，把新来的排挤走了，三个先来的又闹起来。刘家兄弟俩都在单位干着比较单纯的工作，哪见过这等头疼的事？两个大男人哪是四个没有文化没有见识却心眼子极多的女人的对手？也只有刘彤能搞定她们，一来刘彤是女人，知道女人的心理；二来保险业务员里什么人都有，刘彤最不怵的就是与人沟通。为协调四个保姆之间的关系，刘彤不得不经常开车往返于镇江与省城之间。有时一看到镇江来电，心就提到嗓子眼，工作压力偏又那么大，只能自己死扛，刚忙完手头的工作，赶紧去处理家里的事，身体累，脑子更累，那些日子真是一天当十天过，一月当一年过呀。不过，刘彤对这些保姆倒没有太多的抱怨，你在选择人家，人家也在选择你，彼此适合了就合作下去，彼此不适合了就散伙。在保险公司闯荡的这些年，她已认定了一条，抱怨是没任何用的，有用的就是在适当的时候采取适当的行动，把问题解决掉。

现在，刘彤管理着将近100人的护理员团队，有条不紊，井然有序，很多外地的养老院院长都到“九久”取经，这不能不归功于在无数次与四个女保姆交锋中积累的经验。

尽管请了四个保姆，24小时“一对一”照顾母亲，但刘彤还是不放心，她明白，母亲已时日不多。为了尽女儿的一份孝心，工作再忙，她每天都要从省城开车赶回镇江，到医院陪伴母亲，第二天天一亮就直接从医院赶往省城。那段日子，她真的是把每一次与母亲的分别当成永别，每一次与母亲的见面当成最后一面。

那时，儿子还小，母亲身体好的时候，主要由母亲照顾他，后来母亲身体不好了，刘彤就请了一位阿姨，儿子跟着阿姨生活。有一回，刘彤在医院里迷迷糊糊睡着了，却收到了儿子发来的短信："妈妈，我怕！"刘彤回复："阿姨呢？"儿子回复："阿姨有事回家了。"那会儿，刘彤已累得浑身像散了架似的，尽管心疼儿子，可身子根本不想动弹，硬着心肠回复："怕，就开着灯睡。儿子，你已经是个小男子汉了！男子汉，是什么都不会怕的！"发完这条短信，刘彤只觉得眼皮子有千斤重，再睁不开了。第二天醒来，一下子就看到儿子回复的短信："妈妈，放心，等习惯了，就不会害怕了。总要一个人睡的，不是吗？"读着这条短信，泪水模糊了刘彤的双眼，算算日子，已经有将近十天未见到儿子了。

天色微明，刘彤便起身了。在医院的陪护床上睡了一夜，身体的每一块肌肉每一块骨骼仿佛都在醋里浸过了似的，酸酸的，极不舒服。她挣扎着起来，习惯性地注视了母亲一会儿，看见母亲正安详地睡着，心便安然了。她到卫生间匆匆洗漱后，穿上外套，离开了病房。江南的初冬虽然还有些暖意，但早晚已然寒意袭人。晨曦中，寒风瑟瑟，她不禁裹紧了外套，坐进了自己的"荣威"小汽车里。路上人迹稀少，清冷得仿佛在城市的外壳上结了一层霜，她开着车，越发感觉到彻骨的寒。于是，她打开了空调，不一会儿，车厢里就暖意洋洋，换了一个季节似的。她很惬意地开着车，意识便飘了，浮了，真是惬意极了。突然间，她感觉到一种强烈的冲击波，把她冲到了浪尖又抛到谷底，随即耳边响起刺耳的声响……她终于回过神来，看到的是，自己的车头撞上了前面一辆车的车尾。

她的脑中一片空白……

2……辞去保险公司高管职务

今天，在一种无意识的状态下，10年前那个初冬早晨的车祸依然会跃进刘彤的脑海里，虽然没有鲜血淋漓的画面，却让她嗅到了死亡的气息。她记得，面对着眼前的一片狼藉，右手下意识地摸到了自己的左胸，对，那儿跳着，犹如摇滚乐的疯狂，她从来不知道自己的心脏会跳得这么快，居然发出这么大的声响，简直就是地动山摇。当前面一辆车里走出一个满脸怒气的男人时，她的心跳渐渐地归于平静：没伤着人，一切都好办。她对自己说：不能再这样下去了！不能！不能！不能！

这次车祸，让刘家三个子女不得不痛定思痛，为患重病的父母从长计议。最现实的解决途径就是把父母接到有医疗介入的养老机构之中。在刘家三个子女中，数刘彤的职位最高，收入也最高，又在省城工作，省城在各方面自然比镇江要强很多。通过多方打听，他们了解到刘彤公司所在的鼓楼区有一家设施很不错的养老院，而且有医疗介入，非常符合他们对医养融合养老院的全部想象。然而，实地的探望让他们心寒。这家养老院的看门人先是不让他们进门，软磨硬泡了半天，最后用两包香烟搞定。内部环境很让他们满意，干净整洁，没有异味，有护士站，有医疗器械和药房，有护理人员推着坐轮椅的老人从他们身边经过，老人睁着一双空洞而好奇的眼睛望着他们，护理人员面色温和，对他们报以淡淡的微笑，想必对老人也一定照顾得很好。他们找到了一个管事的人，说明了来意，他轻描淡写地说：“三年后，再来看看吧。”他们简直不敢自己的耳朵，一张床位居然要等三年？会不会是没有找到得力的人打招呼？中国就是这样，办什么事都得找人，不找人办不成事。管事的人仿佛一眼看穿了他们的心思，翻着办公桌上写得密密麻麻的本子说：“看看这些，都是排队的。没有办法，这是刚性需要。找再大的官，也没用。住在这里的老人不是行动不便就是脑子有问题，总不能把他们赶出去吧？”他的话把他们的念头打了回去。后来，他们又看了几家省城的养老院，情况与鼓楼看的这家差不多，最快的也要等上一年才能等到一张床位。

刘家三人忙活了一阵，却是无功而返。不过，他们明白了一个事实：老年社会已经到来，养老成了刚性需求，养老需求只会越来越刚性。

可眼前的问题怎么解决？他们把目光投向了家乡镇江。刘彤表态，如果在镇江能够找到一家与省城相当的养老院，她愿意自己降级到镇江公司来当老总。

然而，现实又一次给他们泼了盆冷水。他们先去看了一家，刚进去就不禁皱起了眉头，尿臭屎臭老人味扑面而来，怎么能把父母送进这样的地方？住在这样的地方与等死又有何异？他们马不停蹄又去看了另外一家，正逢午餐时间，他们看到老人吃的是菜粥。中午吃菜粥，早晚又吃什么呢？想都能想得出来。可管理人员言辞凿凿地解释，老人牙口不好，只能吃粥。那口气，老人能吃上菜粥已经是很大的幸福了。看了两家，他们再也不想看下去了。在他们心中已有了一把标尺：在养老方面，镇江与城省差的不是一年两年，而是八年十年。

怎么办？

刘彤说：“我自己办一家。”

哥哥弟弟说："这怎么行？"

刘彤满怀信心地说："怎么不行？养老这么刚性，还怕没有人来住？我能建一家镇江最好的养老院，你们信不信？"

在刘家两兄弟眼前，刘家的这个女儿说出来的话总是让人不得不信。当初从锚链厂辞职干保险，两兄弟都反对，结果她自断后路杀开了一条血路，干到了省公司的副总，让兄弟俩得抬起头来看她。现在她又说要办镇江最好的养老院，他们还能说什么呢？

其实，刘彤脱口而出的这句话绝不是一时冲动，当她看完了省城的养老院，了解到养老的刚性需求，心中就有了一股冲动；再看到镇江养老院的现状，这股冲动已越发强烈了。在刘彤心中，理想中的养老院是为父母量身定做的，既像医院又像家，按行话说，就是"医养融合"模式。可是，对于"医养融合"模式的内涵她并不清楚，在发展过程中会遇到什么问题，遇到问题又要采取什么样的解决路径，她一无所知，她有的就是一腔热情，有的就是把爸妈接进女儿建的养老院亲自照顾的一片孝心。

于是，刘彤开始做一些先期的案头工作，在查阅资料的过程中，她更加坚信了自己的决定。拿定了主意，接下来就是找一位助手。找谁呢？她想到了柯敏。柯敏与她是同一期的保险学员。在刘彤的印象里，柯敏是一位很认真很勤奋的学员，笔记记得最全，很多学员上课不认真听不认真记，课后都抄她的笔记去温习，以应付业务考试。后来，刘彤在保险行业走得很顺，做到省公司的副总时，柯敏依旧在市公司做保险业务员，没有稳定的收入和社会的保障。后来还是刘彤出面，帮柯敏调到保险公司内勤的岗位。凭着对柯敏的了解，刘彤认定，她一定会成为自己的好助手。

她兴冲冲地找到柯敏，胸有成竹地把建养老院的想法全盘托出。柯敏听了，很是惊讶：刘彤是不是疯了？放着年薪数十万的工作不干，40多岁了从头再来，这不是头脑发热了又能是什么？她伸手摸了摸刘彤的额头，刘彤说："我这里清醒得很。我是把一切都想周全了，才对你说的。"

柯敏低头细想：对呀，刘彤根本不可能因为头脑发热而做决定。当初，自己是跟在她后头辞职干的保险，这条路没有错，相信她现在也没有错。再说，她开出的条件比在保险公司干内勤强多了。她说："刘彤，我相信你！只要你一句话，我跟着你一起办养老！"

就这样，刘彤与这个同样来自保险行业的中年女性开始了长达10年的合作，一起经历"九久"的风风雨雨，走过了"九久"的春夏秋冬。

"医养融合"是刘彤对养老院的理想描摹，但自己对医疗一无所知，也没有那个经济实力重新建一座医院，唯一的解决方式就是找一家医疗机构进行合作。可是，哪家医院对建养老院有兴趣呢？这是个难题。她动用自己的社会关系打听到，有一家医院建了新大楼，老楼打算介入养老业。这个消息，让她喜出望外。这家医院是以中医知名的，很多老人最相信中医。如果能与他们合作，真的是两全其美。

刘彤带着柯敏兴冲冲地与这家医院的领导联系，当她们把自己的想法全盘托出，对方表现出极大的兴趣，大有相见恨晚之感。又经过几番接触，彼此合作的眉目逐步清晰。对于这个十拿九稳的项目，刘彤踌躇满志。2010年春节一过，她向省公司递交了辞职申请。

刘彤的辞职惊动了总公司的高层。像刘彤这样从最底层的业务员打拼上来的人才，早已进入了总公司的人才资源库，列入了重点培养对象。总公司专程派人力资源部的人来到镇江做刘彤的工作。以总公司的揣度，刘彤一定是对现在的职位不满意才辞职的。来人代表总公司承诺，只要刘彤不辞职，一定派她到其他省公司做总经理。刘彤告诉来人，自己辞职实在是迫不得已，并不是对现在的职位不满意，于是她一五一十地把自己面临的实际困难说了。看到刘彤坚决的态度，总公司的人知道说服不了她，只能表示出十分的惋惜，但还是心有不甘，临走时对刘彤说："给你半年时间考虑，如果半年中你想回公司，我们随时欢迎！”

对于总公司来人的表态，刘彤除了感谢，并没有往深处去想。然而，没有想到的是，他说的“半年”竟成了谶语。

3……“医养融合”，你在哪里？

辞职申请一递交，刘彤带着柯敏就踌躇满志地行动起来，又是整理自己的存款、基金、证券筹集资金，又是网上搜集有关养老业的资料，又是跑主管养老产业的民政局咨询政策，忙得热火朝天，不亦乐乎。

然而，与她们的满腔热情形成反差的是，医院那边却在一点点降温。按理说，春节前双方已经达成了合作的意向性，春节后就应该谈具体的合作细节了。刘彤与这家医院联系了多次，一直接洽刘彤的那个院长总以种种理由推托，或者找一个说话不作数的人出来打个马虎眼，谈判永远在原地踏步，没有任何实质性的进展。对方的这种敷衍态度，让刘彤隐隐有种不祥的预感。她不得不给自己的热情降降温，冷静地梳理与这家医院洽谈的全过程。一开始，那位院长表示出极大的兴趣，给人一种一拍即合的感觉，但自打自己辞了职之后，就再没有见过那个院长一面，他仿佛从人间消失了似的，她甚至怀疑，春节前的那些洽谈是一场幻影。

难道他们变卦了？

刘彤失眠了。如果这家医院变卦，到哪去找另一家医院？如果找不到，为爸妈建座养老院的愿望就要落空吗？如果落空，难道就这样灰溜溜地回保险公司吗？当初人家这样挽留自己，自己铁了心要辞职创业，现在白忙活了一阵，什么都没有忙到，反过来要吃“回头草”，自己的脸面不说，又怎么对得起一直跟着自己创业的柯敏？不能再这样等待下去，不能再这样被这家医院牵着鼻子走。失眠了一夜，也让她理清了思路，现在首先要弄清楚这家医院的真实意图，不弄清对方的意图，自己只能是剃头挑子一头热，干着急。

刘彤又开始动用自己的社会关系，很快就打听到这家医院的真实意图，只是真相非常残酷。原来，这家医院的院长思维活跃，对创办“医养融合”的养老院失去了兴趣，想着创建三甲医院。三甲医院对住院的床位有数量要求，新大楼的住院部规模根本无法达到三甲医院的标准，必须把旧大楼全部改造成住院部。得知真相后，刘彤有一种被愚弄的感觉。你要改发展思路可以，但要明说，不能让合作方就这么不死不活地拖着，你医院要发展，我也要发展，而且是辞了职自断后路去创业。作为一家公立医院怎么能这样不讲信用呢？刘彤没有事先联系，就带着柯敏来到了院长的办公室，不是想兴师问罪，只是想问个究竟。

尽管她们一如既往地温和地面露笑容，但阅人无数的院长还是从她们的脸上观察到了细微的愠怒，于是立即来了个顺水推舟。他说：“刘老板，你来得正好，正要找你谈合作的事。对不起呀，上面要求我们创三甲医院。你也知道我们院现在的情况，不把老楼用起来，三甲根本创不上去。所以共建养老机构的计划只好搁置。我自己也感到很惋惜，只是上面的要求不能违呀。刘老板是为自己打工，而我是替上级打工，从这点上说，我比你更难，是不是？还请刘老板多多包涵！”

话说得如此滴水不漏，刘彤还能说什么呢？这也怪不得别人，人家是从发展的角度考虑嘛。要怪只能怪自己，信息摸得不准，“功课”没有做足。再谈下去已经没有任何意义，刘彤和柯敏没有说什么，转身就走。

谁想，院长又叫住了她们，说是可以换一种方式合作。刘彤说：“我只想建养老院，对其他的合作不感兴趣！”

与那家医院的合作流产，一切又回到了原点，所有的计划和设想只能写在纸上。在陪伴母亲的夜晚，她几乎天天站在医院的阳台上，居高临下地俯视着生于斯长于斯的城市，一遍又一遍地问自己：“医养融合，你在哪里？”

有一个朋友带来一条消息，说是镇江某区的医院正准备转型，有意向发展养老产业。对刘彤来说，这仿佛是个利好的消息，也许它会给自己带来柳暗花明的转机。但刘彤并没有当初的那种兴奋，相反内心反而有一丝不安的感觉，她隐隐觉得这次合作也许会重蹈前一次的覆辙。

确实，现实有着想象不到的骨感。与这家区医院一接触，她就明白这一次又是无功而返。这家医院之所以要转型，是由于经营不善，效益很差。他们需要引进一位财力雄厚的合作伙伴，实行资产重组，把医院拽上良性发展的轨道。刘彤明白，自己不是他们要找到的合伙人。对这种结局，刘彤虽有心理准备，但当心理准备变成活生生的现实时，她还是失望到了极点。

走在初夏的芬芳里，可刘彤的心却沉在严冬中。忙活了半年，一事无成，又一次回到原点。当初的选择对吗？当初的选择难道真是像旁人说的那样是自己的一时冲动吗？一个声音在心中呼喊：“医养融合，你到底在哪里？”

晚上回到医院，睡在狭窄的陪护床上辗转难眠。母亲睡在病榻上，呼吸机发出的“呼滋呼滋”的声音，代表着母亲还活着，这声音成了刘彤的催眠曲，只要这声音在，母亲就是活着的，作为女儿，心就是踏实的。然而，现在这声音再催眠不了她，她在无边的痛苦里挣扎着。她知道母亲的身体和灵魂都是痛苦的，却不知道那是一种怎样的痛苦。而自己此时此刻的痛苦是不是与母亲的痛苦一样？她从陪护床上爬起来，浑身像散了架似的酸痛，她站在母亲的床边，借着从门上的玻璃透进来的微亮，目光温和地扫描着母亲，一遍又一遍。母亲一直都是自己最坚定的支持者，每次做出重大决定时，第一个知道的家里人就是母亲，当初从锚链厂辞职是如此，后来离婚亦是如此，女儿决定辞职做保险时，她给孙子买了份保险；女儿决定离婚时，她做了一桌子女儿最爱吃的菜……这就是母亲，总是用实际行动支持着女儿，所有的豪言壮语在母亲的行动面前都显得那么苍白无力。此时此刻，刘彤多想得到母亲的支持呀，哪怕是轻轻点一下头也好，可是就是点头这么简单的动作对现在的母亲而言，都是一种蜀道之难。妈妈，您说我这次辞职做养老，是对还是错？刘彤禁不住流下了眼泪，泪水顺着脸颊滴落到母亲瘦削的脸上。女儿的热泪仿佛是母女间心灵的撞击，母亲突然睁开了眼睛，在微弱的光亮里熠熠生辉。刘彤从母亲的眼神里仿佛听到了一种声音：彤儿，只要你觉得对的，就去做吧！母亲又闭上了眼睛，只有呼吸机在“呼滋呼滋”地响着。刘彤抹去脸上的泪水：妈妈，女儿明白该怎么去做了！

省保险公司一直关注着刘彤的创业。当得知刘彤与区医院谈判失败的消息，他们立即派人来到了镇江。来人直截了当地说明了来意，那就是请刘彤回保险公司重新出山。省公司的举动，让刘彤很感动，但她明白，自己已经回不去了。

刘彤说：“能再给我半年时间吗？”

来人惊问：“不是找不到合作的医院吗？”

刘彤说：“做不了医养融合，但我可以做服务一流的普通养老院！”

刘彤的这个决定是在失眠几夜之后做出的，支持她的是母亲，还是母亲，也只有母亲。如果不是父母都年迈了都病倒了，她根本不会去了解养老，根本不知道中国已经步入老年社会的现实，根本不知道老年人生存的艰难，根本不知道养老的刚性需求，根本不知道养老实在是关系着我们每一个人。她从父母身上窥视到了中国老年社会的缩影，有多少中年人家庭需要为自己的父母在自己生活的土地上寻找到一张床位，有了这张床位那是一件多么幸福的事。如果自己什么都没干就全身而退，不是不可以，但这还是刘彤吗？她可以不在乎别人怎么说自己，但她必须在乎如何面对自己的内心，说白了，她过不了自己这一关。正因为如此，自己必须做下去，尽管忙活了一阵子，没有找到可以与自己合作的医疗机构，大概现阶段也没有一家医疗机构会主动与自己合作，也没有一家医院会腾出空间给自己做养老院，那还不如暂时放下“医养融合”，建立一家没有医疗介入的普通养老院，为那些需要的老人提供一张床铺。

给自己半年时间，可以吗？就半年时间，行吗？她问自己。

谁能想到，与自己半年时间的约定，却演变成了十年的漫漫长路。

4……与装潢公司打了场“战争”

办过实体的人都知道，营业执照就是一个行业的门票。与其他的经营实体不同，养老院的营业执照是由民政局核发的，而且要等养老院开业，验收合格才会发照。但是如果不能定下经营的场所，拿什么去开业？还谈什么营业执照？白白忙活了半年，连张门票都没搞到，虽然有些悲催，但权当交了一次学费，创业总是要付学费的。这样一想，刘彤就豁达了。但是，令自己没有想到的是，要交的学费还多呢，往往都是突如其来，始料不及的。让刘彤至今耿耿于怀的是，与装潢公司打的一场“战争”。

舍弃“医养融合”的初衷，去办一座普通的养老院，一切就变得简单了。刘彤和柯敏这两个从保险行业出来的中年女人开启了她们的创业之路。钱，现在还不是问题，刘彤自己的积蓄加上政府对创办养老机构的普惠性补贴，应该可以应付开张的费用。现在缺少的就是经营场所。她们在镇江最热门的网站——镇江网友之家刊登了找房子的广告，只几天工夫就有好几家电话过来咨询。她们去现场一个个看过来，最后选中了位于丁卯桥路上某写字楼1500平方米的两层。选择这个地点，主要是看中这里便捷的交通条件，公交站台就在楼下，有十几路公交车通向市中心，写字楼周边有好几家银行，更重要的是，挨着这座写字楼的是一家医院，虽然不是什么三甲医院，但终归是一家医院。在前期的市场调研中，她们掌握了老年人特有的心态，就是对死亡有着极度的恐惧，他们的住所离医院近一步，他们的安全感就强一分。这个地址的最大缺点就是没有发展空间，满打满算也就100张床位。按刘彤当时的经济实力，也只能做到100张床位的规模。

地址定了，要拿到营业执照，还得取一个名字。该给养老院取个啥名字呢？其实，当决定创建养老院的时候，刘彤就开始思考这个问题，她一方面发动朋友们想了几个，一方面花钱请取名公司起了几个，但都觉得不满意，于是干脆自己想。有一次她翻看着桌上的台历，突然灵光一闪，"九久"这两个字跃入脑海，九九重阳节是老人们的节日，从这个意义上说，"九"代表着老人，所以名字中一定要有"九"；自己既然决定做养老，就一定要做好，在业内做出成绩，这是自己的个性，但要做好做出成绩不容易，必须要花时间用心去做，说白了就是把养老院当成自己的事业，"久"字正好有这个意思，又与九重音，一字双关。现行的养老机构的叫法很多，养老院、敬老院、老年康复中心、老年公寓等都可以统称为养老机构。刘彤考虑来考虑去，最后选了"老年康复中心"，因为从长远考虑，"九久"的将来必须是一家有医疗机构介入的"医养融合"的养老机构，这是她心中的梦想。有梦想，就有动力。"老年康复中心"这个叫法，会时刻提醒自己，绝不能放弃对"医养融合"的追求，将来的"九久"必须是老人的家，这个家里有家庭医生时刻呵护着他们。"九久老年康复中心"，对，就是这个名字。刘彤兴冲冲地把想好的名字告诉柯敏和支持她的朋友们，大家都说好。

有了心仪的名字，签好了房屋租赁合同，准备好了注册资金，就可以动手装修房屋，接下去就是开张，等着民政局来验收、发照。拿到房屋的钥匙，刘彤和柯敏第一次站在写字楼的大平台上，俯视丁卯桥路上的车水马龙，禁不住发出这样的感慨：退一步，海阔天空；主动权一定要掌握在自己的手里！

可是，接下来的房屋装潢，自己手里攥着钱，主动权却成了人家装潢公司的。“九久”定下的开张日期是2010年的10月16日，因为这一天正好是九九重阳节，选择这一天开业既有意义又好记。开业前的一切工作都按这个时间节点安排进度。通过公开招标，一家装潢公司中标了。这家公司之所以能够中标，倒不是他的报价最低，刘彤看中的是这家老板的素质和文化背景，一是年轻，有想法，理解力强；二是科班出身，不是那种在社会上混的角色。在保险行业打拼了10年的刘彤，自认为阅人无数，对看人很是自信，没想到这回却是看走了眼。

签订了装潢合同，付了50%的订金，工程就开工了。刘彤和柯敏轮流进行监工。工程一开始倒是进展很快，突然有一天工地上的工人少了，进度慢了下来。这到底怎么回事？问工人，他们说老板欠着他们的工钱，大家不想干。按理讲，作为主家，没有必要掺和到装潢公司内部的矛盾中去。但“九久”赶着工期等着开业，经不得拖，刘彤又是个富有同情心的人，看不得人受苦，于是她硬着头皮给装潢公司老板打电话，试图从中斡旋协调一下，意思是劝老板把欠工人的工资发了。

老板听完刘彤的电话，说：“现在我又接了一个工程，钱有点紧，周转不过来。刘总，您看能不能再付20%过来？”

刘彤想都没想就答应了，她的想法很单纯，钱付得越快，工程也就完成得越快，谁让自己的工期这么急呢？

又付了20%的资金，可工程进度依旧很慢，干活的工人都是在磨洋工，出工不出力。再一了解，才知道工人们依然没有拿到工资。刘彤急了，又联系到那个老板，告诉他工程进度太慢，工人反映工资还是没有拿到。老板听了，却在电话里给她吃“定心丸”，赌咒发誓不会误工期。

老板的赌咒发誓，并没有换来工程进度的加快，眼看着开业的时间一天天逼近，装潢看上去遥遥无期。打电话过去，这个年轻的老板还是一如既往地拍胸脯发誓，此时的刘彤也只能相信他。令刘彤百思不得其解的是，为什么自己付了钱，却得不到想要的服务。难道这就是我们的社会现实吗？我的“九久”绝不能这样。

有一天，柯敏从工人那里了解到一个情况，这个装潢公司的老板是个赌徒，玩的是游戏机赌博，来头很大，可能拿着他们付的工程款去赌了，老板还搭了个小女人，钱花得像淌水。工人们不住地叹息：“你们人太好，付钱太快，哎……”柯敏把这个信息立即反馈给刘彤，刘彤感觉到了事情的严重性。她再一次与老板电话联系，老板在电话里又一次赌咒发誓。

听他又故技重施，刘彤气得呼吸都有些困难，这世上居然有这么不要脸的人。她责问：“你不用再跟我打马虎眼，你以为我不知道吗？你把我的钱输光了，误我的大事！”

见刘彤揭了自己的老底，老板在电话里耍起无赖来：“你的钱到了我的账上，就是我的钱。我赌我的，关你什么事？你打听打听，开装潢公司的，哪个不赌？哪个不嫖？不赌不嫖是二五，你总听说过吧？走到这一步，要怪只怪你太纯洁，哪有这么爽气送钱给人用的！”随后，他挂了机。

刘彤气得一句话都说不出来，天下居然还有这样不讲理的人。她想起了网络上那些铺天盖地的对房地产行业的不良评论，总觉得那是危言耸听，现在看看这个与房地产相关联的装潢公司老板，那些评论还真的不是没有一点道理。她做了几个深呼吸，让自己稍稍平静了一下，抱怨总不是办法，解决问题方是根本。现在主动权掌握在对方手里，自己只有服软的份。她又一次拨打那个电话，得到的却是对方关机的消息。多次打过去，依旧如此。

刘彤彻底明白了，自己遇到的是一个不讲理的狠角色！看透了这一点，从大风大浪中走来的刘彤反而平静下来。第二天，她带着柯敏，带上装潢合同和付款凭证，直奔那家家装公司。门是锁着的。她们便在公司对面的茶馆，找了一个可以观察公司动静的位置坐下，守株待兔。

时间一分一秒过去，半天了，公司那边一点动静都没有。柯敏担心地问，他真的会来吗？刘彤说，他一定会来的，相信自己！果然，晚上八点多，那个老板出现了。她们立即赶过去。

对她们的出现，这个老板似乎并不感到意外，还满脸堆笑地倒茶递水。

刘彤说："重阳节那天，我的养老院必须开业！现在还剩下不到一个月，工程还没完成一半，你说怎么办吧？"

老板笑着说："是呀，该怎么办呢？我也急呀。"

刘彤说："这是签的合同，上面写得很清楚……"

老板依旧笑着说："这个我清楚。可现在就这个情况。你可以拿着合同去打官司，我哩，是输定了。你赢得了官司又怎样？你的养老院照样开不起来。我是要钱没有，要命一条。可我的命对你又有何用？"

一个人到了瘫下来的地步，讲对错是没有任何意义的。刘彤只好说："我办养老院做的可是善事。你我都有老去的一天，不是吗？还有我们的父母，都一天一天地在老去。"

听到这话，年轻的老板显然有了些触动，他收起面皮上的笑容，严肃地说："刘总，这样吧，你再付20%，我保证在你开业前把一层装潢好，不耽误你事。然后，再慢慢装潢二层。"

又是钱！如果再付20%，那么就是90%的工程款都付出去了。可工程能否交付还是个未知数。柯敏轻轻碰了一下刘彤，刘彤明白她这是在提醒自己。但是，现在也只能相信他了。刘彤反问："你确定吗？"

老板问："到了这个份了，如果再骗你，我就是个蹲着尿尿的！"

听他发的这个毒誓，看着不像是假的，刘彤相信了他，那是因为她相信一个人再渣，心中总有一个柔软的地方，也许他的父母就是他心中的柔软之地。

回去的路上，柯敏问："你真的相信他？"

刘彤说：“我必须相信他，也只能相信他。我这是在赌！以前你我从单位辞职断了后路做保险，不就是在赌吗？既然赌过一次，就不用怕赌第二次。我们‘九久’可不能像这家公司，一定要用诚信树口碑！”

装潢公司的老板拿到20%的钱后，工程进度明显加快，甚至自己亲自来监工，工程一天一个样。到开业的前几天，第一层终于全部装潢完毕。

万事皆备，只欠东风。

这个东风就是搭班子。在中介找了两个白班护理员、一个夜班护理员和一个厨师，再加上刘彤和柯敏，“九久”的第一期班子就算搭好了。2010年10月16日，九九重阳节，镇江市九久老年康复中心终于开业了。在热烈的鞭炮声中，刘彤禁不住感慨万分，打拼了将近一年，经历了那么多的风雨，熬过了那么多的内心挣扎，吃了那么多的苦，受了那么多的委屈，这一年简直是当十年来过呀，让自己欣慰的是，这一切终于都有了结果，从此，自己又多了一个孩子，这个孩子就是“九久”，从这天起，自己第二次进入了“哺乳期”。

第二章　养老业之初体验

对于刘彤而言，养老业完全是一个陌生的领域。她拿出了当初初涉保险业的那股劲头，做了很多功课，但很快发现，自己在查阅资料中反而迷失了方向。她没有找到一本完整的介绍养老院设计和管理的书籍，在网上查到的都是些零散的知识点，而那些实际案例要不就是国外的，要不就是一些“高大上”“大而全”的设计和管理，对于镇江这样三线城市的小微养老院没有什么借鉴意义；当然，也有一些经营规模不大的案例，但那是公办的，体制机制不同，运营管理模式自然也不同，对像“九久”这样民营的养老机构启迪性不大。她真正实地考察过的，也就是省城南京的几家养老机构，虽然南京是大城市，经济体量上比镇江大，实力比镇江强，老百姓的收入比镇江高，但同处在沪宁铁路线城市群落之中，两者距离又很近，文化方面有很多相似性，她曾坚定地认为对自己考察过的南京几家养老机构完全可以“拿来主义”，复制到“九久”准行。然而，在跑了镇江的几家养老机构后，她的信心开始动摇了，差距明摆着，经济基础不一样，社会环境不一样，人的理念也不一样，生搬硬套的“拿来主义”肯定行不通。由于没有创办过企业的经历，脑袋里没有一点企业管理中“财务模型”的概念，又找不到可以模仿的样本，只能靠自己摸着石头过河。刘彤和柯敏都是从保险公司出来的，拉保险业务那么难都能做得下来，难道还怕照顾这些老人不成？她们天真地以为，办养老院无非就是把老人照顾好、把员工管理好。对于老人，除了日常的生活起居，每天就是带着他们做做操、陪着他们聊聊天、搀着他们散散步；对于员工，那就更简单，在保险公司几百号员工都管理好了，难道还管理不好这几个护理人员？用保险公司的那一套准行。等真正涉入养老业，才发现她们把一切都想得太简单了。

1……第一位顾客

一个天气晴朗的日子，太阳明晃晃地照着，“九久”的房间甚至走廊上都洒满了阳光。

“小杨呀，中午了，赶紧把被子移到最中间去。”听那声音很清脆，中气还很足。

小杨是“九久”的护理员。听到这呼唤，小杨赶紧丢下正在吃着的午饭，嘴里答应着，脚下是三步并作两步往晒台上走，心想：“这阳光可是免费的呀！让被子跟着太阳走，不是成心折腾人吗？”

一同吃饭的刘彤和柯敏却忍不住笑出声来：“以后再这样难缠，就真的收她阳光钱了。”说笑着，又传来先前那个催促小杨的声音。光听声音，谁能相信，发出这声音的竟然是78岁高龄的老人，而且得过中风，半身不遂。“到底在部队干过文艺兵，底子真好！”两人禁不住感慨起来。

陈老太太是“九久”收下的第一位顾客，与她同时住进来的，还有她83岁的丈夫邵老先生，患有帕金森综合征，生活不能自理。

当初，距开业还有个把月的时间，刘彤便未雨绸缪，让柯敏在镇江最热的网站——“镇江网友之家”上寻找需要保姆的客户。看见上面有一个帖子上说要找居家保姆照顾两位老人，柯敏便电话打过去，介绍了“九久”的情况，对方听了，第二天就要到“九久”来实地考察。那时，“九久”还在紧锣密鼓装潢之中，成型的房间只有三四间。可对方不顾柯敏的劝阻，第二天就自己跑来了。看了一遍现场，又与刘彤和柯敏聊了几句，恨不得立马就把自己的父母送了来。

面对着这位性急的家属，刘彤倒不知所措起来。房子还在装修，家具还没有进来，更糟糕的是护理员八字还没一撇，怎么可以就这么收人进来？可对方等不及了，说是最多再等半个月，无论如何也要把父母送进来了。那时，刘彤和柯敏都搞不清这位儿子为什么这么着急，也没往深里想，对此竟然还生出丝得意，看来客户不用愁了。

谁想，这两位老人一上来就给她们上了一课。

83 岁的老爷爷，78 岁的老奶奶，一个是中学高级教师，一个是部队的文艺干部，素质都不错，又看上去都是清清爽爽的，只是一个是帕金森病人，需要全护理；一个是脑梗中风留下的半身不遂后遗症，需要半护理。本来“九久”收的老人，就是按照刘彤父母的情况而设定的模型，对全护理和半护理并不抵触，不像有的养老院打着让老人过上高质量晚年生活的旗号，只收健全的老人，一旦发现老人健康出了问题，立马横眉冷对，编着法儿把老人轰出去。

然而，不到几天工夫，邵先生老两口子的怪癖就暴露无遗。老奶奶有两大嗜好，一是只要是晴天，就要追着太阳光晒被子，一天下来，被子从东边移到了西边；二是不断指派护理员用开水烫东西，只要护理员进了这对夫妻的房间，就甭想出来了。老爷爷虽然生活不能自理，却穿得格外板正，内裤的前后两条缝必须对着两腿的正中间，稍微歪一点，就觉得浑身难受，衬衫、外套都要逮直了穿，否则就烦躁一天，因而护理员替老爷爷穿衣服没半小时搞不定。一开始就两个老人，一个护理员照顾两个老人没有什么问题。后来又进来了两三个老人，一个护理员就顾不过来了。

那时，“九久”定下的护理员与老人的配比是 1 ∶ 6，而镇江其他养老院的配比是1 ∶ 8。但在实践过程中，刘彤很快发现，一个护理员照顾6个老人，还是有些吃力，服务就难免"搭僵"。后来，刘彤又把这个配比提到了1 ∶ 5，"九久"的服务水准立马得到提升。

在"九久"开业之初的很长一段时间里，只收进了五六个老人，两个护理员，一个白班，一个夜班，再加上刘彤、柯敏时不时亲自上阵，已足够满足服务需要。但是，邵老爷爷两口子的特殊怪癖，让护理员的工作量成倍增加，服务难免顾此失彼，老人们有怨言，护理员也有怨言。有一回，小杨正在清理一位老人的大便，那边陈老太太凑起了热闹，嚷着让小杨到她的房间用热水烫坐便器。小杨过来得迟了点，陈老太太不高兴了，投诉小杨服务态度不好，并打电话喊来儿子进行交涉。

刘彤直截了当地把老两口的怪癖一五一十地对小邵先生说了。小邵先生非但不责怪护理员，反而口口声声地说"对不起"，再三恳请"九久"多担待些。小邵先生的谦和态度让刘彤坠入云里雾里，搞不清这到底是怎么回事。后来，小邵先生不得不道出了实情，长叹一口气，说："我这老爸老妈呀，在家就这样。保姆都换十几个了，弄得我都不好意思再去中介了，他们跟说我，服侍你爸妈的保姆还没出生呢。否则，我也不会这么急着要把他们送了来。你们能收下他们，算是帮了我的大忙。我现在终于可以抽出空来打理自己的生意了。你们要是不收，我恐怕现在连饭都吃不上了。就凭这一点，我也要感谢你们'九久'！"

刘彤恍然大悟："原来如此！"

对于下一步的处理办法，刘彤也给小邵先生指出了两条路子：一条是再找一位护理员专门照顾他的父母亲，但相当于护理员与老人的配比变成了1 ∶ 2，那么对他父母亲的收费就得翻倍；另一条就是让小邵先生另外想办法，理由也很明了，如果增加了一位护理员而不提高收费标准，对那时的"九久"而言就是雪上加霜，由于入住的老人数量太少，"九久"一直是亏本运营，增加一个人等于多支出一人的人工工资，增加运营成本不说，反而在老人中间造成服务不公平现象，得不偿失。

两条路摆在面前，但小邵先生的态度很坚决：人不会走，钱不会增。他走进父母的房间，几乎是带着哭腔说："妈，太阳是不要钱的呀！你们能不能省省事，权当可怜可怜我这个做儿子的！"

看得出来，小邵先生的乞求让老两口有所触动。后来的事实也证明了这一点，打这之后，老两口确实变得随和了一些，不再那么磨人了。

然而有一天，小杨突然哭着从邵老先生夫妇的房间跑了出来，到刘彤跟前一把眼泪一把鼻涕地说："刘老板，我再也不进那个房间了，就是给我一万块钱，我也不干……"

刘彤问："怎么回事？"

小杨哭说："他们侮辱人，让我剪老爷子……下身的……毛……"

刘彤吃了一惊，简直不敢相信竟然有这种事？！作为女人，她理解小杨此时委屈的心情，如果换了自己，自己也会与小杨一样，甚至情绪比小杨还要激动；但是，她更加知道自己的身份，自己是养老院的院长，是老板，是管理者，此时绝不能与护理员一样控制不住情绪，必须听取两方面的情况后，再作决断。她竭力让自己平静下来，走进邵老先生夫妇的房间了解情况。原来，邵老先生下身的肌肉一时梗住了，小便小不出来，于是陈老太太让护理员把丈夫的阴毛剪了，说是刺激一下，没准就能逼出小便。

刘彤听了，又好气又好笑，问："您怎么知道这个办法可行？在家里试过？"

陈老太太摇摇头。

刘彤真是拿这位老太太没办法，才改了先前的怪癖没几天，现在又改唱这一出，谁知道下面又会唱哪一出呢？随时都要准备对付她突发奇想派生出来的怪癖。问题是，不知道这新的怪癖何时蹦出来，不知道新的怪癖又会是什么。但对于邵老先生小便小不出来的问题，刘彤还是有解决的办法，那就是转移老人的注意力，尽量让他放松，一放松，小便就能小出来了。于是，刘彤喊来柯敏，一个坐在老爷爷的床沿上，另一个坐在老太太的床沿上，与他们拉起了家常，拉着拉着老两口就说起了自己的“黄金时代”，老爷爷得意自己的桃李满天下，老太太却是沉浸在自己往昔的美丽之中……时间在闲聊中一秒一秒地过去，老爷爷梗住的肌肉也慢慢松弛下来，小便终于哗哗地尿了出来，老爷爷嘴里嚷嚷着“痛快”，一脸的心满意足；老太太听着丈夫的小便声，长长舒了口气，嘴里说：“谢天谢地！”

刘彤和柯敏走出老夫妇俩的房间时，心里是落了块石头，禁不住感慨：办养老院真不是想象的那么简单呀！

突然，一个念头再次跃入刘彤的脑海：如果有医疗介入该多好，也不至于闹出“小便风波”来。一个声音在呼喊：医养融合，你到底在哪里？

自打“九久”开业以来，刘彤已不止一次听到这声呼喊。“九久”开业那会儿，她第一时间把母亲接了进来，她是那么兴致勃勃，以为终于可以亲自照顾母亲了，终于可以尽孝了。哪晓得，母亲只在“九久”住了半天，就不得不又送进了医院。母亲切开的食管需要进行严格的专业消毒，但现在的“九久”还不具备这个条件，只半天工夫，切开的食管就有了感染的迹象。母亲重新住进了医院，刘彤流下了眼泪。自己是为了父母才建的这座养老院，现在养老院建成了，可父母却住不进来。

“难道这样就算了？”她问自己。“不！绝不能就这样算了！可是，医养融合，你在哪里呀？”

2……与死亡“零距离”

办养老院，有两关必须过，第一关就是清理老人的大小便关。招聘护理员时，刘彤问前来应聘者的第一个问题就是：你嫌不嫌老人的大小便？那些迫切需要这份工作的应聘者不假思索地说：我喜欢老人，不会嫌的。往往立即表态的，没干几天，自己就主动走人了，因为他们受不了老人的大小便。老人可不是婴儿，婴儿的大小便没多少味儿，虽然失智失能的老人与婴儿无异，但他们往往一天要服好几种药，肠胃多少都有些毛病，大小便都很臭，受不了这味的，自然就走人了。

另外一关就是老人的死亡关。只要住进养老院的老人，往往都在养老院走完人生的历程。从某种意义上说，养老院又是一个临终关怀的地方，一些上档次的养院都设有“安宁疗护中心”，就是专门为临终老人设立的。但是，开业之初的“九久”却在与老人家属签订的协议上写下了这样的条款：“甲方（“九久”）不接受老人在甲方死亡，一旦老人发生生命危险的迹象，立即通知乙方（老人家属）将老人送到医院。”这一条款的设立，无形之中抬高了入住“九久”的门槛，后果就是流失客源。

刘彤为什么非要在协议上加上这个内容呢？这其实关系到她内心的阴影。

这事还得从她12岁时说起。那个年代，楼房还不多见，家家户户住的都是平房，房内几乎没有什么装潢，但在窗口常常会摆着一张书桌，书桌上会放些墨水、笔筒、纸张、书本等办公用品，家庭条件好些的，还会在书桌上压着一张玻璃台板，台板下面是家人的照片、画面美丽的贺年片，当然还会有一些纸纸片片，上面记着一些重要信息。

那年夏天，妈妈给了刘彤10元钱。那时候，10元钱可不是一笔小钱，开学时，交书本学杂费、买学习用品绰绰有余，余下的甚至还可以做件新衣裳。刘彤第一次拿到这么多钱，不知道该放在什么地方才放心，口袋里、书包里、枕头下面都一一试过了，总觉得不踏实，于是又把钱拿出来，琢磨来琢磨去，决定把它放在书桌的抽屉里，夹在了一本书中。

夏天，家家的窗户都是开着的，刘彤家的窗户也开着。吃完晚饭，天色渐暗，家人都出去乘凉了。按常理，刘彤也该搬着张小椅子、拿着把小扇子与家人一起乘凉，但她记挂着抽屉里的10元钱，便进了里屋。这时她看见了至今都令自己心惊胆战的一幕。只见窗口站着一个高大的影子，整个身子都伸进屋里，正低着头拉一只抽屉。一个12岁的女孩哪经历这样的场面，禁不住呆立在那里，心里头想着叫人，可喉咙像被什么塞住了，只是发不声来。那影子意识到有人进屋来，猛一抬头，一下子就看到了呆立在那的刘彤。刹那间，刘彤只觉得掉进了冰窟里，浑身冰赤冰赤，因为影子的目光在幽暗中闪着幽蓝的光，寒寒的，凶凶的，像把刀似的。刘彤不禁尖叫了一声……等她醒来时，已躺在医院的病床上。

这个惊吓，对刘彤几乎是灾难性的，至今她都害怕黑夜，不敢走夜路，就是住在高楼上，也绝不会在窗口放一张桌子；对于死亡，更是恐惧得无以复加，甚至听到住宅小区里传来办丧事的音乐声，她都会立即逃离……这种深刻的恐惧，是她心里最柔弱的地方，但又不好意思对人诉说，因为她是“九久”的老板，她必须是强大的。

因为这种深深的恐惧，刘彤在开办“九久”之初，才在协议上增加了上面的那个条款。在业内人士看来，这简直是不可思议的；在老人家属看来，这个条款太过苛刻，让人难以接受；在员工们看来，这是赶着把客源往外推呀。

可是，又有谁能理解刘彤内心的那份恐惧呢？

然而，还是怕什么就来什么。

2011 年夏日的一天，一位护理员的丈夫罹患癌症到镇江第一人民医院化疗。等化疗结束，护理员就打算回句容农村照顾丈夫。护理员难找且流动性大，是一直困扰养老机构的难题，至今都没有得到有效解决，何况是那个时候。从内心来讲，刘彤真的不想放了这位护理员，因为她那时已是一个比较成熟的护理员，服务技能与刚来时相比，已不可同日而语，而且她的服务态度比较好，老人对她比较满意。如果再招一个新的进来，又得重头手把手教起，还不一定能坚持得下来。另外，这位护理员家里比较贫困，丈夫生大病得花钱，两口子一起回到农村，顿时失去了固定的生活来源。考虑到这两个方面，刘彤决定让这位护理员的丈夫到“九久”免费吃住，这样一来，既留住了护理员，又保证了她固定的收入，她的丈夫又可得到很好的生活照料，两全其美。

谁知道，护理员丈夫第二次化疗结束后的第五天，突然就血管爆裂，连 120 还没来得及打，就死亡了。刘彤赶到现场，整个人都僵住了，因为她看到那房间墙上、地上全是喷出来的血，目之所及全是鲜红鲜红的，闻见的是强烈的腥气味，耳边响起的是那位护理员悲痛的哭声。她当场吐了出来，吐到最后，黄胆都吐了出来，满嘴全是苦味。

这个场景的刺激，对刘彤而言是非常强烈的。后来的很多天里，她一闭上眼睛，那场景便又浮现起来，折磨得她彻夜难眠。在整夜整夜的折磨中，她不得不反思那个条款的设置是否合理。养老院肯定得死人，这是活生生的现实，不接受也得接受。那个条款不过是掩耳盗铃，自欺欺人罢了，因为就算预见了死亡，谁又能算得出死亡的具体时间？死亡，往往是突如其来地发生的。

这次与死亡的“亲密”接触后，当有的家属要求老人死在养老院时，刘彤也不再那么排斥了。

在“九久”死亡的第一位老人是位65岁全身瘫痪的老爷爷。那是2012年初夏，距离护理员丈夫死亡的那天差不多一年的时光。老爷爷走得很安详，但并不平静，这不平静完全是一件偶然事件，与死者本身无关。

由于老爷爷的家属在外地出差不能及时赶到，刘彤壮着胆子，带着柯敏和两个护理员替老人擦身、穿衣。没想到，就在大家忙得不可开交时，突然停电了，整个“九久”沉浸在黑暗之中。

不知道谁喊了一声：“鬼！”

几个女人条件反射似的丢下手中的活计，有两个挤在墙角里，瑟瑟发抖，还有一个干脆往房间外跑。刘彤记得自己不知是抓住了谁的手，只觉得那手是冰凉冰凉的，要不是这只手在不住地颤抖，她还以为抓住的是死者的手了。刘彤虽然也很恐惧，但理念告诉自己，这个时候别人可以慌，但自己不能乱，因为她是老板，是这里的主心骨。于是，她紧紧地抓着那只手，大着胆子摸黑走到了曾经给了她心理阴影的窗口，撩起窗帘往外瞧，只见丁卯桥路也是黑黢黢的一片，她明白了丁卯片区都停电了，于是她高声喊：“慌什么慌？是跳闸！”话音刚落，电就来了，房间里一片光明。

刘彤催促着：“大家快动手，替他穿好衣服，殡仪馆的车就快到了。”

然而，谁都没有动手，在场的人都怔怔看着刘彤。

刘彤问：“你们愣着干什么？还不快干活？”

柯敏说：“刘总，你的手……”

刘彤举起自己的双手，简直不敢相信自己的眼睛，只见自己左手臂全是指甲抠进去的血印子。她终于清楚了，黑暗中她抓住的其实是自己的手呀！

经历这次死亡事件之后，刘彤把那个条款从协议书上彻底删除。她说，感恩“九久”，感恩它让自己走出了心理阴影，感恩它让自己战胜了自我。

3……“九久”拒绝烟民

养老业内人士都不会忘记2015年5月25日在河南鲁山县康乐园老年公寓发生的那场大火，在那场大火中，入住老年公寓的39位老人丧生、6人受伤，过火面积745.8平方米，直接经济损失2064.5万元。这场大火成为中国养老业的一场大悲剧，这场悲剧的背后，其实折射出诸多养老机构存在的安全隐患和管理的不规范，足以让所有养老机构的从业者警醒。

刘彤是从网上看到这则新闻的。2015年的“九久”已搬迁至位于官塘桥路上的“鸿雁山庄”，开始了“医养融合”的试点，发展步入快车道，但刘彤读到这则新闻时，还是惊出了一身冷汗。她庆幸的是，“九久”从诞生之日起，一直把消防视作生命线，拒绝烟民入住“九久”，也从源头上切断火灾的安全隐患，就是在“九久”最困难的时候，从来没有在“拒绝烟民”这一条上让过步。

2011年初的一天，有三个中年人带了一个老爷爷到“九久”看地方，转了一圈后，他们不住点头，商议着说：“就这一家吧！”

这三个中年人都是这位老爷爷的儿子，都是做老板的，自然是财大气粗。一开口就要一个包间，愿意每月支付6000元。要知道，那时镇江市级机关正科级干部的月工资还不足6000元。这个价码开得确实挺高，也很诱人，刘彤甚至以为这是自己听错了。

生意人的眼睛通常都很“毒”，他们立即从刘彤的表情里捕捉出了她的疑虑。于是，他们说，跑遍了镇江所有的养老院，“九久”的服务是最好的。“老头子托给你们，放心！”

他们以为刘彤会爽快地收下他们的老父亲。没想到，刘彤却是问了他们一个问题：“老爷子抽烟吗？”

“抽了几十年了，戒不掉了。否则，我们也不会要一个包间。”

“不行！不行！不行！”刘彤摇着头，坚决地说。

三个人互相望了望，交流着会意的眼神。三兄弟中最年长的一位说：“这样吧，我们再加2000元，总行了吧？！”

“这不是钱的问题。老人在养老院抽烟，撇开污染空气不说，还是重大的安全隐患。请三位老板设身处地为我们想一想，如果允许老人在养老院抽烟，万一遇到他们头脑不太清醒的时候，乱扔烟头引发火灾怎么办？这是高压线，我们不敢碰，也不能碰。‘拒收烟民’是白纸黑字写在协议上的，我们不能自己定了规则，再自己破坏规则。做生意不就是讲规则吗？”

“不，做生意讲的是利益的博弈！做生意不就是想多挣钱吗？再说你房子空了那么多，我们包房间正常给费用，再说我们只在房间里吸烟，又不要紧。”三个老板争辩着。

这时，一位工作人员把刘彤拉到一边，悄悄劝说，现在“九久”这么困难，又是这么大的客户，就破例收了吧。

是呀，那时的“九久”确实很困难，一共只收入了八九个老人，连收支平衡都没有实现，全靠刘彤的个人积蓄在运转。可是，不能为了钱就去碰高压线，就去破坏规则，这是饮鸩止渴呀，饮鸩止渴的事做不得！

见刘彤的态度如此坚决，三个老板无奈地说：“刘总，你真不是做生意的人！以后，你会在这上头吃大亏的！”

刘彤说：“谢谢提醒！不过，这亏我吃定了！”

父子四人走后，惋惜的情绪却在员工中间发酵起来，他们都说刘彤做生意太认死理，这样做下去猴年马月才能住满老人呀？还说他们这是“皇帝不急太监急”。

刘彤理解员工们的好意，他们这是在为“九久”担忧，但是她更明白如果任凭这样的情绪持续发酵下去，肯定会影响到“九久”的工作，工作一懈怠，服务质量就会下降，服务质量一下降，“九久”还靠什么去生存发展。现在的“九久”虽然困难，但还没有到少了这6000元就不能过的地步。她当机立断，把所有的工作人员全部召集到自己的办公室。说是所有的工作人员，其实总共也就十来个人，但一起集中在总经理那间小小的办公室里，空间还是显得过分拥挤。刘彤的目光从每个人的脸上扫过，员工们感觉到了她目光里的严肃，与平时温和的刘总几乎判若两人。

刘彤说：“我知道大家都在惋惜，一笔6000元的生意，仅仅因为老人抽烟而不能做成。可能大家会想，社会上这么多人抽烟，‘九久’的老人怎么就不能抽烟？怎么就不能收下抽烟的老人？6000元可是一个顶仨呀！要说这6000元，我比谁都想要。但我不能开这个口子、破这个例，‘拒绝烟民’可是白纸黑字写在协议上的，既然写在协议上，双方就都得遵守，这叫‘契约精神’！这里，我不想给大家讲什么是‘契约精神’，我只想给大家说一个老人抽烟的故事，这是我读小学一年级的时候亲眼看到的。那时，我家的邻居里有一位老太太，大概七十多岁的样子，人很面善，也很干净，就是平时爱抽个烟，常常叼着烟到邻居家串门。她抽的烟可不是我们现在看到的这种现成的卷烟，她是把地上的烟头捡起来，把烟丝收集在一起，然后自己卷起来再抽。每次都是香烟快烧着自己的手指头了，她才把烟头扔掉，用鞋底把烟头踏灭。有一天，她家失火了，老太太被烧死在屋里，家里的家具被烧个精光，她隔壁的邻居家也遭了殃，也损失了不少东西。

我家与老太太家中间隔了几家，所以才有幸没烧着。后来，公安局过来查，得出的结论是老太太抽烟乱扔烟头，把帐子烧着了，引发了火灾。邻居们都不理解，老太太平时都是把烟头踩灭的呀，怎么会把烟头扔在了帐子上？想来想去，只有一个原因，那就是老太太年纪大了，一时犯了迷糊，随便扔了烟头。从那时起，我就认定抽烟绝不是件好事；长大以后，对社会有了自己的看法，偶然会想到那个抽烟的老太太，就更加坚定地认为，抽烟对家庭对社会都不是件好事。后来，我进了保险公司，财险、寿险、意外险，什么样的保险都跑过，见识过各种突如其来的事故，有的事故给我留下的是血淋淋的记忆。做了这么多年保险，我明白了一件事，保险是保万一，不是保一万，因为没有人能料到万一会发生什么，所以才有了保险这一行。我们现在做养老院，谁能料到这些老人还有在座的各位万一会发生什么？我刘彤没有这本事！这世界上可能谁都没有这个本事！如果有这本事，怎么电视上、网络上天天都在报这个灾那个难的？虽然我们没有本事预测万一发生的事，但是，我们可以对能够料到的风险加以防范，把风险的发生概率降至最低。比如，“拒绝烟民”这一条，就是把可能发生的火灾概率降到最低。住进养老院的老人，大多不是失智就是失能，脑子一时清楚一时糊涂，如果允许老人在养老院抽烟，万一他们乱扔烟头怎么办？在座的谁能保证分分秒秒盯着他？既然知道了抽烟可能会引发火灾，不如就不收抽烟的老人，一了百了，这是最保险的做法，大家说是不是这个道理？”

听着刘彤语重心长的话语，员工们禁不住连连点头。这些话可不是刘彤信口开河随便一说，而是经过一番认真思考之后才开口的，全是自己的心里话。但心里话怎么说，却得动心思。如果以说教的方式跟员工大讲消防安全的重要性，肯定没有任何效果。这年头，讲大道理的人太多，讲大道理的场合也太多，谁还有耐心去听？就算听了，谁还会相信？只有讲看得见摸得着的相关实例，才能引发听者的共鸣。

在“九久”的管理中，管理层从不跟员工讲什么高大上却干巴巴的道理，全是从实例入手，将员工的切身利益与实例紧密连在一起，然后再举一反三地告诉员工，什么该做、什么不该做，怎么做是对的、怎么做是错的。

刘彤又说：“我在这里可以负责任地告诉大家，‘拒绝烟民’这一条将永远写在‘九久’与老人家属签署的协议中，‘九久’的员工也同样‘拒绝烟民’。只要‘九久’存在一天，‘拒绝烟民’这一条就永远不改变！”

河南鲁山5·25特大事故发生后，刘彤禁不住感慨万千，她很庆幸“九久”没有收吸烟的老人，也许真的是上天对“九久”的垂怜吧。刘彤借着5·25养老院火灾事故的热度，召开了一次员工大会，会上只讲了一个内容，就是多个角度解读5·25养老院火灾事故，虽然只字不提“消防安全”四个字，可员工却从血的教训中明白了消除安全隐患是养老院的生命线。会后，护理员纷纷主动仔细检查了自己负责的房间，把发现的问题及时反馈给了管理层。之后，每次员工大会刘彤都忘不了把5·25特大事故当成反面材料，不断给员工灌输防火的重要性，效果很好。

4……第一次被投诉

2012年夏季的一天，一个中年女人气势汹汹地冲进了“九久”，紧跟在她的身后是扛着摄像机的记者。女人指着刘彤说：“就是这个女人把我父亲害得进了ICU！记者同志，可要为我做主呀！”女人说着说着，突然就稀里哗啦地哭起来，口口声声向记者控诉“九久”的种种“罪恶”，指责“九久”是无良的养老院。

一旁的记者连忙劝慰女人冷静一些，女人一抹眼泪，义愤填膺地说：“我无法冷静！爸爸还在ICU生死未卜，我怎么能冷静？”女人又一次放声恸哭。

女人这一哭闹，引来了“九久”的一些护理员和老人看热闹，柯敏把他们一一劝回房间。那时的“九久”已住进了20来个老人，如果不及时驱散，人只会越集越多，给“九久”造成不好的影响。

从女人来势汹汹地踏进“九久”，刘彤就没说一句话，没挪一下脚步。对于这个与自己年龄相仿的女人，她是熟悉的又是陌生的。说是熟悉，是因为这个女人说的住在ICU的老父亲，曾经在“九久”短暂地住过，后来老人的身体出现了情况，还是“九久”打了120后，把老人送到了医院；说是陌生，自打老人住进“九久”，这个自称是老人女儿的女人基本就没有再照过面，只是通过电话与之联系，刘彤甚至都忘记了这个女人长什么样子。

就在一个多月前，这个女人带着自己70多岁的父亲来到了“九久”，在经过一番轻描淡写般的“考察”后，女人决定让老父亲住下来。当“九久”的工作人员询问老人的身体状况时，女人说一切正常，没什么毛病，就是生活不能自理。但工作人员发觉老人的反应明显有些迟钝，在回答一些常规性的测试问题时，答错了三四个，比如，把自己的年龄说成是90多岁，把“九久”说成是家里。

“你父亲是不是有点老年痴呆？”工作人员直言不讳地问。

女人板着脸说：“我不知道什么叫老年痴呆。年纪大了，免不了会丢三落四，犯迷糊的时候自然有。”

就这样老人住了进来。

哪晓得，女人刚走，老人就拉下屎来，弄得裤子上都是。照顾老人的护理员老李替他清理完大便，就跑到刘彤的办公室反馈了一个信息：老人的身体上有好几块瘀青。这个信息让刘彤立即警觉起来，难道家属隐瞒了老人其他什么病情？难道老人在家经常受到虐待？难道……在各种猜测中，她和柯敏已经来到老人的房间。她们仔细检查了老人的身体，发现淤青不是老李说的几处，而是十几处，有的已经很淡了，看样子是老的；有的则很紫，看样子就这几天新添的。这个情况，他的家属却只字未提，难道是有什么隐情？

她们马上与送他来的女儿取得了联系。女人说，老父亲血小板低，只要磕着哪，哪就一块青。她甚至在电话里宽慰刘彤，老人身上的这些淤青不会怪到“九久”身上。女人说得轻描淡写，犹如她先前现场“考察”时的做派。

“看来，这是一个对父亲不太上心的女儿。”刘彤在心里默默叹息着，并吩咐老李在老人身上多费点心。

谁知第二天一早，刘彤刚踏进“九久”，老李就迎了上来，急切地说：“刘总，赶紧把昨天收的那个老爷子退回去！越快越好！”

刘彤问：“到底怎么呢？”

老李说：“这老爷子真的太奇怪了，白天瘫在床上动不了，可昨天夜里居然从床上爬起来，还攀了窗户。幸亏我睡得不深，听到动静，一睁眼，就看见他站在地上攀窗户，把我吓出了一身冷汗。要不是发现及时，跌下来摔到哪，怪谁？”

“居然有这种事？”刘彤也惊得张大了嘴。

“千真万确！现在我知道了，老爷子身上的瘀青是怎么来的了。肯定在家也是这样，才跌得浑身都是青的。他女儿弄不了，才送了来。”老李自信满满地分析着。

刘彤做梦也没想到，居然还有这种病？白天瘫着动不了，到了晚上就“生龙活虎”。真是世界之大，无奇不有呀！不过，现在不是惊叹的时候，必须把这一情况立即反馈给他的家属。

这回，老人的女儿在电话里道出了实情，她的父亲不仅患有老年痴呆，还同时患有妄想症，攀爬窗户，砸东西，自虐，甚至自杀，都有过。她之所以向“九久”隐瞒这些，主要是担心不收他。“我这不是实在没辙了吗，才把爸爸送了来。对不起！”

刘彤听到电话那头传来了哭腔，她说：“您的难处，我理解。可您也要理解理解我们。您父亲这种情况，我们没遇到过，也没有办法对付。还是请您领回去吧，找一家有医生的养老院吧。这一天的费用，我们全免了。”

听到刘彤这么一说，女人立即收住了哭声，说：“既然已经收下了，就不可能退回来。好吧，我父亲如果因为出现妄想症的行为造成受伤甚至死亡，我们不怪你们。”

刘彤本想再一次拒绝，但想到这个老爷子有些可怜，再说“九久”也需要更多的老人入住，心便软了。她说：“如果您诚心把父亲委托给我们照顾，鉴于您父亲的情况，还要追加签署一份免责协议。还请您理解。”

女人不耐烦地说："你们真是麻烦！好吧，你们把协议送来，我签字就是了。"

尽管女人签了免责协议，但刘彤还是觉得心里不踏实，有种隐隐的担心。在自己手上过了20多个老人，还是第一次生出这种感觉。她把老李叫过来，给他一本本子，布置给他一项任务，就是详细记下这位老人每天的情况以及护理情况。后来，这些记录被称为"护理日志"。

一般说来，养老院的护理员文化水平都比较低，有的甚至是文盲，拿工资时都是按罗印的。但老李不同，当过兵，写得一手好字，要不是因为当兵期间违反计划生育政策被开除了，也许现在正在什么地方做着所谓"体面"的工作。当初招他进来时，刘彤就是看中他的一手好字。但是，这么一个特长却在"九久"无用武之地，刘彤替他可惜，现在终于派上用场了，正好也试试他的文字能力，日后也许可以培养他进管理层。

应该说，老人的女儿还是讲信用的。有一回，老人夜里从床上爬起来，攀窗户，摔了下来，老李虽然接住了，但老人的头还是磕到了床架上，鲜血直流，送医院缝了五针。为这事，刘彤很过意不过去，又派柯敏专程给老人送去了慰问品和慰问金。那天，柯敏在医院遇到了两个中年女人，这才知道老人其实有两个女儿，送老人到"九久"的是大女儿。那小女儿先是责怪姐姐为什么要送爸爸进养老院，大女儿则反问妹妹为什么不把爸爸接到自己的家里。当小女儿知道了柯敏的身份后，立即调转枪口，摆出了一种得理不饶人的姿态，数落着"九久"的种种不是。柯敏被她咄咄逼人的气势压得都不敢辩解，只能左一个"对不起"右一个"对不起"地赔不是，毕竟老人是在"九久"受的伤，再怎么着"九久"也是有责任的。见柯敏这么弱势，那个小女儿便见风长一般更加得了势，扬言要到媒体上曝光，还说她新闻媒体上有的是人。

这时，大女儿出面调停了。她对正在气头上的妹妹说："你闹什么闹？！我可是签了‘免责’协议的，爸爸这事，我认了，你甭管！”

听了姐姐的话，小女儿无话可说，找了个借口出去了。

大女儿又再次向柯敏询问了老父亲在“九久”跌倒的前前后后，柯敏又把前后经过“复盘”了一遍。大女儿听了，又再三表达了自己对“九久”的感谢之情，还口口声声地说：“你们‘九久’真是服务好，价格又公道，性价比高。看来，把爸爸送进‘九久’送对了！”

柯敏回到“九久”，把医院的那一幕一五一十地对刘彤做了汇报。刘彤的心便更加不踏实起来，先前的那种担心化作了某种不祥的预感。没有多久，这预感变成了现实。

这一受伤，老人安稳了一阵子。然而有一天，老李敏锐地发觉老人的身体状况出现了问题，吃饭不香，嗜睡，发烧。“九久”第一时间通知了老人的大女儿，让她赶紧送老人到医院。大女儿说正在国外旅游，过几天回来再说。又过了一天，老人的症状并没有得到缓解，“九久”只好硬着头皮打电话给小女儿，小女儿在电话里没好气地说：“找我姐去！人是她送去的，我不管。”又过了一天，老人烧到了39度，这回刘彤亲自通知老人的女儿，两个女儿还是一如既往地扯皮。看老人的情形，这样拖下去肯定不是办法，于是刘彤当机立断，打了120送老人进医院，并电话告知了两姐妹。

“九久”的工作人员在医院陪伴老人一天之后，终于盼星星盼月亮般把大女儿盼到了医院；又过了一天，老人被推进了ICU；再后来，大女儿带着记者冲进了“九久”。在这整个过程中，小女儿一直没有露面。

大女儿一把眼泪一把鼻涕地指责“九久”服务有问题，才导致她的父亲生命垂危；刘彤也把如何发现老人健康出了问题、如何与老人家属联系、如何送老人到医院的过程全盘托出。双方各执一词。“九久”拿出了“护理日志”，记者回去翻看了日志后，决定不播出这档节目。

本来以来，这个风波就这样平息了。然而有一天，刘彤突然被养老机构的主管部门民政局“请”了过去。原来，大女儿并不甘心，见节目没有播出，又转而打12345投诉电视台，说电视台包庇“九久”的不义行为。这个投诉虽然不是直接针对“九久”，却是因“九久”而起，作为养老机构的行业主管部门出面干涉了。

民政局的同志说：“刘总，凭我们对您的了解，我们相信您。但是，光我们相信没有用，您得拿出证据，让举报人心服口服才行。”

刘彤把老李的“护理日志”送至民政局的同志手中，说：“这本‘护理日志’难道还不能说明问题吗？恳请你们找专家鉴别日志的真伪，还‘九久’一个清白。”

民政局的同志认真翻阅了“护理日志”后，语重心长地说：“刘总，办养老院，一定要做好做被告的准备啊！”

这场风波最终平息了，老李的“护理日志”立下了头功。

这件事的教训让刘彤不得不静下心来反思“九久”开业一年多来所走过的路。养老院属于服务业，但又不同于餐饮、商场等服务业，它给予消费者的不是某样商品，而是人心。这世界上，恐怕没有比人心更复杂的东西了。她做出了三个决定：一是为“九久”聘请法律顾问，出了问题，可以更快地寻求到法律的援助；二是建立“护理日志”制度，对于那些有点文化的护理员，要求他们自己记“流水账”；对于没有文化的护理员，他们口述，由管理人员帮着记录；三是进一步对入住的老人进行筛选，拒绝那些子女不孝的老人。

可以说，这场风波之后，“九久”的管理上了一个新的台阶。

5……实现收支平衡

每一个产业都有各自的发展规律，养老机构的发展亦是如此。据中国2018年版《老龄蓝皮书》（社会科学文献出版社）介绍：“2015年，全国老年人日常生活需要别人照料护理的比例为15.3%，仅大小便失禁的比例就高达8.1%，80岁及以上老年人自报需要服务的比例为41%。”然而面对如此刚性的老龄服务需求，我国对解决老年人问题“缺少立足全体公民全生命周期养老准备的顶层设计”。顶层设计的缺失，也造成国内的养老机构尚处于自发发展的初期，至今没有一本总结养老机构发展规律的系统性专著，有的也只是一些散见于杂志和网络上的一鳞半爪的知识，尤其是三线城市的养老机构更无可借鉴的经验，经营者只能是“摸着石头过河”，纯粹靠自己摸索，走一步看一步，这也造成了很多养老机构处于惨淡经营的状况。

但是，社会对养老机构的要求却很高，首当其冲的就是要求养老院的工作人员必须要有爱心，要像爱自己的父母一样爱入住的老人。正因为如此，关于养老院的负面新闻在网络上铺天盖地。其实，在这个世界上，除了父母可以要求自己的子女对自己要有爱心外，没有谁有权利要求别人对自己要有爱心。养老院是一个特殊的服务机构，它给予的服务体现出了爱心，但归根到底这还是职业使然，服务好了，会说你有爱心；服务不好了，会说你没有爱心。这就是道德绑架。

当初，刘彤创建“九久”，完全凭着自己的一腔热情，满脑子想的是要为自己的父母建一座养老院，哪里想得到那么些弯弯道道？要知道，养老院并不是慈善机构，初衷再怎么高尚，能不能存活下去，靠的还是经营。

“九久”的经营理念是，以良好的服务吸引人，不打价格战，同时有选择地挑选客户，比如拒收吸烟的老人，比如拒绝子女不孝的老人，从而无形之中抬高了“九久”的门槛。在最初的三年里，“九久”的一张床位收费标准在1800—2400元/月，镇江其他养老院则是1200—1800元。当时，镇江市城镇居民人均可支配收入情况是2010年23224元、2011年26637元、2012年30035元，平均下来人均月收入在1935元、2220元、2503元。按这样的收入水平，“九久”的收费确实偏高了些。

但是，不同的收费标准给出的服务质量肯定是不一样的。

现在很多养老机构以“高大上”的硬件设施来博眼球，对于养老机构而言，硬件肯定是很重要的，只要有钱砸进去，硬件水平都能上得去。然而，硬件是一回事，服务质量又是另一回事。

俗话说，外行看热闹，内行看门道。衡量养老院服务水平的核心指标就是护理员与老人的配比。最初，“九久”的标准是1∶6，就是1个护工照顾6位老人，护理员在夜里陪住，而那时镇江其他养老院则是1∶8—1∶9，夜里只有值班护理员，护理员不陪住。为什么刘彤定的是这个标准呢？那是因为“九久”接收的老人是依照刘彤母亲患小脑萎缩时的模型而定的，简单地说就是需要全护理的老人。回想起母亲从患病至生命终结的那些日子，刘彤除了心痛，就是身心俱疲的无助，守在母亲的病榻前，看着母亲每一次进食、每一次翻身、每一次排泄，无一不需要依靠别人的帮助才能完成，她从母亲的表情中知道了母亲是极其痛苦的，这种肉体和精神的双重痛苦是没有人能为母亲分担的。正因为理解了母亲的痛苦，刘彤才明白护理员的服务质量对于患病中的老人是多么的重要。在以 1 ∶ 6 的标准试运行了大半年后，刘彤又毅然把标准提高至 1 ∶ 5，那是因为在这大半年中，她通过仔细观察，敏锐地发现，由于护理员个体能力的不同，体现出来的服务质量也不同，能力强的，会“弹钢琴”的，1 个基本可以照顾好 6 个老人，但体力上还是感觉有点吃力；能力中等的，还算能扛得下来，服务质量就要减半；能力差的，顾此失彼成了家常便饭，服务质量可想而知。当标准达到 1 ∶ 5 后，服务质量立马上去了。在后来的不断实践中，“九久”得出了这样的经验：对养老院的服务而言，1 ∶ 5 是一个临界点，高于它，服务质量立即上升一个台阶；低于它，服务质量便一泻而下。如今的“九久”，护理员与全护理老人的配比是 1 ∶ 3，有的甚至达到了 1 ∶ 1。

拿 1 ∶ 5 的配比与“九久”的收费标准进行比照，你会发现“九久”是用 9000—12000 元来养 1 个护理员，而其他养老院则由用 9600—14400 元来养 1 个护理员，实际上，“九久”的收费标准反而低了。可是，老百姓哪懂这些？只知道往价格便宜的地方去。由于“九久”不肯降低服务标准，对客户又有一些限制，口碑还没有做出来，客户人数明显偏少，从 2010 年到 2012 年底两年多的时间里，“九久”一直在亏损运行，靠刘彤的个人存款才勉强维持下来，她个人投下去的 150 万元成本，收回更是遥遥无期。

银行账户的钱在一天天减少，可入住老人的增加速度远远赶不上银行存款的减少速度，护理员的流动性又那么大，有的甚至才干了三天就走人。钱的压力，员工的流失，工作的负重，像三座大山压得刘彤简直喘不过气来，失眠，盗汗，心慌，四肢乏力，没有食欲……排山倒海一般向她袭来，她以为自己身体健康出了状况，她联想到了母亲的病，于是深深的恐惧像一条蛇缠绕着她，让她不分地点、不分场合、不分时间突然之间就有了窒息的压迫感，她必须反复做深呼吸才能缓过劲来。她不得不到医院做了各种检查，但各项指标都是正常的。医生说她工作压力太大了，建议她外出旅游给自己减压。

可是，自己怎能走得开呢？走了，把这摊子撂给谁？自己有这个权利吗？

她常常站在“九久”那个供老人活动的大平台上，望着沉沉的夜色，脑中一片空白，只有一个声音在耳边反复盘旋：“何时才是个头呀？还能扛多久呢？这就是我要的生活吗？我要的生活难道就是这个样子的吗？”

然而，无论压力怎么大，都不能把重压之下的颓废情绪表现在自己脸上，更不把这种情绪传染给员工们，因为自己是老板，如果老板都扛不住了，还指望员工替你扛吗？在员工面前，就算心里头揣着的是黄连，自己这个老板也要笑对员工、笑对老人。

那时，只有柯敏能够理解刘彤心中的苦。当初自己是铁了心跟着刘彤辞了职干养老，没想到会走得这么艰难，甚至比敲开一家陌生人的门宣传保险还要难。难道自己错了吗？难道刘彤错了吗？但这个一闪而过的怀疑，很快就被自己打消了。因为凭着对刘彤的了解，她相信刘彤，相信刘彤一定能够在养老业中打出一片新天地。她也暗暗计算过，只要“九久”把配比降下来，把收费标准减下来，把自我设置的门槛取消一两个，入住老人的数量立马呈几何级增长。

有一天，柯敏陪着刘彤站在大平台上聊天时，她把自己心中的想法一股脑儿倒了出来。她劝说：“刘总，降价吧，把人先弄进来再说！”

刘彤摇摇头，说：“我何尝没有想过走条路？可是，我不能走这条路。我家里有过患重病的老人，有过时时刻刻都离不了人的老人，那种心痛你们是体会不到的。我办‘九久’的初衷就是冲着那样的老人去的，就是要让他们得到24小时全天候的护理，就是要他们吃可口的伙食，就是要他们的房间里没有大小便的臭味，就是要陪老人说话聊天哄他们开心。如果违背了当初的心愿，像别人那样去运作‘九久’，我办‘九久’还有什么意义？做一件没有意义的事，当初我们不是白辞职了吗？‘九久’的服务就值这个价，我不降，坚决不降，再难，我扛着，我们一起扛着！”

见刘彤说得如此坚决，柯敏知道刘彤的心意已决，从此再没有提过此事。

现在回想起来，最艰难的那三年，其实是养老机构必须经过的阶段，这是由养老产业的特点决定的，尤其是投入少、规模小的小微型养老机构，由于没有大量的资金做广告投入，只能如履薄冰般一点一点地做口碑，口碑上来了，机构才能步入良性运营。但是，那时的刘彤不懂这些，也没有人告诉她这些。虽然养老是刚性需求，但一个三线城市就这么大的体量，数得过来的几家养老机构都在惨淡经营，谁还有心去总结走过的路？谁还有心去帮助别人？

那时，支撑着刘彤坚持下来其实主要有三个因素。

第一个因素就是在保险行业的10年历练。她曾经到一个地方做市级保险公司的老总。当她雄心勃勃走马上任时，第一天还有十几个保险业务员听自己在台上讲话，只一夜之间，她这个老总就成了光杆司令。就是这么艰难，她都挺过来了，到年底时，当年的公司业绩在全省所有市级保险公司中排第二位。“九久”现在的情况与那时比来，就是“小巫见大巫”的关系，那时自己是光杆司令，现在好歹还有七八个跟着自己。在保险公司走过的风风雨雨、坎坎坷坷告诉她，越是大家都质疑的时候，越是要坚持下去，熬过了，就成功了。

第二个就是政府和社会各界的支持。2011年刘彤被镇江市政府授予十大“创业明星”称号，2012年刘彤又被镇江市政府授予“镇江市十大创业年度人物”称号，镇江的媒体也多次报道了刘彤孝老爱亲的事迹。这些荣誉虽然是刘彤个人所得，却从中反映了社会对“九久”的认可。手捧着奖杯，刘彤的心中五味杂陈，悲喜交集，在发表获奖感言时，她由衷地说：“在此，我要说的除了感谢还是感谢，感谢社会各界对‘九久’的关心支持，感谢大家对养老业的关注。虽然‘九久’

现在还很艰难，但有这么多人的关心支持，我越来越坚信，‘九久’的路子是正确的，‘九久’的明天是美好的！”

还有就是在国家政策层面对投资养老终于有了“干货”。2012年7月，民政部发布了《鼓励和引导民间资本进入养老服务领域的实施意见》，为民间资本在养老领域探索成熟的商业模式提供了具有操作性的政策支持。这标志着，养老产业的发展不仅仅是投资者个人的事，而且是政府的大事、社会的大事。这个“实施意见”在网上公布时，震动了整个养老业，一些有眼光的投资者，停止了左顾右盼的摇摆，坚定了投资养老产业的决心。接下去的2013年，被称为中国养老业的发展元年。当刘彤在网上读到这个“实施意见”时，难以抑制心中的那份激动，仿佛一个在沙漠中行走的人，突然发现了一片绿洲，心中的阴霾涤荡得干干净净，充盈着的是满满的希望，她精神百倍地投入到“九久”的管理和运营之中。

到2012年底，入住“九久”的老人入住率首次过了50%，“九久”首次实现了收支平衡。刘彤从财务报表上看到这些令自己心动的数字时，酸甜苦辣一起涌上心头，三年了，三年的苦苦坚持呀，三年中没有与家人一起过过春节，三年中几乎没有吃过一次开胃的饭菜，三年中熬过了多少个不眠之夜，三年中不知道增加多少条皱纹多少根白发，但终究没有辜负三年的坚持，值了！她把账本递给柯敏，说：“谢谢你与我一起咬牙挺过这三年，谢谢你三年不离不弃的陪伴……”说到这儿，眼圈便红了。收支平衡了，但是要收回150万元的投资还有很长很长的路要走，但起码不用刘彤再用“贴老本”来维持“九久”的运营，她终于可以轻装上阵在养老产业中去开创一番新的天地。

实现收支平衡，标志着“九久”已逐步赢得了口碑，标志着“九久”已打开了一扇新的大门，标志着“九久”具备了进一步向前走的可能性。

在“中国养老业的发展元年”来临之际，“九久”终于穿越了严寒，迎来了春天。

第三章　拥有一张养老床位的老人们

民政部发布的《2017 年社会服务发展统计公报》显示，在我国，每千名老人拥有养老床位 30.9 张。这一数据显示着我国进入老年社会以来，养老需求一直维持刚性的状态。在一线城市，一张价位能够被工薪阶层接受的床位，往往要等上三年甚至更长的时间，能否拥有一张养老床位已成为衡量老人幸福感的标志。在三线城市，养老床位虽然不像一线城市那么紧张，但是住进养老院老人的身体状况更是令人“紧张”的，因为 90% 的老人不是失智就是失能，有的是又失智又失能。失智，就是智力有障碍，除了先天性的智力低下者，老人失智等同于老年痴呆。失能，就是失去生活的自理能力，中国老龄科学研究中心课题组（2011）“关于失能老人的判定标准”：选取吃饭、穿衣、上厕所、上下床、在室内走动和洗澡 6 项日常生活活动能力指标，每项以“做不了”“有些困难”和“不费力”三个等级来测评。只要有其中的一项“做不了”即为完全失能老人；没有任何一项“做不了”，有至少一项“有些困难”即为半失能老人；没有任何一项“做不了”或者“有些困难”即为完全自理老人。对失能老人，有 6 项中的 1—2 项“做不了”为轻度失能，3—4 项“做不了”为中度失能，5 项以上做不了为“重度失能”。

在“九久”老人中，90% 是失智失能的，而且又有一半以上是中度和重度失能。这些老人虽然失智失能，却依然组成了一个纷繁的小世界。从本质上说，这个小世界与外面的世界没有多大区别，喜怒哀乐，酸甜苦辣，开诚相见，钩心斗角……该有的都有，该来的都来，不该来的也会来。“九久”的员工却说，感恩这些老人，是智能不全的老人让他们明白了活着的意义。

1……饮食“风波”

有一个场景在刘彤的脑海里怎么也无法抹去。时间久了，这个场景便定格成了一张照片，存放在她心灵深处的某个抽屉里，有的时候她会拉出抽屉，翻看里面的照片，当看到这张照片时，依旧会有一种心痛的感觉。在经历了这个场景之后的很长一段时间里，她总是在问自己：“这是生活吗？这是活着吗？怎么像是在等死呢？”

这个场景是刘彤在筹建“九久”之前，进行市场调研时看到的。这个场景来自一家民营的养老机构。这家养老机构坐落在一个陈旧的住宅小区里，是几套住宅改建的。那是一个阳光明媚的晌午，她和柯敏以有老人要送来为由，与这家养老机构有了近距离的接触。于是，她们看到了令她们至今都无法释怀的这个场景。阴暗的走廊，在弥漫着浓烈的老人味、药水味、屎尿味的气息里，老人们正在吃午饭，吃的是菜粥。她们不假思索地脱口而出：“中午喝粥？那早上和晚上呢？”领着她们参观的中年人连忙接过话茬：“老人嘛，牙口不好，菜粥还是很有营养的。当然了，我们还有小灶的，也有敞亮的房间，当然了，钱……”她们没有欲望再听对方的介绍，也没有欲望再去考察小灶的伙食和敞亮的房间，转身走出了这家黑洞洞的养老机构。

坐进刘彤的车里，她们谁都没有开口，沉默地望着车窗外，那里只有一片坑坑洼洼的空地。良久，终于有人打破了沉默，是柯敏。她说："住在这地方，就是等死呀……"

刘彤说："我们的养老院，得让老人有尊严地活着。"说着，发动了汽车引擎。

话是这么说，可让老人有尊严地活着得从哪里着手呢？仅有决心是不够的，得有实际操作的招。她们也考察过上海的几家养老机构，那么"高大上"，住在里面的老人确实很有尊严，可是普通的工薪阶层住不起，再说她们也没有那么多钱建那样"高大上"的养老院。可是，从哪着手才能让住进来的老人活得有尊严呢？刘彤想起了那碗菜粥。俗话说："民以食为先。"连饭都吃不好，还有什么尊严可谈？她决定从老人一日三餐做起，让老人享受到舌尖上的美味。只要老人住进"九久"后养胖了，家属也就放心了，"九久"的口碑也就树起来了。可以说，为了老人的饮食，"九久"是下足了功夫的，菜谱一天一个样，一周一换，还配备了营养师，为对饮食有特殊要求的老人还专门"开小灶"。

可是，令刘彤始料不及的是，如此精心地安排老人饮食，却闹出一场"风波"。

"九久"刚刚运营那段时间，早餐的包子都是刘彤每天开车到象山的一家包子铺去购买的，因为这家的包子味道好，在镇江很有名气。由于入住的老人少，包子让老人在餐厅尽吃，但不允许带进房间食用。这样一来，食量大的老人可以一顿吃得下三只，但食量小的甚至只能吃半个。食量小的老人就认为自己吃了亏，在家属跟前抱怨，于是家属到刘彤、柯敏那里提意见，弄得她们哭笑不得，她们还开玩笑地说："老小孩，老小孩，真是越老越成了孩子。"但笑过之后，她们不得不反思在管理上的漏洞。如果设身处地地换位思考，包子尽吃确实有些不合理之处，因为大家交一样的钱，能否吃得下是另一回事，但享受的份额理所应当是一样的，否则体现不出公平公正。于是，她们多留了个心眼，注意观察早餐多吃包子的老人午餐和晚餐的情况，立即发现了一个问题，就是这些老人午餐和晚餐通常吃得很少，往往有一半的饭菜是扔掉的。她们决定改变早餐的策略，每位老人早餐包子定量1个、鸡蛋定量1个，而稀饭、烂面等随便吃。为防止新规定实行后又出现新的问题，她们做那些食量大的老人家属的思想工作，虽然包子味道好，吃得太多，午餐和晚餐就吃得少，这样容易造成营养不平衡，对老人的健康是没有好处的。家属一听觉得在理，便主动劝说自家的老人早餐不要贪多，午餐和晚餐一定要尽量吃完定量，以免浪费。后来，推出早餐新规定，早餐“风波”迎刃而解。

包子“风波”让“九久”的管理层明白了一个道理，规则的制订必须从人性中的优点和弱点两个方面考虑，尽量在优、弱之间寻找到平衡点，只要找到了这个平衡点，这个规则才是正确的。

为了保证老人吃得好，“九久”对厨房抓得尤其紧，菜都是刘彤根据菜单，亲自到菜场去挑选。有一回中午的主荤菜是红烧猪蹄，刘彤上街买了5只回来，第二天去厨房检查，打开冰箱一看，居然还有两只没有烧。刘彤敏锐地意识到了问题的严重性。这其中存在两种可能性，一种是厨师自己起了贪心，因为猪蹄剁开后，5只和3只差别不大，打菜时手上控制一点就可以搞定，没人看得出来。如果是这样，这个员工必须立即开除。还有一种就是厨师看到“九久”效益不好，想替“九久”省点钱，这样的员工只要批评教育后改正了即可。

刘彤指着冰箱里的两只猪蹄问：“这是怎么回事？”

厨师的脸一下就红了，嗫嚅着说：“我这不是想省点伙食费吗？两只猪蹄再添点萝卜煨汤，荤汤可当一个荤菜，不就省下一顿荤菜的钱吗？”

看厨师脸红脖子粗的样子和嗫嚅的表述，刘彤感觉他应该不是那种小偷小摸的人，便认可了他的解释。她说：“说到省钱，我这个做老板的，比谁都想省钱。‘九久’刚刚起步，是很艰难。可是，再难，也不能克扣老人的伙食。克扣伙食等于坏自己的口碑。省了钱，却坏了口碑，值吗？下不为例！”虽然那位厨师感觉非常冤枉，但是内心由衷地敬佩刘彤，即使后来离开了“九久”另谋职业，到哪里都说“九久”的老板是一个好人。

刘彤立刻召集员工开会，把这件事当成典型对员工进行教育，还讲了那碗菜粥的事。她反复强调该节省的要省，不该节省的绝不能省，更不能以降低服务质量来节约开支。

还有一年除夕，“九久”老人的年夜饭饭桌上，上了一道清炒安豆苗。平时，食堂是不会上这个菜的，因为捡起来太麻烦，费时费工，人手少，时间来不及。但大年夜的，想讨个吉利，祈福来年“平平安安”。刘彤特意关照在年夜饭的菜单里加了这样“清炒安豆苗”。为了省点事，刘彤花了大价钱亲自从市场上购进了几斤号称不用拣的安豆苗。可是，这道昂贵的时鲜蔬菜却少有老人用筷子。一问才知道，老人们虽然喜欢这道菜，却嚼不动，只好忍痛割爱。钱多花了几倍，好事却没办成，刘彤心里那个委屈呀，菜贩子拍胸脯保证说是不用拣的，结果老人却嚼不动，买回来还是要拣，这不是欺诈还能是什么？花钱买个教训吧！但这个反面例子，让刘彤联想到“九久”，从清炒安豆苗这件事上，看到了“九久”的工作还做得不够细致，要提升的地方还有很多，安排菜肴要站在老年人的角度，其他的服务都要如此，必须从细节出发，只有让老人们满意了，服务才算做到位。后来，她把安豆苗当作一则案例反复跟员工讲，告诉他们“细节决定成败”的道理。

后来的事实证明，“九久”的伙食质量一直在镇江所有养老院中名列前茅，“老人吃得好”成为“九久”的重要标志。

2……钱老爷子的存款单

2013年初冬的一天早晨，刘彤买完菜出了超市的门，一阵冷风袭来，吹得她禁不住打了个寒战，下意识地抬头看看天，很阴很沉，像要落下雪来。阴冷的天，阴寒的风，阴湿的空气，这江南的冬天呀！

但是，她不知道，此时的"九久"已下起了入冬以来的第一场雨雪。

刚进了"九久"的门，就有工作人员悄悄告诉她："派出所来人了。"

刘彤以为听错了："你说谁来了？"

"派出所的片儿警。"

派出所找上门来，十有八九不会是好事，刘彤立即警觉了起来："说了什么事吗？"

"钱老爷子的女儿带来的。"

原来是钱老爷子的事。刘彤料定，肯定是为钱老爷子那20万的存单来的。她定了定神，思绪不禁回到了两年前。

钱老爷子是在"九久"开业不久就住进来的，同时住进来的还有他的老伴。钱老爷子88岁，行动迟缓；老伴83岁，有轻微的老年痴呆。"九久"将老两口子安排在一个房间，专门派了一个护理员照顾他们。两口子刚住进来时，有点"疙瘩"，不太愿意与人说话。但是，随着与大家慢慢熟悉起来后，性格变得开朗了，人也胖了些，特别是钱老爷子虽然行动有些迟缓，但声音里明显有了底气。看到了他们的变化，刘彤心理甚感安慰。有一回，他们的三个子女一起来“九久”探望父母，看到老两口子都长胖了，纷纷与刘彤和护理员握手，说了许多场面上感谢的话。正在热闹的时候，钱老爷子患有老年痴呆的老伴突然冒了一句：“刘总好，阿姨好……”紧接着，钱老爷子跟着说：“是的，刘总好，阿姨好，大小便弄到身上，都帮我们洗换的。”这一说，三个子女突然就哑口了，场面一下子从热情高涨变成了冷场。刘彤刚想转移话题，钱老爷子的女儿说：“你说他们这么好，就是说我们做儿女的不好了？爸妈，在外人面前，总得留给我们一些面子吧！”钱老爷子连忙说：“你们几个，也一样好……”听得出来，话里有些无奈和勉强。刘彤意识到这个家庭肯定藏着一些矛盾，但她不想知道，也不便知道。清官难判家务事呀，何况他们只是“九久”的一个客户而已。

就在前几天，钱老爷子颤巍巍地拄着拐杖走进刘彤的办公室，还关上了门，说：“刘总，我相信你，但我不相信那三个‘讨债鬼’。”

刘彤见他的神态有些神秘，知道有事了，便笑说：“我看您老的三个孩子都挺好的，工作好，人也好，老两口子福气呀！”

钱老爷子苦笑了一声，说：“是呀，都好，就是老想着我那点棺材本。”

刘彤听了，心里一紧，知道又扯上对方的家务事上来了，赶紧好言宽慰了几句。

钱老爷子却是听不进去，有些激动地说：“我和老伴苦了一辈子，统共才20万的积蓄，可他们……”长叹一声后，突然凑近刘彤的耳朵，压低声音说：“20万的存单我都带来了，就放在柜子里的一只鞋盒里。除了你刘总，我谁都没有告诉。千万不能让他们知道。”

听到钱老爷子这样说，刘彤的心里又是感动又是担心，感动的是钱老爷子这样信任自己，关乎存款这样最隐秘的事都告诉了自己，看来自己赢得了老人的心，就凭这一点，就是再难，“九久”也要坚持走下去；担心的是，把存单带进“九久”是大事，万一存单遗失了，谁能担得起这样的责任，老人的家属不知晓不行，但是，老人又这么不相信自己的子女……思来想去，权衡再三，刘彤决定还是把钱老爷子存单的事告诉他们的子女。

三个子女接了刘彤的电话，立即就赶到了“九久”，招呼也没有打一声，就急匆匆奔到父母的房间翻箱倒柜找起来，结果并没有在鞋盒里发现存单，于是又转头冲进了刘彤的办公室，责问这是怎么回事。

面对责问，刘彤也无法说清楚，她无言以对。只是一再强调钱老爷子确实跟自己说过那20万的存单放在柜子的一只鞋盒里。

“但现在存单没有了。”钱老爷子的女儿说，那气势有点咄咄逼人。在钱老爷子的三个子女中，就数这个女儿是个厉害的角色，那两儿子全听她的。

“我哪知道怎么没有了？会不会是老爷子记错了？”刘彤虽觉心里委屈，但此时也只能忍着。

“我们都把房间翻了个底朝天，也没有发现你说的存单。刘总，你得跟我们说实话！”

听他女儿那口吻，仿佛存单就是刘彤偷的。刘彤真是有点火冒三丈，他们把自己当成什么人了？真是好心没得好报呀！简直是对自己人格的侮辱！但是，面对顾客，她只能强压着自己心中的怒火，安慰说：“既然是我惹出来的事，还得我来处理。这一番翻箱倒柜地搜查，老两口肯定受了惊吓。你们先别急，等老两口心情平静了，我再悄悄问问老爷子。怎么样？”

三个子女没有表示出异议，只说要抓紧。

刘彤万万没想到，他们第二天就急着带了警察来，真正是把自己当贼了。她心里的那份委屈，那气愤呀。可是，委屈又如何？气愤又如何？解决了问题，只能是白委屈白气愤。俗话说，清者自清，行得正，做得正，就是天皇老子来了，也不怕！

刘彤像平常一样，心平气和地踏进自己的办公室。钱老爷子的女儿立即迎了上来，甚至没有介绍那位警察。她说：“刘总，当着警察的面，您就讲实话吧。”

刘彤没有搭她的腔，而是对着警察一五一十地把事情的来龙去脉原原本本说了一遍。

警察听了，沉思片刻说：“这个问题很好解决。存单不是现金，就算有人起了异心，拿了存单也没有用。我看，你们拿着老两口的身份证到银行挂失，一切就 OK 了。这样的处理，你们还满意吗？”

刘彤点了点头，钱老爷子的女儿却一言不发。

“既然都没意见，一切就 OK 了。”这位年轻的片儿警喝了口水起身走人。

这场存单风波算是平息了。但双方都在彼此的心里存了芥蒂。对“九久”来说，钱老爷子两口子留不住了；对钱老爷子的子女来说，父母再住在“九久”是很无趣的。彼此心照不宣，只是没有捅破这层窗户纸。过了几天，钱老爷子两口子搬出了“九久”，理由是子女把爸妈带到家里照顾。钱老爷子和专门照顾他们的护理员都露出了依依不舍的神色。可没有办法呀！人到了这把年纪，一切都由不得自己做主了。

望着他们离开的背景，刘彤心中五味杂陈，这感觉不知道是不是委屈，也不知道是不是气愤，就是那么别扭，叫人揪心地难受，心口那块像堵了一块石头，透不过气来。

风波虽然就这样平息了。但这成了刘彤的一个心结。存单自己又不长腿，怎么就无缘无故地消失了？是被人偷了？还是老爷子记错了？她和柯敏不作声不作气悄悄对所有员工进行了一一排查，但一无所获。

一年之后，刘彤和柯敏到大统华超市购物，意外地遇到了钱老爷子的大儿子。彼此打了声招呼后，刘彤终究解不开心中的那个关于存单的心结，忍不住还是问了他那件彼此都不想提起的事。大儿子叹了口气说："都是我那妹妹太武断了，换季时，老爷子的棉袄拿到干洗店去洗，干洗店老板在老爷子棉袄夹层里发现了存单，20万，一张未少。老爷子老了，脑子糊涂了。刘总，让您受委屈了，对不住呀。"

这声抱歉虽然来得迟了些，但刘彤的心结总算解开了。彼此会心地一笑，曾经的芥蒂都在这一笑中消失了。

但刘彤心中不禁感慨万千：老人们呀，为什么不能相信自己的子女？子女们呀，为什么不能让自己的父母对自己产生信任感呢？难道这就是人性吗？难道人的本性就是这样的吗？家和万事兴，说起来容易，但做起来太难了。作为养老院的从业人员，也该从这件事上吸取教训，顾客就是顾客，虽然做好对老人的心理抚慰是他们的责任，但是他们的家务事还是让他们自己处理吧！

3……吴老太太的心病

吴老太太也算得上“九久”的老客户了，2012年住进来的。

“九久”的员工清楚地记得，送吴老太太住进来的是一个中年男人，从穿着和谈吐上看，他应该是在生意场上闯荡的人。大家都以为这是一对母子，后来登记了才明白，他们其实是一对夫妻。这让大家有些吃惊，禁不住对这对年纪不相称的夫妻多看了几眼。在世俗的眼光里，老男人娶个“二九”少女也没什么奇怪，但是老太太嫁给小伙子，就要引来异样的目光，还得忍受世人在背后的指指点点。

其实，吴老太太年纪不算大，刚六十出头，与她丈夫同年龄，这个年纪在“九久”的老人里算是年轻的哩，但她看去很老，得有七十多岁。她之所以生得老相，全是因为一个“病”字，很年轻时就得了糖尿病，后来糖尿病越来越严重，眼神不好了，脚上也烂了，洗澡、洗头、上厕所什么的都离不了人，找了好几个住家保姆，都与吴老太太弄不到一块，她丈夫在外做生意养家糊口，哪有时间天天陪着她，没辙了，只好把妻子送进了养老院。

当然了，关于吴老太太的这些经历都是从她丈夫口中得知的。

因为知道吴老太太在家里换了好几个保姆，“九久”的员工都以为她是位难缠的主。但是，大家很快就发现吴老太太其实很随和，话虽不多，但与老人、与员工都相处得很好，有时还会到厨房帮着拣菜、包饺子，以排解一天的时光。

那位看上去还年轻的丈夫对吴老太太还不错，每周总会过来探视两三次，每次来都不会空着手，拎来的全是糖尿病人的食品，但吴老太太不怎么碰这些东西，基本上都送给了同屋的老人或者用得着的老人。太阳好的时候，丈夫还会把坐在轮椅上的妻子推到室外去晒晒太阳，只是彼此不太说话，尤其是吴老太太特别冷淡，丈夫说上几句，她才会有一搭没一搭地说上一句。

照顾她的护理员把这些情况都反馈给了刘彤，刘彤敏感地意识到，这对夫妻之间有问题。但问题出在哪儿呢？心灵抚慰属于养老院的服务范围，于是，她试探着与吴老太太沟通，但都无功而返。吴老太太实在把自己包裹得太紧了。

吴老太太向刘彤敞开心扉是几个月之后的事。

这一天，她的丈夫又来“九久”探视了，随同前来的还有一位中年女人。据介绍，这是丈夫公司的会计。凡是过来人都看得出来，这位丈夫与这位女会计之间是怎么回事。

吴老太太像往常一样，态度很冷漠，基本不说话，只是看着丈夫和会计说话。突然间，她发起飙来，指着那位会计厉声骂道：“狐狸精，给我滚！”这发飙来得突如其来，事先没有一点征兆，在场的所有人都呆住了。但吴老太太的发飙继续着，撑着从轮椅上站起来，奋力扑向那位女会计，不想自己的腿不争气，反而自己跌倒在地。

“我看你是疯了！”她丈夫喊道，女会计乘机离开了现场。

吴老太太从地上爬起来，脸色发白，直喘粗气：“我是疯了，早就疯了，是你们逼疯的……”

她丈夫吼道：“你怎么还不去死！”

“我会死的，死了变成鬼，也不会放过你们！”

这边越闹越凶，惊动了“九久”的老人和员工。当时，刘彤正好不在“九久”，接了员工的“报警”电话，丢下手头的事，连赶是赶地赶到“九久”。到了现场，那里已经“人去楼空”。刘彤顾不上喝口水喘口气，就走进吴老太太的房间，只见她正对着窗户独自生闷气。见了刘彤，像是见了亲人一般，眼泪掉了下来。此情此景，一下子就触动了刘彤内心最柔弱的地方，心境仿佛又回到了多年前的某个时刻。就在那个时刻，她发现丈夫背叛了自己，那种耻辱，那种心痛，那种愤懑，令她一辈子也不能忘记。只是那时自己很坚强，没有眼泪，更没有指责，沉默之后，果断地选择了离婚。现在面前的这位吴老太太，无助得像风中的枯草，随时都有倒下的可能。怜悯之情油然而生，刘彤安排食堂多炒两个适合糖尿病人吃的菜，并喊来柯敏，一起将吴老太太推进了自己的办公室，准备在那里一起用个晚餐。

面对刘彤润物无声般的安抚，吴老太太很是感动，吃饭的时候，情不自禁地开起了话匣子。

“他送我来这，是逼我给那个‘狐狸精’挪窝呀！”她滔滔不绝地说起来。她生完第二个孩子没几年，就得了糖尿病，丈夫一开始还知冷知热的，但时间一久就厌烦了，她尝尽了“久病床前无孝子”的人间冷暖。她早就知道，丈夫与那个女人勾搭上了。那个女人原本是个到处打游击的代账会计，还是她身体好的时候替丈夫公司找的。随着她的病越来越严重，再帮不上丈夫生意上的忙了，那个女人就乘虚而入，成了公司的长期员工。“那么小的公司，养个专职会计做什么？哪个做生意的人愿意做这等亏本买卖？把我当傻子了吗？”有一回，丈夫突然向她提议，让她住进养老院，她不肯。丈夫就开始作践她，大小便弄到裤子上不管，腿上烂了也不管，还不给她洗头洗澡。孩子们也不管她，嫌她身上臭，都躲着她。“我是哭天不应，叫地不灵呀。我那么爱干净的一个人，弄得脏成那样，比死还难受呀！被逼得没有办法了，只好答应他来这里，好让他们过快活的日子……”

听着吴老太太的哭诉，刘彤和柯敏想起来了，怪不得老太太刚来时，会那么臭。但此刻，除了说几句苍白的安慰的话，还能做什么呢？

但是，刘彤还是在电话里与吴老太太的丈夫进行了沟通。但是，他说的又与妻子说的有所不同。他说，妻子病了这么些年，拖累他太多，而且她疑神疑鬼，与女性说个话、打个电话，她就固执地认为彼此有不正当的男女关系。中间有好几年他连打理生意的精力都没有了，待在家里坐吃山空，与等死无异。要不是那个女会计走进他的生活，他可能就一蹶不振了。他没有否认与那个女会计的关系。“她也是吃过苦的人，不要名分，帮了我生意不说，两个孩子的婚事还是她一手帮着操办的。老太得病等死，难道就要我陪着一起等死吗？这公平吗？我不是没想过离婚，但离婚后她怎么办？她能到哪里？她毕竟为我生了两个孩子呀……”说到最后，他的声调都变了。

原本刘彤打电话给他，是想劝他对自己的妻子好一点，但听了他的诉说后，她又动摇了，平心而论，如果站在他的角度，他说的不是没有一点道理。于是，她把打电话给他的初衷打了回去，只是劝他以后不要再带那个会计到“九久”，以免刺激吴老太太。“每家都有本难念的经呀！”挂了电话，她不禁长叹一声。

可吴老太太那边怎么办？怎么对她进行心灵抚慰？如果是一个热爱自己生命的人，其实根本没有必要再在这件事中纠缠下去，自己已经这样了，有一个女人代替自己支撑丈夫的事业，照顾自己的子女，睁一只眼闭一只眼算了，养好自己的身体才是最重要的。可是，这样的想法又怎么能对她开得了口？

吴老太太自从那天在刘彤和柯敏跟前敞开了心扉，刘彤的办公室就成了她控诉丈夫罪行的场所，隔三岔五，她不是拉着刘彤就是拉着柯敏诉说一番。一开始，都挺同情她的，经不住好言劝慰一番，建议她想开些，养好身体就是真正的胜利。但是，她显然不接受她们的好心建议，逮着机会就是一番陈词滥调，渐渐地她就成了“祥林嫂”。

“九久”把吴老太太的这个状况反馈给了她丈夫，她丈夫听了并不觉得奇怪，反而透露了一个新情况，吴老太太因患抑郁症住过院。这个新情况让“九久”的管理层倒吸了一口凉气，因为其他养老院都发生过抑郁症老人在养老院自杀的事件。为防患于未然，管理层排了值班表，每人每天花一两个小时与吴老太太聊天，什么都聊，就是不聊她心里最在意的那件事，以分散她的注意力。同时，关照了一个护理员对她多多照看。

然而有一天，护理员发现吴老太太房间窗户护栏松动了，上紧后，第二天又松动了。刘彤得知后，明白情况危急，依吴老太太现在的这种情况，跳楼是迟早的事。如果在“九久”跳楼，“九久”还怎么开下去？那点家底赔尽不算，还要顶着一头坏名声，那今后还怎么往上走？但是，吴老太太又确实太可怜，离开“九久”，她又能到哪去？真是让人左右为难呀！可是，护理员每天都在向她传递着坏消息，窗户护栏天天在松，天天要紧，这还不算，更可怕的是，护理员发现吴老太太把自己关在卫生间自虐。眼见情况越来越严重，已容不得自己瞻前顾后了，刘彤牙一咬，脚一跺，把吴老太太的丈夫叫了来。

吴老太太的丈夫一听情况，二话不说就把妻子带走了。临走时，还对刘彤深深鞠了一躬。面对着这一鞠躬，刘彤有些惊讶，她弄不清这鞠躬到底包含怎样的含义。

几天后，她接到吴老太太丈夫的电话，说是吴老太太跳楼死了，还说如果不是在“九久”，这个结果恐怕还要来得早些，他感谢“九久”让他妻子多活了些日子。听那声音里，并没有悲伤，反倒是有些轻松。

刘彤却在电话这头流下了眼泪，一个人活成了别人的累赘，这样的人生实在是太可悲了。作为养老院的经营者，“九久”在心灵抚慰上面要做的事还有很多很多！

2015年，这时的“九久”已经步入发展的黄金期。这一年的9月，镇江市政府为全市养老机构购买机构责任险。这个保险是专门针对养老院的老人意外伤害而设置的。实施至今，“九久”没有发生过一起赔付，这在镇江的养老机构中是唯一的。正是吴老太太让“九久”像重视防火安全一样，重视老人的心灵抚慰，老人才在“九久”找到了属于自己的精神家园。

4……阿尔茨海默病患者

旭日东升，新的一天开始了，“九久”那个供老人集中用餐的餐厅又热闹起来。行动自如的老人自己走进了餐厅，行动不便的老人或者坐着轮椅上或者由护理员搀扶着也来到了餐厅，那些不能起床的老人由餐车将早餐送到了床头。这天的早餐主食是菜包子、水煮鸡蛋、小米粥、青菜烂面，小菜则是豆腐乳、蒜泥炒生菜、酱小菜，满屋里香喷喷的，激发着人的食欲。老人们在餐桌前坐定，护理员根据老人的需求，把早餐盛在统一的不锈钢餐具里，递到老人们面前，老人们一边吃着一边聊着天，好一派祥和的景象。不过，远处始终有一双眼睛警惕地注视着餐厅的一切。这双眼睛来自餐厅门口的那个护理员，站在他的角度，餐厅里的所有动向都尽收眼底。老人们用餐时，也是他注意力高度集中的时候，眼观六路，耳听八方，绝不允许一个老人离开自己的视线范围。警惕的心，表现在脸上的却是温和的微笑。心神与表情的高度分离，可不是一朝一夕就可以练成的，必须在无数次的实践中才能让心神与表情的高度分离演变成在分离中融为一体。

一位老太太吃完早餐站了起来。她虽已年过七旬，却是肤质白皙，清清爽爽，从她的眉眼中能依稀看出她年轻时的美丽，更难得的是她身体灵活，是这群里少有的行动自如的老人。她在餐厅各处走了走，然后就朝门口走去。门边的护理员站了起来，笑嘻嘻地迎向她。未等护理员开口，老太太先开口："镇江站到了吗？"听得出来，她很着急。

护理员并没有回答她的询问，而是说："徐奶奶，今天的早饭可合胃口？"

原本还是一脸着急的徐奶奶脸上立刻堆起了笑："好吃，那菜包子最好吃！"

餐厅里的一个护理员跟了上来，把徐奶奶扶走了，门口的护理员像卸下了重担，长吁了一口气重新坐下，继续微笑地盯着餐厅里老人们的一举一动。

徐奶奶突然又着急了起来，问扶着她的护理员："镇江站怎么还不到？上班要迟到了，要迟到了，怎么办？怎么办？"

护理员微笑着把她引到窗口，指着窗外的盆景说："徐奶奶，你看太阳多好，那花多好看。"

徐奶奶紧张的神经松弛下来，笑着说："好看，好看，花真好看……"

护理员又跟她聊了些无关紧要的家常，等她的情绪完全稳定了，又转身去忙其他的事去了。

徐奶奶是典型的阿尔茨海默病患者，也就是通常所说的老年痴呆。徐奶奶年轻时，工作的单位离家较远，单位又没有安排她宿舍，每次上班总要在镇江站转车，那时交通不是很方便，她总是担心火车误点造成上班迟到。这件事给她留下了太深刻的印记，当她患上老年痴呆后，记忆就停在了那个最深刻的印记里，她每天说的最多的话就是"镇江站到了吗"。如果顺着她的思路走下去，安慰她不要着急，结果就是她永远处在焦虑的情绪中，永远在"镇江站到了吗"这个问题上纠缠不清。

住进"九久"的"失智"老人，基本上都是阿尔茨海默病患者。"失智"而不"失能"的老人，他们看起来好手好脚，行动自如，但只要一开口立马露馅。护理员宁愿照顾需要全护理的"失智失能"老人和"失能”的老人，最怕的就是四肢健全的“失智”老人，因为照顾这类老人不仅是体力累，更主要的是心累，时时刻刻不能让他们离开自己的视线范围，否则老人们就会乱跑。媒体经常会报道一些养老院有老人走失的新闻，这些走失的老人基本上都是阿尔茨海默病患者。照顾“失智”老人难，难就难在他们不知道冷暖，不知道饱饿，不知道大小便，分不清时空，不认识亲友，情绪波动大，更要命的是他们有自己的思想和行为方式，能量无穷，七八十岁的老人甚至能够翻越两米多高的围墙跑出去，砸门、摔东西、无休止地叫喊等行为时常发生，仿佛有用不完的精力。

与所有的养老机构一样，“九久”在运营初期也走失过老人。现在回想起2011年那个暑天，刘彤和柯敏依然心有余悸，仿佛又一次行走在烈日炎炎的丁卯桥路上，眼睛一刻不停地四处寻找，心急如焚，浑身是汗，却是急出的冷汗。

这天午饭后，进入了午睡的时间。尽管开着空调，但炎热的天气催生出来的瞌睡虫到处飞舞，传染着老人们，传染着护理员，也传染着正在大厅值班的柯敏。在前台的椅子上只坐了一会儿，她就感觉眼皮沉重，下意识地主动打了几个激灵，试图赶走这些瞌睡虫，可一切努力只能是徒劳，实在困得不行。怎么办？再瞌睡，也不能忘了自己的职责。为了防止睡不着的老人悄悄爬起来，从养老院溜出去，她把沙发推到电梯旁边，靠着沙发打个盹，这样只要有人进出电梯，她便可以知晓。谁想，她竟睡着了，等醒来时，已过去了15分钟。她揉了揉眼，自感精神振奋不少。接下去是老人食用西瓜解暑的时间。突然一位护理员急匆匆地跑到前台，前言不搭后语地报告：王老爷子不见了！

柯敏心里顿时一紧。这位王老爷子75岁，是阿尔茨海默病患者，脑子一时糊涂一时清醒，腿脚却很灵便。这类老人是最难服务的。按理应该把他安排在老年痴呆老人的专区，这个区域与其他区域之间用一道铁门隔开，这样可以有效防止老年痴呆老人乱跑，但是老人的活动区间较小。王老爷子的三个儿子不同意这样的安排，因为他们的老父亲虽然脑子时好时坏，但腿脚好使，把他限制在那样的狭小区域里，会憋出病来。为这事，他们与“九久”签了免责协议，如果老父亲走失了，与养老院无关。

但真的走失了，养老院岂能做到心中无愧？

柯敏立即把情况反馈给了刘彤。她们立即把“九久”的角角落落找了一遍。其实，“九久”就是这座写字楼的四层和五层，如果没有跑出去，一定能找到。但是，“九久”里哪有王老爷子的影子？王老爷子一定是乘着电梯出去了，因为他的儿子曾多次带着他乘坐电梯到楼下超市买过东西。

此时的柯敏已经吓得小腿发软，如果自己不睡得这么沉，哪会有这种情况发生？如果真的走失了，岂不是自己的责任？就算有了免责协议，家属不追究，可自己的良心怎么可能安宁？“都怪我，都怪我……”她一刻不停地重复着这三个字。刘彤知道她急了，其实她自己心里也急，但理智告诉她，越是在紧急的情况下，越是心要定。她一面安慰着柯敏，一面打了 110 报警，一面又电话通知家属。谁想，王老爷子的大儿子接了电话，反过来安慰刘彤说：“没事，丢不了，在家里就跑出过几回，不都找回来了？没准是回老房子了。不慌！”

家属的安慰，给了刘彤极大的鼓励。这边刘彤、柯敏、两个护理员兵分两路，沿着丁卯路一路往东找，一路往西找；那边，王老爷的儿子们沿着老父亲的老房子到“九久”的路线找。三路人马保持着电话联系。

太阳落山了，路灯亮了，但依旧酷热难当，一如寻找者此时的心境。五个小时过去了，可要找的人在哪里呢？这么长的时间，怕是凶多吉少，所有人的心都拎到了嗓子眼。柯敏和服务王老爷子的护理员几乎要哭出来，如果老人有个三长两短，她们脱不了干系，往后还有什么脸待在养老机构里？到其他行业谋生，谁还会相信她们？

就在大家快要绝望的时候，刘彤的手机响了，一看是一位熟悉的电视台记者打来的。

记者在电话里问："刘总，'九久'是不是走失了一位老人？"

刘彤一听，心脏几乎要跳出来："对呀！"

记者说："他就在青年广场，我跟他在一起，你现在就过来接人。"

刘彤简直不敢相信自己的耳朵，真正是"踏破铁鞋无觅处，得来全不费工夫"。她赶紧通知所有寻找的人，一起赶到青年广场……

后来，他们从王老爷子前言不搭后语的描述中，还有记者的描述里，分析出了王老爷子走失的全过程。

原来，王老爷子按了电梯下楼后，却踏上了"九久"楼下往北的一条小路，进了旁边一个住宅小区的偏门，在小区里乱逛了一气，然后从小区的正门出来，走到了丁卯桥路上往西走。由于天热，没有走多少路，就觉得口渴了。他一路走，一路见人就讨水喝，可没有一个人理他。他走到青年广场那里，实在是走不动了，就坐在路牙上，不住地说："给口水喝，给口水喝……"但依旧无人理睬他。直到有一个行人看到他，好奇走到他跟前，询问了他几句，可他只是在重复："给口水喝，给口水喝……"来人知道老头子脑子有问题，便打了电视台的报料电话。

记者赶到时，他还在一个劲地说："给口水喝，给口水喝……"

记者意识到他一定是哪个养老院跑出来的老年痴呆患者，便问："你家在哪？"

王老爷子说："家在'九久'，就是那个刘总啊，可我找不到回家的路了……怎么也找不到了……我要喝水，要喝水，干死了……"老人说着说着就哭了起来……

王老爷子找到了，结果是圆满的，但过程是惊心动魄的。把老人接回"九久"，柯敏几乎虚脱地瘫在了沙发上，久久站不起来；刘彤发现自己身上的衣服仿佛从水里捞起来似的，湿透了，浑身拔凉拔凉的。但，悬着的一颗心总算是落了地。

后来，“九久”还走失过几位老人，但在一小时之内就找回来了，过程远没有第一次那么惊心动魄。

在经历了几位老年痴呆老人走失的事件后，“九久”摸索出了照顾老年痴呆老人的一套办法，其核心就是三点。第一点就是转移注意力。像那位徐奶奶，执着于“上班会不会迟到”这件事。遇到这种类型的老人，最好的方法就是打岔，绝不能让他们“一根筋”下去，他说东，你一定要说西，否则就是个大麻烦。其实，这类老人的注意力很好转移，稍一调转话头，他立马跟上了你的思路，很快就把前面的情绪抛掉。

其次就是固定居住环境和护理员。不主张经常有不同的人来探视，因为不同的来人，几乎都会问“你认识我吗”。失智老人怎么可能认识来人。因为不认识，自尊心受到伤害，容易“一根筋”或者发脾气。一些孝顺的子女会在节假日把老人接到家里或者去上档次的饭店团聚，孝心固然可嘉，但对失智老人而言绝不是件好事，往往成了“好心办坏事”。

有一位国企副总，住着别墅，开着宝马，年薪100多万，可是阻止不了老父亲罹患阿尔茨海默病的脚步，到了最后老父亲谁都不认识了，保姆服侍不了他了。这位副总只好把老父亲送进了养老院，于2012年住进了“九久”。2013年大年三十那天，儿子把老父亲接到自己的别墅里过年。原想是尽一份儿子的孝心，哪想大年初一的早上六点，儿子电话刘彤，说是家里被老父亲闹得翻天了，必须立即送“九久”。原来，老父亲吃完年夜班，就在家里坐卧不安，又叫又骂，后来发展至摔门、摔东西、砸窗户，还自残。春节期间，因为一批老人被接走了，一些护理员放了假，定人定岗都定好了。这突如其来的情况，让刘彤措手不及。这大过年的到哪去找人？怎么办？唯一的办法只能自己上。刘彤电话柯敏，简单说了一下情况，让她立即赶到“九久”。大年初一的清晨，马路不再拥挤，街道不再喧嚣，像被时间的扫帚清扫过，被时间的削刀修理过，满目的空荡和整齐。刘彤第一次发现，生于斯长于斯的城市其实很大，只要做个有心人，一定会在这里获得自己的发展机遇。想到这些，她原本紧张的心便宽慰了许多。她和柯敏商量后，决定两人分成两班，轮流照顾这位国企副总的老父亲。当护工人手不够时，管理层随时顶上，已成为“九久”的管理特色。老人被安排在以前的房间，由于护理员换了，还是闹腾了一阵子，一直到临近傍晚，刘彤和柯敏才联手将他安抚得安静下来，她们也累得两腿打软。这位罹患阿尔茨海默病的老人，让“九久”的管理层更加坚定了对这类老人的家属实行“约法三章”的决心，既然住进了“九久”，就必须基本固定探视的家属，对于病情严重的老人一定不要把他们接到家里“尽孝心”，环境和人员的变化，带来的只会是无尽的烦恼和多倍的付出，于老人于家属于护理员没有一丁点好处。

第三点是不能让老人离开护理员的视线范围。在餐厅、娱乐室这类人群聚集的地方，永远只会开一扇门，门口永远有一至两位护理员把着，一刻不停地留意着人群里每一位老人的一举一动。对于照顾阿尔茨海默病患者的护理员要求则要高一些，手脚要麻利，眼神要好，还要有耐心，责任心更要强于其他的护理员。“九久”不会把这类老人们分配给新上岗的护理员去照顾，管理层在经过两至三个月的认真观察之后，才会把照顾这类老人的护理员确定下来，一旦确定，这个护理员的岗位就固定了，直至老人离开“九久”或者去世，这位护理员才会被派去照顾其他的老人。“九久”开业至今，没有出现过一起老人从养老院走失找不回来的事件。这也创下了镇江养老机构的一个奇迹。

5……不得不收的红包

2013 年年底的一天，住在“九久”的何老先生走完了自己的人生。刘彤和柯敏去何老先生家去吊唁时，收下了老人家属的 200 元红包。可是，在“九久”是严禁员工收老人家属红包的。刘彤收下家属的红包，显然是违反了“九久”的规矩。

自己定规矩，却又带头违反定下的规矩，这到底是怎么回事呢？

何老先生是 2012 年初春住进“九久”的。他是个退伍老战士，90 岁出头，一米八二的身高，一百八十多斤的体重，身体很好，能吃能睡，但他也有自己的大烦恼。衡量老人身体状况，主要有三个非常直观的标准，即吃得下、睡得着、拉得出，只要其中有一项出现问题，老人就会心神不宁，情绪烦躁。这位何老先生的大烦恼就是大便大不出，三天两头闹腾大便的事。他常常一手提着裤子，一手抓着开塞露，在走廊上边走边嚷：“我要大便，我要大便……”他中气十足，声音洪亮，仿佛要让全世界的人都知道他大便大不出的烦恼。

2012 年夏秋之交的一天，他吃了家里送来的食物，用了开塞露，大便很是通畅，他大概从来没有体验过这种畅快淋漓的感觉，直喊：“舒服！舒服！”谁知乐极生悲，舒服的感觉还未体会够，又有了便意，护理员连忙把他安顿到马桶上，这回拉出来的是稀的。糟糕的是，此后的大便失去了控制，说来就来，大有排山倒海之势，到后来，成了水泻。大便通畅的快感演变成了活受罪。由于用不惯尿不湿，他三五分钟就要上一次马桶，大完了还要清洗屁股，还没等刚洗的屁股干了，又坐到了马桶上。这样三番五次地折腾，把照顾他的护理员弄得精疲力竭。

护理员把何老先生的情况反馈给了刘彤，刘彤感到事态有些严重，照这样下去，何老先生的健康会出现什么问题是个未知数。她拨通何老先生儿子的电话，把情况说了，建议他赶紧把人送医院。可这位儿子却没有一点着急的意思，轻描淡写地说："不着急，这事以前在家里也闹过，吃点药，两天包好。"儿子把药名说了，请"九久"帮着去买。刘彤还想说服对方把老先生送医院治疗，还未等开口，儿子就以工作正忙为由，把电话挂了。

刘彤只好派人到药店配了这位儿子说的那个药，喂何老先生服下。原指望吃下了药，情况会有好转，但他还是一如既往地不到十分钟就要坐在马桶上，后来都拉不出什么了，可他还是嚷着要上厕所。到下午，护理员差不多都要累瘫了。他跑进刘彤的办公室，一边擦着汗，一边诉着心里的委屈，说着说着，干脆撂起挑子："刘总，这活我实在干不动了，换人吧。"看见他脸色发白，衣服都被汗水浸湿了，知道他是真的累了。刘彤安慰了他几句，让他先去休息。那时的"九久"正处于起步阶段，护理员一个萝卜一个坑，一个人倒下了，管理层必须立即顶替"上前线"，再困难，"前线"也不能差人。管理层毕竟是跑业务、做管理的，服务水平肯定没有护理员技能高，护理员一个人可以搞定的事，管理层得两个人。那时的管理层，也就刘彤和柯敏两个。刘彤二话没说，喊上柯敏，走进何老先生的房间。

看到有人来了，何老先生又嚷嚷开了："我要大便，快，快，快……"

她们把他弄到马桶上，听到了几声响屁，帮他擦屁股时，却发现什么都没有。她们会心一笑，知道药起作用了，他这样老想大便，多半是心理在作怪。尽管什么都没有，她们还是按照程序把一切做完，将他安置到床上躺下。这一套忙下来，两个人的身上都汗津津的。

既然明白何老先生现在已从生理病变转为了心理障碍，最好的治疗办法就是转移情绪。刘彤在房间的一张椅子上坐下，柯敏就坐在旁边床铺的床沿上。她们有一答没一答地与何老先生说着一些毫无意义的家常话。

何老先生翻了个身，侧卧着，正好正对着柯敏坐的位置。他突然上下打量着柯敏，弄得柯敏不好意思起来，以为自己身上哪里出了问题，赶紧低头把自己身上扫了一遍，并没有发现有什么不对劲的地方。正疑惑着，却听何老先生开口说："小敏，看你脸皮挺白，怎么腿这么黑？"

闹了半天，原来是这个。刘彤和柯敏忍不住笑出声来。那天，柯敏穿的是淡咖啡色的长筒丝袜，自然露在裙子外面的小腿看上去要比脸上的皮肤黑一些。何老先生年纪大了，眼神不好，丝袜又是那么薄，自然造成那种错觉。

她们笑说："老爷子，这是袜子的颜色。"

何老先生固执地说："你们骗我，我活了一把年纪，难道还没有见过袜子不成？"

"真的是袜子呀，不信，你再仔细看看。"柯敏捏着袜子拽了几下。

何老先生认真地看着，终于相信不是骗他的。"怎么还有这种颜色的袜子？把好好端端的白皮肤给糟蹋了。我说小敏，你应该换双肉皮子色的袜子。我那丫头，夏天都穿这种袜子。"

柯敏只好连连点头称是。

才说完这个，他又说要大便了。这一回离上一次足足过了二十分钟。分散注意力的办法起到了效果。

时间就在这种这无意义的唠嗑家常中过去了，两天之后，何老先生恢复了常态，一手提着裤子，一手拿着开塞露，仿佛要让全世界的人都知道大便对他来说是一件多么重要的事情。刘彤和柯敏的心定了，那位护理员也像往常一样一板一眼地照顾起他的老人来。

这件事后，刘彤欣喜地发现，何老先生对“九久”有了强烈的依赖感，遇到什么开心或者不开心的事，都跑去跟刘彤诉说一番，甚至还热情地要替她介绍对象。后来，何老先生的儿子女儿来探望他时，他就指着他们说：“你们虽是我养的子女，却没有刘院长和柯敏对我好，你们说说，心里是不是有愧？”儿子女儿红着脸低下了头。

俗话说，老健春寒秋后热。何老先生 90 多岁了，身体状况自然是一天天走下坡路。本来他是介助老人（介助老人为日常生活能自理，但需要依赖扶手、拐杖、轮椅和升降等设施帮助的老年人），随着身体状况每况愈下，慢慢变成了介护老人（介护老人为日常生活行为需要依赖他人护理帮忙的老年人，从功能上看也就是失去了生活自理能力的失能老年人），需要的服务也由介助提升到了介护级别。养老院的从业者一般都遇到过这样的情况，老人刚住进来时，评估的级别是介助，但住了一段时间后，老人的身体健康发生了变化，评估的级别变成了介护。介助和介护的收费标准自然是不一样的。但一些家属却无法理解，常常在费用问题上与养老机构发生争执，双方往往闹得不欢而散，最终的结果就是家属不顾老人的感受把人搬出了养老院。

当“九久”把何老先生的情况向他的子女说明，他们二话没说就补交了介护的费用。这么爽快地补交费用，“九久”开业以来还是第一次遇着，起了关键作用的就是何老先生本人，他对“九久”强烈的依赖感，让他的子女找不到任何推托的理由。作为养老院的从事者，最愿意看到的就是在老人、护理员、养老院三者之间建立起相互依赖的关系，建立了这种关系，养老院就和谐了，“九久”就和谐了，而建立这种关系的基础就是服务质量，除了衣食住行的服务，还有就是心灵的抚慰。

2013 年年底，何老先生安详地走完了自己的人生。

刘彤去他家吊唁时，第一次见着了何老先生的大女儿。这是一位知性女子，长年在京城一家大型媒体工作，看上去很有涵养。她见到刘彤，一下子就跪在地上了，拉着刘彤的手不肯松，并递上一个200元的红包，流着泪说：“刘总，感谢您，感谢‘九久’，陪伴了我父亲最后的日子。我知道，‘九久’不让员工收红包，我不能坏了这个规矩。但是，我父亲临终时，再三吩咐我们，一定要把这个200元的红包交给那位照顾他两年的护理员。看在我父亲的份上，您就收下这个红包吧！如果您不收，老父亲的在天之灵会感到遗憾的。您难道就不能满足一下一位老人最后的愿望吗？”

刘彤扶起在自己面前跪着的女人，说：“好，好，我收，我收就是了……”说着说着，也禁不住流下了眼泪。自创建“九久”以来，她见过了太多的死亡，也陪着家属流下过伤心的泪水，但这次流泪已不仅仅是伤心，还有无限的感慨。是呀，两年多了，这两年多里，自己经历了多少痛苦，扛住了多少压力，熬过了多少不眠之夜呀，最无助的时候甚至想到了放弃。今天看到此情此景，她终于知道自己的付出没有白费，今后的“九久”就是要沿着这条路子走下去，这路子就是要为住在“九久”的老人营造归属感。

第四章　心灵塑造

莎士比亚戏剧《哈姆雷特》中有一句经典的台词：“生还是死，这是一个问题。”戏里面那位忧郁的王子在生和死的问题上纠结不清，处于两难境地之中。作为一名企业经营管理者，同样也有一个让自己处于两难境地的问题：“顾客和员工，谁才是企业的上帝？”企业经营管理的自我回答，往往决定着企业发展的走向，甚至顺着这个答案迈出的第一步，就主宰了企业生和死的终极命运。从这个角度来说，每个企业经营管理者都是那位名叫哈姆雷特的王子。当初，刘彤怀着一腔热情创建“九久”时，就坚定地认为，入住的老人是“九久”的上帝，一切为了老人，一切方便老人。但是，她真正步入养老业这个领域，很快就变成了“哈姆雷特王子”，她这个老板真正需要管理的不是老人，而是那些直接服务老人的护理员。都说保姆难找，好的保姆更难找，找职业素养高的保姆难乎其难。其实养老院的护理员也是如此。护理员的来源主要是农民、居家保姆和医院护工，其中农民是第一主力，他们的共同特点是生活在社会底层，年龄偏大，文化极低，有的连自己的名字都不会写，领工资时都是按的罗印，更要命的是由于没有受过规范的职业训练，他们的流动性、随意性极大，想来就来，说走就走，而且没有什么见识。把这样的一群人聚集在一起，服务那些失智失能的老人，其难度可想而知。现在社会上都在抱怨付出1000元买不到1000元的服务，指责保姆、护工没有爱心。企业经营管理者不是家庭主妇，抱怨是没有任何用处的，只有极力寻找解决问题的途径。2012年年底，“九久”的发展趋于稳定后，刘彤开始了对护理员一年一度的家访，家访了才知道这些护理员真实的生存状态，明白了责怪他们没有爱心是不公正的，因为他们生活在社会最底层，从来就没有得到社会的爱,怎么可能把自己的爱给别人？在一次次的家访中，刘彤很快从“哈姆雷特情绪”中走了出来，在养老机构中，上帝不是老人，而应该是直接服务老人的护理员，因为老板的思路再好，管理层的执行力再强，最终还是要靠护理员来落实。把一个生活在社会最底层的农民培养成一名合格的护理员，刘彤称之为“心灵塑造”，就是靠这个“心灵塑造”，“九久”的护理员留存率（在养老机构持续工作一年以上）现在达到了60%，这在流动性极大的护工职业中简直是不可想象的。

1……节日福利有讲究

逢年过节，单位给员工发些福利是再正常不过的事，最简单的也是最不会引发“众口难调”风波的自然是发超市购物卡，让员工自己去挑选自己喜欢的东西，不声不响地就把事给办了，虽然简单易操作，也不会引起不满，但是缺少了点过年过节的味道；当然也有发实物的，不过是些鸡鱼肉蛋之类的老一套，但员工们拎着大包小包到指定的地点排队取货，有说有笑，热热闹闹，于是有了年的味道，有了节日的氛围。

本来发福利是件很普通的事，类似于戏曲舞台上的过场戏，“九久”却在这上面用足了心思，做足了文章，硬是把这个过场戏唱成了精彩的折子戏。

刚开始时，“九久”发给员工的福利也很随便。有一回过年发年货时，柯敏无意中听到几位护理员在背后议论，一个说：“也真是的，发这些东西，可怎么往家带呢？”另一个接过话茬说：“谁说不是呢？谁家差这些东西？还要扛到家里，一次扛不了，还得两次。真是受了这东西的罪！”又一个声音：“就是了，还不如发几百块钱，爱买什么买什么，不比这实惠？”

柯敏把听到的这些立即反馈给了刘彤。刘彤听了并没有生气，而是静下心思索起来。想想也是，这些护理员都来自农村，过年时，谁家不杀头猪宰头羊捞些鱼虾腌一堆鸡鸭的，他们最不缺的就是这类土特产品，发了这么一大堆，还要费力往家带，确实有好事没做好之嫌呀。但是，“九久”肯定不会把福利变成现钱发给他们，因为现钱和实物的意义不同，发现钱是无声无息的，把现钱带回家，家里人和街坊邻居不会知道这个人是在镇江城里的“九久”工作，护理员得了实惠，但村民们头脑中不会有“九久”的一丁点概念，这对“九久”今后的发展不利；发实物则不同，逢年过节，护理员大包小包地往家拿，肯定会引起街坊邻居的注意，心里就觉得这个人在城里混得不赖，就会打听他（她）在镇江城里哪个单位工作，那他们心里对“九久”多少有些神往，这样就有利于建立护理员的后备队伍。实践证明，通过中介招聘护理员是最靠不住的，因为搞不清他（她）的背景阅历，很容易把一些社会上的坏风气带进来，造成“一粒老鼠屎坏了一锅粥”的不利局面，这方面的亏不是没吃过；但是由现有的护理员介绍人过来就好得多，因为彼此知根知底，由这位介绍人带着上手，出了问题，则由这位介绍人去帮助解决，省心省力。

刘彤和柯敏都是城里人，从来没有在农村生活过，根本想象不出农村的生活是个什么状况，不过2013年的元旦前夕第一次家访，算是给她们长了“见识”。

冬日的阳光很好。她们开着车，靠着手机导航和一路打听，才到了这位护理员所在的村子。她们对农村有限的认知，都是电视上看来的，总以为村口应该有牌坊这类标志性的建筑，泥巴地，车子开起来尘土飞扬，村子里人声鼎沸，狗跳马欢，鸡鸭成群，热热闹闹。当手机导航提示，村子到了的时候，她们都傻眼了，哪有什么标志性的建筑，只有路边竖着的一块已经破损的标识牌，如果车子开得快一点，稍不留神，就滑过去了。路倒是水泥路，道路两边的树木有的已经光秃了，有的还是郁郁葱葱，田地里黄一块绿一块，只是不见一个人，想来农民们这时都“猫冬”了。终于看到了房子，建筑风格差不多，毫无特点。好不容易看到路边站着一个中年男人，她们停下车，笑着问路。对方却只是一个劲地对着她们笑，从这笑容里，她们立刻明白了这是一个傻子。后来，车在一个杂货店的门口停下。杂货店的门口支出一个棚顶，店凹在里面，黑乎乎的，看不清里面是怎么一个样子。不过，棚顶下摆着一张四方桌和几张不成套的凳子和椅子，四方桌上摆着一个竹匾子，上面整齐地摆放着一些像袜子、白线手套、鞋垫之类的东西，想是店主拿出来卖的。几个中年妇女坐在棚下，嗑着瓜子，有一句没一句地搭着话，她们的脚下撒着一地瓜子壳。柯敏摇下车窗，问某某某的家在哪，女人们争先恐后地指着路，还特地吩咐，那边的路不好走，车开不进去，要下来走一段。

车继续动起来，刘彤笑说：“除了那个傻子，这村子里没有男人，村里的男人都上哪去呢？”柯敏接口说：“网上都在说，现在农村里的年轻人都外出打工了，留下来的都是老弱病残。小店门口的那些女人，与咱们那的护工简直是一个款式，呵呵。”刘彤没有笑，却是陷入了沉思，也许未来的某一天，门口的这群农妇里，就会有人成为“九久”的一份子。

这一天，她们跑了三个村子。遇着的情况都差不多，村子里见不着青壮年的男人女人，人多的地方不是杂货店门口，就是村子里某棵大树底下。杂货店门口聚着的都是些五十出头的女人，嗑着瓜子，吃着花生米，也有打毛线的，拉着家常；大树底下聚着的都是些上了年纪的老男人，地上铺着张报纸，上面摆着一瓶散打的酒和几只小酒杯，堆着一堆花生，他们蹲在地上，高声划着拳，喝着小酒，脸上红红的，也许是风吹的，也许是酒熏的。

家访了三家护理员家庭，见到的情况也差不多。外面看上去都很体面，两三层的楼房，可里面简直就是家徒四壁，毛坯，没有一件像样的家具。家里的人不是太老就是病着。一看就知道，这个家庭太需要钱，哪怕是几百元，对他们来说，都是沙漠中的一汪泉水。如果不是生活到了这个地步，大概打死他们也不会到养老院去干护理员的。

开车回镇江的路上，刘彤说："原来这就是农村，这就是护工的家庭！如果'九久'的护理员都来自这些如此缺钱的家庭，会怎样？"

柯敏说："能怎样？还不是与现在的一样，想来就来，想走就走，那点工资全给家里填了窟窿，可那窟窿是无底洞，何时才能填满？看不到填满的指望，他们立马就走人。"

刘彤深深地点了点头，说："你看那些小店门口的妇女，还有树下喝酒的半老男人，他们应该比咱们现在的这些护理员过得好，生存压力不会那么大。如果他们来'九久'，情况会不会好一点？以我自己的阅历，仅仅是为了钱，工作肯定干不好，也干不长，但'九久'是要往上走的……"

两人都陷入了沉思。

这次家访，坚定了刘彤的决心，那就是要让护理员在村子的街坊邻居那里找到存在感，护理员的存在感也就是"九久"的存在感。

这年，过春节发的年货发生了根本的变化，鸡鱼肉蛋不见了，取而代之的是两瓶"海之蓝"、五斤各式瓜子、两斤什锦糖果、一箱正宗的"康师傅"方便面，四样东西，代表着"事事如意"，讨个吉祥。

发年货时，刘彤对护理员们说："这些东西拿回家，别尽想着自己用，要舍得分给邻居，记住，对旁人好，就是对自己好。你们想想，带着瓜子到小店门口分给大家一起嗑，拉拉家常，是不是很有面子？那两瓶酒，亲戚来家吃饭时再开，不管怎么说'海之蓝'也是名牌酒吧？要让街坊邻居们知道，这些东西是你的单位发的，你的单位是镇江城里的'九久'养老院。让邻居们都羡慕你，这是不是很露脸？"

听了这一说，护理员们纷纷点头称是。他们在村子里本就是不招人待见的，只因为一个字——穷，借钱借得都成了别人眼里的"瘟神"。这回过年，拿出东西与大家分享，在街坊邻居那里也扬眉吐气一回，不是挺好吗？这样一想，竟有了茅塞顿开之感，只有先付出才会有收获呀。

后来，一遇上中国的传统佳节，还有发劳保用品，“九久”总是用心筹划，赋予那些看起来不起眼的福利有意义的内涵。比如，劳保用的毛巾是专门定做的，上面绣有“九久老年康复中心”字样，一发就是一打，护理员用不了，自然要拿回家送亲戚朋友，拿到毛巾的人自然对“九久”产生了印象；比如端午节，“九久”从来不发粽子、咸蛋，因为农村不差这些，有一回是发一箱饮料，因为端午节亲戚间互请吃饭时用得着，发什么样的饮料可是有讲究的，不能发乡村小店里常见的什么可乐、雪碧之类，而必须是乡村小店里不常见的，像“椰子汁”“果粒橙”“王老吉”之类有点档次的；再比如发给员工的福利是酒，顺带发的肯定还有一打印有“九久老年康复中心”字样的无纺布袋子，那酒瓶必然是放进这袋子里，剩下的十来只袋子，自然是让护理员用来送人的。每次护理员把单位发的福利带回家，“九久”管理层都会有意无意地打听护理员回家后对左邻右舍产生的影响，如果有人主动打听“九久”，那效果就有了；如果村民们对此无动于衷，他们立即会调整后面的福利发放规则。这些细枝末节之处虽然看起来微不足道，却起到了“小中见大”的作用，让护理员们时时刻刻记住自己是“九久”的员工，因为在“九久”谋生活，才使自己在村里头有了存在感。

一般说来，一个护理员能在一个养老机构持续干上 6 个月，就算作是老员工了，如果能连续干到 1 年以上，就进入了护理员“留存率”的统计范畴。“九久”的护理员从最初的流动性极大，到现在的“留存率”达到 60%，最长的干到了 7 年，这与“九久”用心筹划发福利这样的小事有着不可分割的关系。就是靠着这份持之以恒，“九久”的护理员后备梯队逐步建立了起来，一个干得久、干得好的护理员往往可以为“九久”建立起 10 个左右的后备队伍，一旦规模扩张，管理层就不会为找不到护理员而发慌。有了人，心自然就定；心定，服务质量自然就能紧跟而上。

“节日福利有讲究”大概就是“细节决定成败”的活例子。

2……从乡野农妇到优秀护工

刘彤清楚地记得，胡巧子来"九久"报到的场景。那是2013年6月的一天，镇江的夏天已然来临，整座城市像罩在一顶大帐子里，又热又闷，坐落于丁卯桥路上的"九久"把空调调到了抽湿的模式，却挡不住老人入住的"热情"，"护工荒"说来就来了，管理层不得不发动现有的护理员把自己的亲友介绍过来。就是在这个背景下，胡巧子来"九久"上班了。

那天，胡巧子拎了只看起来像刚出炉的面包样的旧式行李包，着一条碎花的裤子，这种花裤子曾在20年前的镇江城里流行过，没想到过去了20年，居然还有女人穿着它。镇江的城乡差别也不至于差到20年吧？对于她的情况，刘彤从介绍她来的护理员那里多少略知一二。她是句容农村的一名农妇，60出头，没有文化，但很会来事，与左右邻居的关系搞得很僵，妯娌之间连话都不讲。介绍人大概觉得老说她的缺点不行，赶紧补充说："不过，她做事刷刮着哩，手快脚快，田里的活和家务活她都弄得热热当当。她只是实在不想在村子里待下去了，想到外面挣些钱，替自己在村子里挣个面子。刘总，您看这人成不成？"听了介绍，刘彤心想：这人，心气还挺高？！倒要看看是何方人士！因为有了这一层想法，刘彤禁不住打量起面前的这位农妇来，只见她放下行李，蹲下身子打开包，拿出了一个看不出什么颜色的塑料水杯，站起来，咕咚咕咚一气喝了大半杯，然后用手背一抹嘴，盯着刘彤，等着发话。胡巧子的一举一动，确实透露她的泼辣爽利劲，可怎么看都像在田里干农活，这么大的幅度、这么大的劲儿，有着把老人服务成骨折的潜在危险。刘彤在养老院院长组建的一个群里就听说，有的护理员把老人从床上抱到轮椅上，居然造成了老人的骨折。这可不就是护理员动作不规范、用力过猛所致？面前的这位农妇也许只能把连坐都坐不了的老人派给她吧？

观察了她的动作，自然还要观察她的声音。刘彤说："住我们这里的老人，经常会把大小便弄身上，你嫌不嫌？"

"嗯呐，不怕哦！"声音很大，但刘彤还是感觉到她尽量在收敛自己的声音。

"你可要想清楚了，老人的大小便与婴儿的大小便不一样，有的老人一天要吃十几种药，味儿很大，你……"

还未等刘彤说完，胡巧子就抢过了话头："刘总，我在家里哪样事不做？掏大粪，挑粪担子，沤绿肥，沤菜籽饼子，沤豆饼子，哪样不比老人的大小便臭？有什么好怕的？"语速极快，声音却是越来越压不住了。

这么大的动作幅度，这么大的声音，怎么与老人交流？刘彤差点就想当场拒收她，可是那时的"九久"实在缺人，到中介找人实在让人不放心，思来想去，还是硬着头皮把她收下了，说好先试用一周。其实，对于其他的护理员都是试用期一个月，对于胡巧子这样的"人才"，录用她实在是迫不得已的权宜之计。派给她的活儿是照顾三个瘫痪在床的老人，可这是最重的活，因为三位老人时时刻刻离不了人，对护理员的体力就是个考验，更重要的是护理员还得有耐心和"弹钢琴"的技巧。

胡巧子从介绍人那里自然不会不知道"九久"用人的规矩，别人都是试用一个月，而偏偏只给她一周的时间，显然是对自己的不信任，派给自己的活儿又是那样重，明显是逼自己主动退出。她的气不打一处来，把气撒到了介绍人那里。介绍人与她同村，她在村里也就跟这个介绍人可以说上个几句话，否则人家也不会介绍她来“九久”。她连说带骂地说了一大堆，介绍人听了，就劝说：“你不是发狠要在村子里替自己挣回面子吗？现在机会就在眼前，你却要打退堂鼓，灰溜溜回村子，让人怎么看你？不要说别人，我现在就瞧不上你！”这话说到了她的痛处，她明白现在的抱怨是毫无用处的，只能面对现实：你们既然这么不相信我，我就要一周内让你们相信我！

对于全身瘫痪、长期卧床的老人来说，最怕的就是患上褥疮。为了防止这个，必须每天给老人用热毛巾擦一次身，每天翻身数次。服务这类老人的护理员体力消耗是很大的，何况还要清理老人的大小便？何况一个人服务三个老人？胡巧子为了证明自己能行，她给自己房间的三位老人，每天用热水擦身三次，她的擦身可不是轻描淡写地让老人的皮肤与热毛巾“亲吻”，而是加上了一定的力道，老人感觉像是在做按摩，直喊舒服。清理大小便更是随来随清，弄上大小便的衣裤都用香皂洗一遍，所以房间里没有一点老人味和屎尿臭。

几天下来，刘彤就认可了她的工作，特意在一次早会上表扬了她。但是，也看出了她的问题所在，就是与老人交谈时，态度生硬，说话有些冲。为这事，刘彤私下找她谈了几次，告诉她，说话的声音和态度对老人很重要，因为老人的神经都比较脆弱，院里就发生过因为护理员说话态度不好被家属投诉的事，一旦发生被家属投诉的事情，就要扣护理员的工资。谈了这么几次，胡巧子的嗓门和语气都有所收敛，但就是这样，她依然是护理员中嗓门最大的一个。

不过，后来发生的一件事，让“九久”的管理层下决心对胡巧子进行第二次试用。

有一回，发完工资，胡巧子大概觉得拿到手的与自己预想的不对隼，遇着这种事，最好的处理办法是拿着工资单到管理层询问，弄清情况。她却反其道而行之，一气跑到其他护理员那里煽风点火，口口声声说是老板多扣了他们的钱。她的意思很明显，就是要挑起护理员们对老板的不满，让少数不明就里的护理员跟着起哄，然后她从中渔利，成为这群里的头儿。在村里时，她就经常这样干，这是她的“拿手好戏”，但随着时间的推移，真相浮出水面，任凭她如何卖力地在背后“出谋划策”，也没有人相信她了。

刘彤知道后，感到问题严重，如果听之任之，必然会助长护理员之间钩心斗角、尔虞我诈的坏风气，这种坏风气一旦形成，想要改变就难了，发现苗头必须立即制止。她立即带上会计，把那些受了胡巧子蛊惑的护理员一个一个找来,分别把工资一分钱一分钱算给他们听，让他们心服口服了，最后才把胡巧子找来，跟她算清了工资的账，再来算搬弄是非的账。胡巧子一开始自然不承认，但在其他的护理员指证下，虽然最终承认了，也认了错，但看得出有些勉强。

这件事之后，刘彤把胡巧子的去留问题摆上了议事日程，找了个时间专门与柯敏一起研究。要说服务质量，胡巧子自然没话说，撵她走肯定可惜，培养一名熟练的护理员不容易；要说人际关系处理，她这张爱惹是生非的嘴是个祸害，长此以往，肯定会搅浑了“九久”的水。为什么她先前只顾干活，不知来事？为什么她现在又把在村里的那一套拿出来搅局？分析来分析去，无非就是在表扬面前，她翘起了辫子，不知不觉中就“拿大”了，助长她的坏脾气“死灰复燃”。如果这一件事责任有十，胡巧子占了四，管理层却占了六。想清楚了这一点，他们接下去就是商量解决问题的对策。对胡巧子这样脾气倔强的人来说，批评教育显然力道不够，必须有足够的强刺激才能收效。

第二天，胡巧子就换岗了。这次派给她的是四个介护型的老人，这类老人可以在护理员的帮助下完成必需的一些事情。由于自己可以行动，每个人的生活习惯就表现了出来，护理员的介护必须按着他们的习惯来完成，否则老人们会抱怨会发脾气，这时护理员的耐心就显得尤为重要。胡巧子原以为三个全护理型的瘫痪在床的老人自己都应付自如，还能怕四个需要介护的老人？她自信满满地走上了新岗位，谁想只干了两天就干不去了，因为她发现拿自己的“经验”根本搞不定这四个老人，自己累得半死，却还要受老人的批评，心里那个委屈呀！她跑到刘彤那要求换岗。

刘彤说：“我一直觉得你是个‘全才’。不过，现在我发现自己错了。你不是‘全才’，你也就是能把那些动弹不得的老人服务好。你知道为什么吗？”

这话说得挺重，胡巧子盯着刘彤，却只是无语，因为她压根就没有想过个中的原因。

“好吧，我替你说了。那些动弹不得的老人，怎么服务，由你说了算；现在那些可以动弹的老人，怎么服务，由则老人说了算。我观察了你这么久，按你的个性，受限于人的事，你是做不好的。”

胡巧子虽然没有文化，但脑子不笨。听刘彤这么一分析，突然明白了换她岗位的真正用意。这些日子以来，被表扬了几回，她就觉得自己什么都行，抖起来了，不知不觉就犯起了“老病”。只两天工夫，自己就从天上跌落到了地上，明白了自己不行的地方多着哩。想明白了这些，她竟是面红耳赤，低下了头。刘彤也知道说话有些重了，但也知道她的好处，就是戳到她的痛处，知道痛了，她就会改。

“我想换岗，行吗？”胡巧子服软地说。

刘彤并没有立即答应她，而是让她继续服务那四个介护型的老人一段时间后，才让她回到了过去的岗位。她之所以这样做，一方面是为了再磨一磨胡巧子的棱角，一方面也是出于对“九久”今后的发展考虑，一个护理员必须可以适应各种类型的老人才能称得上合格，有必要让护理员都尝试不同的岗位。

真正让胡巧子“脱胎换骨”的是2016年。这一年，“九久”制订了新的护理员考核办法。这时的“九久”已从丁卯桥上搬到了官塘桥路上的鸿雁山庄，规模扩大了一倍，护理员数量也自然水涨船高，多出了一倍。为了调动护理员的工作积极性，“九久”决定对评上年度优秀护理员的年底一次性奖励3000元。

按照考核规则，到这年的11月份时，只剩下三个护理员有冲击年底优秀护工的资格了，其中就有胡巧子。但就在这时，她家出了一点事需要请假两三天回去处理，这标志着她因为出勤问题将被淘汰出局。

刘彤是看着胡巧子一天天进步的，这样的护理员一步步走来非常不容易，直白地说，就是对她的灵魂进行重新塑造，对于这样的护理员，只有更多的鼓励，才能完成她的自我革新，灵魂重塑。怎么办？刘彤与管理层的员工一起想办法，原则就是绝不能让员工看出来，这个奖是为某某人设置的。在大家提出的众多方案中，刘彤决定以庆祝建院周年的名义放假两天，让护工轮休。这样一来，胡巧子的出勤问题就解决了。年底，胡巧子戴着大红花，接过了刘彤亲自送来的3000元红包，激动得热泪盈眶，她明白这个假就是为她量身定做的。会后，她主动找到刘彤，诚心诚意地说：“刘总，以后有什么活儿，您尽管吩咐，只要我还有一份劲，绝对不会打‘马虎眼’。”

从此以后，她像换了一个人，除了做好本职工作外，还会主动承担一些其他的事情，成了“九久”的骨干护工之一，她还把与自己不说话的妯娌引荐到“九久”来。刘彤去她家家访时，正好碰到村书记，他不住地问：“胡巧子咋变了？变得村里人都不认识了。这是怎么回事？”刘彤只是笑而不答。

在回镇江的路上，刘彤还在心里咀嚼着村书记的问话。是啊，胡巧子怎么变了？其实答案很简单，胡巧子虽然坏脾气不少，但她归根到底是个善良的人，对于善良的人，只要用心去培养，都一定能够成材。

3……“九久”像个家

相比于胡巧子,朱海涛则是另一种类型的人,按行话说,就是好管。对于这样好管的人，刘彤最初却是劝他不要干护理员这一行。

2012 年年底至 2013 年年初，“九久”在镇江最热门的门户网站上刊登了招聘护理员的广告。对于护理员的梯队建设，“九久”基本采取的是护理员推荐法，由当职的护理员推荐自己的亲友过来，以保证新来的护理员都是知根知底的，以方便管理。但广告还是要登，主要目的是为了在市民中扩大影响，知道有“九久”这么一个养老院的存在，并不指望广告真的带来什么可靠的护理人才。可朱海涛则是看了广告过来应聘的。

刘彤与他一聊，才知道他是内蒙古一家煤矿的退休工人，因为孩子在镇江发展，退休后与老伴来镇江带第三代。他还特别强调，他来应聘并不是单纯为了钱，因为自己本身就有 2000 多元的退休金，这在当时的镇江退休工人中并不算低。

听他说自己有退休金，刘彤很是惊讶，“九久”的护理员里头，至今还没有一个有劳保的，说白了都是冲着“九久”的薪水来养家糊口的。她问：“那你为什么来应聘呢？”

“这不，在镇江人生地不熟吗？找一份工作干，可以融入镇江的社会。”他有些不意思，说这话时居然脸红了。

听他这么一说，刘彤不禁仔细打量起他来了，只见他慈眉善目，坐着毕恭毕敬，说话和风细语，一看就知道在正规的企业熏陶过，懂规矩，性格也好，属于好管的那一类，“九久”最欢迎的就是这种类型的护理员，只可惜这样的护理员实在太少了。把他招进来，自然是最好不过的事。可是，他毕竟有 2000 多元的退休金，会不会嫌护理员工作太苦，干不了几天就走人？这是刘彤担心的。于是，她试探地问：“朱师傅，您大概对护理员的工作还不太了解，这份工作很辛苦，有时受了委屈还要往肚里咽。您有固定的退休金，可以找个轻松点的工作。”

朱海涛老实地说：“咱没文化，到哪去找轻松的工作？就算是看大门，也要天天做记录，咱大字不识几个，遇到写字就头疼。护理员虽说苦点，但吃苦咱不怕，再苦也苦不过在井下挖煤吧。”

见他说得如此诚恳，刘彤录用了他。找了一个有经验的护理员带了他一天，就把一个因脑梗而失语的老人派给他照顾。派这个老人给他，刘彤是经过认真思考的。这位老人因为脾气暴躁，前后已经换了好几个护理员。朱海涛性格温和，属于“慢三拍”，老人发脾气时，正好可以替他“降温”。

愿望很好，但现实残酷。与所有服务过这位老人的护理员一样，朱海涛一上任，老人就给他上了一课。因为中风，因为失语，老人与人交流的唯一方式只能是打手势。可朱海涛刚来，还不能完全弄清楚老人手势的意思，往往是老人想要东，朱海涛却做了西。这样来回了几次，老人急得面色通红，牙咬得格格响，然后就一把拔下身上挂着的尿袋，一气乱扔，弄得房间地上尿液乱淌，臭不可闻。朱海涛赶紧拿拖把清理小便，这边还没有弄好，那边老人的大便又下来了，全弄到裤裆里，老人就用手抓，手抓了再往朱海涛的身上揩，吓得朱海涛带着一身的屎尿跑到管理层的办公室求助。

当时正好刘彤在场，见到朱海涛的狼狈样，又是好笑又是好气，赶紧给他增援，两个护理员合起来，才好不容易清理完现场，并把老人安顿好。

这样的情况持续了几天，大家都说朱海涛不行，进入状态太慢，手脚也不够麻利。可刘彤说："我看他能行！"

大家都愣住了，以为刘彤在开玩笑。

刘彤说："你们难道没有看到吗？老人急的时候，老朱不急，他从来不与老人顶撞。这说明，他有成为优秀护理员的基本素质。咱们'九久'的老人，都是老小孩，十有八九心智不全，不能跟他们一般见识，他要是急，你再跟着他一起急，无疑就是火上浇油，急到最后互相动手都有可能。一旦动了手，真正受损失的是'九久'，说'九久'虐待老人，口碑坏了，'九久'还怎么开下去？所以我说，就凭老朱不与老人顶撞这一点，我就觉得他能行，肯定能行，只是我们没有找对方向。"

听了刘彤的一番分析，大家都点了点头。

可是，培养这样一位有潜质的护理员，正确的方向又在哪里呢？刘彤对朱海涛来"九久"后的种种表现进行了一一比对，觉得他之所以把自己搞得如此狼狈，主要还是自身的性格决定的，所谓性格决定命运。他不是强势的人，总是喜欢顺着人，这就让自己时时处于被动。对于这样性格的人，就是让老人来适应他，而不是让他来适应老人。于是，她决定不断给朱海涛换老人，期望有一类老人可以与他合拍。

三个月下来，刘彤给朱海涛换了不下十个老人。在经过这十多个老人的"洗礼"后，朱海涛也从最初的狼狈不堪，变成从容不迫了。有一天，朱海涛突然跑进管理层的办公室，兴奋地说："刘总，我有办法了，什么样的老人都可以搞定了。"

看着这个奔六的老男人像孩子一样开心，在场的人都忍不住笑出声来，试探地问："老朱呀，你终于开窍了。说说，你找到了什么法子？"

朱海涛却神秘地说："我也说不准，反正就是感觉，跟着感觉走，就可以搞定一切。”

跟着感觉走，一首歌的名字，却让这个温和谦让的半老男人从中找到了解决问题的路径。可能这就叫感觉吧，在无数次的挫败中，找到制胜的办法。

朱海涛没有让“九久”的管理层失望，他后来干得很出色，多次被评上月度的优秀护理员，有的老人家属甚至点名要他服务。

不过，这位好性又好管的优秀护理员一年后就离开了“九久”，接下来就是几进几出“九久”，主要原因是他的老伴患上了抑郁症。辞职后，他带着老伴四处求医，等老伴的病情稳定了，他又来到“九久”了。这次只干了不到半年，老伴的病情又反复了，他只好又辞了工，一直到老伴的病好利索了，他才再次来到了“九久”。

其实，在朱海涛陪老伴治病期间，受民政部发布的《鼓励和引导民间资本进入养老服务领域的实施意见》这一政策性文件的刺激，民资进入养老产业呈现出星火燎原之势，镇江自然也不例外，最具代表性的是有两家高档的养老机构落户镇江，不管是硬件设施还是床位规模都远远超过“九久”，他们的服务对象重点是中高收入群体。收费高，给护理员开出的工资自然也高。那时的“九久”因服务质量好已在社会上赢得了口碑，一些养老机构想方设法到“九久”挖人。他们得知朱海涛在家照顾老伴，便主动联系他，甚至还上门求贤，有那么点“三顾茅庐”的意思，开出的条件也很诱人，不但承诺他可以拿到高出“九久”的工资，还承诺让他当护工班班长，年底还有分红。可朱海涛想都没有想就一口回绝了。

儿子儿媳知道情况后，都责怪老父亲太死心眼。朱海涛对儿子儿媳语重心长地说：“我哪里是死心眼？正因为我心眼不死，才回绝他们的。你们想想，就你爸这性格，能当得了班长吗？我有自知之明，知道自个不是指派人干活的料。人家‘九久’，把老人当亲人，把护工当家人，还花那样大的劲培养我这老头子，这样的单位到哪去找？

等你妈好利索了，我要是还想干护工，还是回‘九久’。人哪，得知道感恩。你们也别劝了，就这么定了。”见他的态度这么坚决，儿子儿媳知道父亲的心意已决，就是三头牛也拉不回头，也就默认了。

其实，在那段时间，“九久”的护理员中也是暗流涌动。几家新开张的养老机构正是急需用人之际，通过各种关系与“九久”的护理员接上了头，都开出了高出“九久”数百元的工资标准，有两个经不住游说，一起去了其中的一家养老机构，结果只干了一天就回来了，还跑到刘彤跟前像孩子一样认了错。他们说：“那地方，我们一看情形就不对，管事的那几人把我们当什么了，呼来唤去的，就像在家里使唤用人似的。可您刘总哪像这样对过我们呀？在‘九久’，就像在家里一样。”

“九久”像个家！听到护理员这样的评价，刘彤的心中一阵感动，就为这一句话，这么些年来吃的那些苦也都值了。

4……拒绝红包变奏曲

“什么？‘九久’的护工不收红包，哪个说的？天方夜谭吧！”

见到媒体上对“九久”的宣传，没有几个人会相信，“九久”的管理居然严格到不让护理员接收老人家属红包的地步，特别是护工同行们，不管医院的护工还是养老院的护理员，打死他们都不会相信，因为收老人家属的额外红包在行业内部已成为一种潜规则。

但“九久”确实做到了！

2019年的春节，照例又是家属到“九久”集中探望老人的时间。大年初一的早晨八点，“九久”的管理层所有人员都赶到了“九久”，一起到各个房间慰问老人和坚持岗位的护理员，刘彤给每位护理员都送上了节日慰问金。忙完这一切，管理人员都聚集到大厅，等候老人家属们。从九点开始，家属们开始陆续“进场”，拎着大包小包到老人房间去探望，络绎不绝，一派温馨的场面。

到了中午，柯敏收到了十几个红包，有的是购物卡，有的是现金，这些都是护理员们主动交上来的，红包上都写明了老人的名字。于是，柯敏忙碌开了，她把这些红包交到前台保管，然后通过微信与老人家属进行联系。

柯敏：“李先生，请在今天下午，到前台拿走您的红包。”

李先生：“这是我们的一点心意，请收下吧。护工们一年忙到头，真的很辛苦！”

柯敏：“看来您没有好好看自己签的入住协议，上面白纸黑字写着：护理员不允许接收老人家属的红包。您的心意，我们心领了。谢谢！”

李先生：“对不起！”

柯敏：“张先生，看来您很有钱？从下个月开始，您母亲的费用要涨了。”

张先生：“什么？为什么要涨价？”

柯敏：“您说呢？您给护理员送红包，违反了我们的规定。”

张先生：“对不起！就因为送红包，就要涨价吗？”

柯敏：“您在工作单位，违反规章制度，难道不受罚吗？赶紧到前台拿回您的红包，否则真的要涨价了！”

柯敏：“王女士，您好！记得跟您说得很清楚了，不要给照顾您父亲的护工送红包。”

王女士：“我当然记得！我这次给护工送红包，就是为了考验你们，是不是真的像协议上说的那样，拒收家属的红包。”

柯敏：“请您以后不要再这样考验了，下不为例！请到前台把您的红包拿回去！”

……

在中国传统佳节期间，柯敏作为“九久”负责市场运营的副总，所有的精力都用在了处理红包的事务上。

不知从哪一天开始，暗地里收红包已经成了社会运行的潜规则，仿佛不给红包，就办不成事似的。

可“九久”一开业，就把“拒收红包”作为对顾客的承诺写进了与老人家属签署的协议之中，也写进了护理员管理条例之中。这在很多养老机构的从业人员看来，“拒收红包”简直是不可思议的规定。可刘彤就要这么干，而且“拒收红包”不仅要白纸黑字地写在纸上，更要落到行动之中。

对于潜规则的红包之祸害，刘彤有着切肤之痛。

在她的母亲病情恶化住院期间，一度请了四位护工照顾。逢年过节，他们姊妹三个都要分别给护工意思一下，这也是人之常情。但问题也很快出来了。姊妹三个分别承担四个护工的红包，刘彤承担两个，刘家两兄弟分别承担一个，拿了刘彤红包的，就在刘彤面前表现得好，拿了两兄弟红包的，自然就在两兄弟面前表现积极，那意思就是拿谁红包，就对谁负责，平时的工钱倒成了次要的。更可怕的是，拿惯了红包，一到时间就等着红包，如果给慢了或者忘了给了，服务质量立即下降。因为吃过红包的亏，在起草与老人家属、与护理员签订的协议文本时，她特意把“拒收红包”写了进去，还成为护理员碰不得的一条红线。当初，她把协议文本拿给亲朋好友征求意见，大家劝她把这条删除了，因为收红包成为各行各业的潜规则，是百姓都认可的社会风气，写上这一条，“九久”不是在对抗整个社会吗？再说，写在了纸上，如果做不到，反而是拿起砖头砸了自己的脚，适得其反。

对于大家的好意，刘彤也是反复思考很久，但最后还是把“拒收红包”写了进去。她考虑到养老院的特殊性，一般都是一个护理员服务几个老人，这些老人住同一个房间，而老人自身和家属的经济情况又都不一样的。给护理员红包的，护理员自然看在红包的面子上，对这位老人照顾尽心一些；而没有给红包的，护理员则对那位老人多少有些不待见。老人们交给“九久”是同样的钱，结果得到的是不同质量的服务，这太不公平。不公平的结果就是坏了“九久”的口碑。

“拒绝红包”写进了协议里，起初造成了“九久”很难招到有护理技能的熟练工，一切只能靠自己培养。可是，在刚刚开业的第一个春节，因为红包，护理员就给刘彤来了个“下马威”。

2011 年除夕，刘彤与老人们在“九久”一起吃完年夜饭，刚回到家里，就有老人家属在“九久”顾客 QQ 群里说：“刘院长，向您报告件事，你们的护工收了红包。你们承诺不收红包的，现在只这么一点考验就溃不成军，让我们以后怎么相信你们？”

这条信息在群里顿时炸开了锅，大家议论纷纷，虽然各执一词，但都绕不开一个话题：“九久”言而无信。

被老人家属在群里群起而攻之，刘彤脸上挂不住了，一方面自尊心受到了损伤，一方面感到了事情的严重性。于是，她在群里向大家承诺：一查到底，决不姑息！

她和柯敏大年初一一大早就赶到“九久”，着手处理此事。其实，当时的“九久”，当班的护理员只有两名，很容易就可以查出来。她们定的调子是，只要护理员认错，并退出红包，就既往不咎。她们分别找两位护理员谈话，有一位很快就承认了，并将红包上交了。但另外一位脾气很怡，不仅死不承认，而且态度恶劣。刘彤知道她是拿定了自己，无非就是大年初一，没处找人顶岗，好坏都得用她。可刘彤就是不吃她这一套，当即决定现场解雇她。这位护理员拎着包袱离开时，撂了这么一句话：“刘总，祝你新年快乐！”在“快乐”两个字上故意改了腔调，那意思再明显不过，就是等着看刘彤的笑话。刘彤自然听出弦外之音，回敬了一句：“某某某，你能做的，我都能做；我能做的，你不一定能做！也祝你新年快乐！”这位护理员冷笑一声，这个春节，刘彤和柯敏轮流顶班，硬是顶到了初五假期结束。

也就在大年初一，那两位送红包的老人家属，收到了退回的红包。他们一开始并不知道，其中的一个红包是刘彤自己掏的钱退的。后来，他们听说了这件事，同时知道了，为了追讨这个红包，“九久”的老板亲自上阵，当了五天的护理员，他们禁不住跷起了大拇指，并在群里传颂开了。群里又一次炸开了锅，各种赞许的话刷爆了屏。

对于大家的赞许，刘彤仅仅是说了一些场面的客套话，其实她心里一点也高兴不起来，她反复思考着这样一个问题：家属送红包，护理员收受甚至索要红包，如果是仅仅写在纸上，看来是很难制止。看看我们这个社会，又有多少写在纸上挂在墙上的各种规定呀，可又有多少真正做到的呢？何况“红包”已成为一种社会运行的潜规则。但是，作为一家养老院，管理人员对此事睁一只眼闭一只眼，任这种风气发展下去，口碑还怎么树？想到这里，她有点不寒而栗了。怎么办？光靠高压态势下的堵肯定不行，还必须找出一条疏的通道，只有堵和疏双管齐下，才能让护理员不敢收也不愿收。她苦思冥想了几天，又与外地的同行进行了深入的交流，最终找出了一条疏的通道，就是拒收老人家属的红包，但可以接收他们送来的锦旗，得了锦旗的护理员，由“九久”拿出钱来进行奖励，得一面锦旗奖励护理员 100 元。这样就把潜规则变成了摆在桌面上的激励措施。她算过一笔账，一面锦旗的制作费 70 元左右，而“九久”要拿出 100 元，一位护理员顶多照顾 5 位老人，最多也就能收到 5 面锦旗，拿到的奖励也就是 500 元；而暗地里送出的红包，一个红包没有三五百是拿不出手的，70 元的锦旗制作费与三五百的红包一对比，前者不会给老人家属造成任何经济压力，而得了奖励的护理员不仅在经济上得到了实惠，还有了一份职业的自豪感，因为这钱是单位的奖励；对于“九久”而言，锦旗代表着客户的认可，是荣誉，是口碑，虽然增加了一定的经济负担，但从长远来看，得到的回报肯定比付出要多，可谓“三全齐美”。

这个激励制度推出后，起到了立竿见影的效果，每逢传统佳节，“九久”都会收到老人家属送来的锦旗，得了锦旗的护理员在发工资那天，会发现自己的工资单上多出了一份奖励的钱，职业自豪感油然而生。这个政策制度持续施行了五年之久。

后来，随着“九久”规模的扩大，口碑的树立，入住老人数量的成倍增加，护理员的队伍逐步壮大，收到的锦旗多得得用一间房屋来堆放。对于一个用心做企业的管理团队来说，必定是精于成本计算的。如果代表着荣誉的锦旗多到无处可放，这种荣誉已没有多大意义，增加管理成本不说，而且成为一种负担。再说，通过几年的努力，拒收红包已经成为护理员的习惯。但是，对护理员的激励机制必须延续。

怎么办?

这时的“九久”已经不是最初的“九久”了，已建立了自己的核心管理团队。刘彤为解决锦旗的问题，专门召集核心管理团队开会研究，大家集思广益，想办法，找对策。经过几个回合，推出了新的护理员激励机制，其实就是三条：一是继续欢迎老人家属送来锦旗，但是不再把锦旗作为奖励护理员的标准，一旦发现护理员收受红包，立即将其开除，对于私下送红包的老人家属，将根据红包的数额，提高老人的入住费用；二是护理员通过优质的服务赢得老人家属的认可，如果这位家属介绍自己的亲友、同事来“九久”考察，介绍一位老人入住，奖励护理员 100 元；三是增加护理员的工龄工资，凡在“九久”干满一年的护理员次年可享受一次性 100 元的工龄工资，往后一年增加 100 元，但第三年必须介绍一位新的护理员并在“九久”干满三个月，方可享受工龄工资。

这三条激励措施，不管是对老人家属还是护理员都起到了制约作用，而对护理员的服务质量和职业素质提出了更高更严的要求。

这三条激励措施从 2018 年推出，老护理员不仅较好地发挥了“传、帮、带”的作用，还积极参与到“九久”的市场运行之中，起到了很好的效果。一年以上的护理员留存率达到了 60%，这其中就有三条激励措施的一份功劳。

从堵到疏，再到推出入住奖励、工龄工资，弹出了一支精彩的“拒收红包”变奏曲，这支变奏曲的每一个音符里，都刻下了对护理员灵魂塑造的印迹。

5……“518”护工节

在我们这个国度里，节日实在是多，传统的如春节、中秋节、端午节，舶来的如情人节、父亲节、母亲节，国际化的如“五一”劳动节、“三八”妇女节，可谓琳琅满目，五花八门；针对特定行业的节日也很多，教师节、记者节、医师节、护士节、农民丰收节；还有一些地方自己设立的节日，比如镇江就有扬中河豚节、句容葡萄节、江心洲橘子节、天王樱花节、白兔草莓节，还为网民专门设立了“网民节”。这么多的节日，要全部庆祝起来，一个月要庆祝好几回。

在这些热闹的节日中，作为真正的社会劳动者——护工并没有自己的节日。然而，护工却是进入老年社会后，不可或缺的一种职业。2015 年 5 月 18 日，“九久”设立了自己的节日——护工节。护工节的推出，标志着“九久”在内部管理上又迈出了历史性的一步。

然而，设立“护工节”并不是“九久”管理层的一时心血来潮，在刘彤第一次对护理员的家访中，已经悄悄埋下了种子。

2013 年，“九久”走上正轨后，刘彤开始带着管理层走访护理员的家庭。以前只知道护理员大多来自社会的底层，但是，对于社会底层的生活状态，并没有直观的了解，在走访之后，终于弄明白了什么才是社会底层。

走访的第一家是在句容农村。刘彤和柯敏是通过村子里杂货店门口聚集的村民指路才到达这位护理员家的。这家的房子坐落在村子的尽头，远远望去是一座两层小楼，但通往小楼的路早已过了村子的主干道，狭窄的石子路坑坑洼洼，车子根本开不进去。听村民介绍，村子那条水泥路是因为村子里出了一位“高官”，他找关系给修的，如果不是他，村子里的路恐怕至今都还是石子路。热心的村民还说，本来这位“高官”还答应把村子里所有的路都加宽，铺上水泥，谁想几年前，这位“高官”犯了事，进去了，修路的事也就没了下文。

到了路口，这位古道热肠的村民却不肯再带路了，看她的神色，仿佛是避着什么似的。

她们下了车，一路步行来到了楼下。走近了才发现，那幢小楼外面根本没有装潢，实际就是一个毛坯，进了屋，才知道了什么叫真正的贫穷。室内也是一样毛坯，灰沉沉的，没有一丝亮色和生机；家里没有一件像样的家具，桌子和凳子已看不出颜色，一只床脚缺了一截，垫了块砖头补上，虽然是冬天，却挂着灰不灰白不白的帐子，她们猜想可能是为了挡点风，因为她们看见窗户上有一块玻璃坏了，用纸板挡上了。除了这些，墙角里堆了几只纸箱子，箱子开着口，可以看到里面装着的衣服。

看到这样的情景，她们的心凉了半截：居然还有这样穷困的家庭？！

可是更加让她们震惊的是人。她们来的时候，一个五十多岁的男人正坐在门口台阶上倚着墙晒太阳，他看上去很瘦弱，气色很不好，精神有些萎靡。他这副样子，刘彤突然就把他与自己在医院陪伴母亲时见过的那些肿瘤患者联系在了一起。

听到来人的自我介绍，男人突然有些激动，费力地想站起来，却终究没能站起来。他不好意思地看了面前的两个女人一眼，然后朝屋里喊了一句什么，因为是方言，她们没有听明白。这时，从楼里一瘸一拐地走出一个年轻男子来，他见了她们，先是红了脸，然后腼腆地把她们引到屋里，忙用纸杯倒水，这时她们才看清楚，这个年轻男子不仅瘸了一条腿，还失去了一只胳膊。男人本该是家里的顶梁柱，可这个家庭……她们在心里叹息着。

她们在屋里与残疾男子交谈着，屋外晒太阳的男人那边隔一会就会传来一阵剧烈的咳嗽声。

她们问："您父亲……"

"肺癌，晚期。"男子说。

"那您……"

"车祸，人没抓着，没赔到钱……"男子低下了头，长长的睫毛下面有一星光在闪动，他其实想哭，但在拼命克制着。

"家里还有地吗？"

"有的，三亩多点，糊个口粮……"男子说不下去了，眼泪终于决堤，滴落在了桌子上，往低处流去，在桌面留下了两行泪迹。

在"九久"时，曾听这位护理员诉苦，为了给丈夫治病，能借钱的都借了，现在亲戚、朋友、邻居都像避瘟神一样见她就躲，她是没有法子，才到养老院来给人把屎把尿的。现在她们终于明白，那位带路的村民不肯带路带到底的真正原因就在这里，她怕他们再向她开口借钱呀。

后来走访的几家，情况大同小异，不是病就是残。都说幸福的家庭总是相似的，而不幸的家庭各有各的不幸。可是，在她们家访中看到的不幸家庭，却是何等相似，都是因病因残致穷，一个家庭没有了经济基础，又何来幸福可言？家访了一圈，她们明白了，所谓社会底层，就是阳光照不到的角落，日子过得看不见希望，却对金钱有着强烈的需求。

有很长一段时间，刘彤总也走不出那几个护理员家庭的阴霾，甚至在梦里仿佛又在那些家庭走了一遭，醒来时，身上汗津津的，面颊上也是湿湿的，她不知道面颊上的到底是汗还是泪。每次从梦中醒来，总有一个问题在心头萦绕：养老院的护理员是一个特殊的职业，他们的服务体现出的是对老人的爱心，如果他们本身就没有爱心，他们的服务只能是疲于应付，提高服务质量从何谈起？没有了高质量的服务，养老院的口碑又如何树立？问题在于，他们的家庭境况表明，他们没有获得过爱，让没有获得过爱的人去付出爱，可能吗？

俗话说，解铃还得系铃人。要让没有获得过爱的人做好付出爱心的工作，首先要让他们获得爱。“九久”不仅仅要让失智失能的老人活得有尊严，还要让照顾老人的护理员们活在希望里。一年四五万块钱的收入，确实解决不了这些家庭的贫困问题，但如果每年都能有这么多的收入，那生活就有了盼头，如果这个盼头恰恰是护工这份职业给予的，那他就没有理由不把工作做好。让他们获得爱，教会他们再去分享爱，这才是“九久”的终极目标。就凭这一点，自己就是再难，也没有理由不把“九久”办好了，办长久了。

2013年春节前夕的家访，让刘彤把家访作为管理层的一项制度固定了下来，每年走访6个护理员家庭，除了送去慰问品，更重要的是了解护理员家庭的真实生存状况以及当了护理员之后给家庭带来的变化。2014年年底，“九久”的二期工程完成，全员搬迁至官塘桥路上的鸿雁山庄，床位数量由100张扩张至200张，这意味着两至三年之后，床位全部住满，护理员的队伍将超过60人。这么庞大的护理员队伍，如果仅靠小打小敲走访的形式来培养他们的爱心是远远不够的，必须采用更有冲击力的办法来增强护理员的职业荣誉感和“九久”的凝聚力。

在2015年完成春节走访后，“九久”召开了一次“神仙会”，参加的人不仅有管理层的全体人员，还有几位有点子的护理员。刘彤让大家开动脑筋，寻找增强职业荣誉感和企业凝聚力的表现形式。会议从下班后的六点开始，一直开到晚上八点，会开得很热闹，大家各抒己见，纷纷发表自己的看法。虽然意见不尽相同，但都不约而同地想到了一点，那就是在5月份，劳动者的节日扎堆出现，有国际劳动节、五四青年节、国际护士节，中间还夹了个母亲节，护理员是货真价实的劳动者，而护理员服务的不是母亲就是父亲。如果在这样一个特殊的月份，让护理员和老人们都过上属于自己的节日是不是很有意义呢？就这样，由刘彤拍板，将5月18日定为“护工节”，这在全国为首创。

2015年5月18日，第一届“九久”护工节如期举办了。形式是晚会的形式，但主角是护理员和他们的家属。优秀护理员戴着大红花，上台接过了奖状，文艺表演团体第一次为他们专门演出，护工和护工家属都流下了激动的泪水。活了这么一把岁数，头一遭被如此尊重地对待。面对着记者的采访，他们支吾了半天，却说不出话来。

记者提示说：“别紧张，心里怎么想的，就怎么说。”

经这么一提醒，他们心里放松了许多。一位男护理员说：“以前在工地上做过，老板老拖欠工资，有时还要不到。来‘九久’一年多了，刘总只会给涨工资，从不拖欠工资。就凭这，我一定会在‘九久’好好干下去！”

一个女护理员说：“我来‘九久’没多久，就赶上过生日，刘总给我过了生日，吃了蛋糕，加了餐，在以前的单位可从来没有这样过……”说到这儿，她的眼圈红了，赶紧低下头，掩饰自己内心的激动。“不好意思，我不会说，更说不好。我想，人得知恩图报，刘总对我们好，我们一定要对老人好，对老人好就是对刘总好、对‘九久’好。”

护工节的设立也催生了平时的一些做法作为制度规定了下来，一是员工直系亲属包括配偶的父母生病住院，“九久”会送上200元的慰问金，二是员工的孩子结婚或添了第三代，“九久”会送上200元贺礼，三是每个季度给护工过一次生日并一起聚餐一次，并给“寿星”送一份生日礼物。刘彤说，只要“九久”在，这个节永远会办下去！

第五章　仅有爱是不够的

有过省保险公司副总从业经历的刘彤，对国家的大政方针尤为敏感。2012 年 7 月，民政部发布的《鼓励和引导民间资本进入养老服务领域的实施意见》，催生了“2013 年养老产业元年”的来临；2014 年 9 月，李克强总理在夏季达沃斯论坛上公开发出“大众创业、万众创新”的号召，引发了新一轮创业创新的热潮。刘彤敏感地意识到，一个新的时代已经到来，“九久”不能再安于丁卯桥路上某一写字楼的一隅，必须投身于新时代的大潮中，走规模扩大，提升质量，做强品牌的路子，向更高层次进军，方能在竞争激烈的养老产业中赢得一席之地。2014 年，“九久”拿下了已停运多年的晋煤集团疗养院的休闲中心——鸿雁山庄，该中心位于镇江有着“引资大道”之称的官塘桥路，总面积达到 18000 平方米，这么大的面积，意味着“九久”的床位将由 100 张扩大至 600 张左右。从丁卯桥路到官塘桥路，看起来只是一次搬迁，但对“九久”而言，无疑是一次新的创业，因为规模的扩大不仅仅体现在床位数量的成倍增加、硬件设施的大幅提升，还会带来对护理员队伍管理模式的变化，说白了就是经营理念的变革。由于受限于资金，刘彤决定新的创业分两步实施，二期工程先将床位数量扩容至200张，房型按“1+1”“1+2”“2+2”“3+3”的模式设计建设，各种设施齐全，全护理的护工与老人配比提升至1∶3，等稳定后，再实施三期工程，将规模扩张至600张左右的床位，实现硬件和软件的提档升级，以满足不同层次消费的需求。为了二期工程建设，她卖掉了自己仅有的两处房产。2015年年初，“九久”由丁卯桥路搬入鸿雁山庄。到2018年年初，“九久”的200张床位全部住满，到了一床难求的地步，护理员的数量更是达到了60余人。刘彤创办“九久”的初衷是“为爸妈建座养老院”，所以“九久”一直着力于打造爱的企业文化，即：爱行业、爱“九久”、爱老人，以爱引客，以爱服人。对于这些大多来自社会底层的护理员，“九久”用爱的行动让他们获得爱，再教会他们去分享爱，让他们拥有了爱的能力。但是，管理一个企业，特别当企业向更高层次发展时，仅有爱是远远不够的。

1……核心管理层

柯敏是“九久”负责市场运营的副总经理。从刘彤开始调研养老产业之际，她就进入了“九久”，是“九久”创业之初的元老级人物。

她说：“我选择养老，是因为选择了刘彤。”

她与刘彤是同一期的保险公司学员，她们起点一样，但刘彤做到了省公司的副总，而她只是市公司的内勤，彼此之间的巨大落差，让柯敏相信，刘彤的选择没有错，跟着刘彤干没有错。

刘彤、柯敏那批保险公司学员有100余个，为什么刘彤独独选择柯敏与自己一起创业呢？

刘彤说：“柯敏不是最聪明的，外形也一般，但她有两个很突出的优点。一是认真。在保险公司当学员那会儿，她的笔记记得最全，就是现在，她一年也要记满两本本子，每个客户的基本情况，身体状况，甚至性格特征，在她的笔记本中都能找到。二是有恒心。举个例子吧，很多人一时冲动去办了张健身卡，去了几次就不去了，但柯敏不同，不管刮风下雨，到时就去，从不间隔，所以她的身材至今保持得这样好。又认真又有恒心，还能有办不好的事？所以她的执行力特别强，是个好助手。作为一名老板，能有这样的助手，我觉得自己很幸运！”

从2010年至今，柯敏已在“九久”干了将近10年。回想一路走来的10年，虽然风风雨雨，虽然坎坎坷坷，但她觉得自己得到了很多。她说："我是一个简单的人，不会玩职场上钩心斗角的那一套。'九久'的这些老人们，有一些在自己的单位是叱咤风云的人物，有的做过厂长，有的做过主任，有的是高级教师，当然很多是很普通的人，有的甚至经济还比较贫困。不管他们曾经有着怎样天壤之别的身份和经济条件，但现在他们都一样了，连倒杯水的能力都没有。每次为他们做些举手之劳的事，他们都会说声'谢谢'，他们的家属来探望，也都握着我们的手说'谢谢'。我感觉特别有成就感。被人需要，其实真的很幸福。周边的很多人问我，你在养老院工作，天天跟老弱病残在一起，会不会影响自己的心态？我说，真的不会。在'九久'这些年，见过了太多的人生百态和生死离别，从每一个老人活生生的故事里，去阅读和认知生命，明白了每一个生命都是值得尊重的，表面上看是我们在陪伴他们，关怀他们，其实是老人用最后的生命在教育我们，我们每天都在接受生命的教育，等于为自己余下的生命做了一个非常好的教育和铺垫，就是我们应该怎么样去认知和看待自己余下的生命。我们每一个人都会有老的、临终的那天，希望我们未来的那一天，能让自己说一句：此生无憾！我经常对家人和亲友们说，趁家里老人还健在的时候，多陪陪他们，多听他们说说话，多多陪伴家人，这个世界就是我们每个人内心的写照。以前做其他工作的时候，总觉得赚钱越多越好，以为那就是生活的本质。在'九久'的这些年，我明白了生活的本质其实就是，我们给予这个世界什么，这个世界就会反馈给我们什么！有了这样的认知，心里不知不觉中就会少了些抱怨，多了些包容与感恩，每天从事着这样的工作，这就是所谓的幸福生活吧。每次回到家里，我跟家人谈得最多的就是'九久'的老人，我总说老人们怎么怎么可爱，跟他们在一起，不用玩什么心眼，心态很放松。有时出差几天，见不着他们，都会想他们，真的有那么点'一日不见，如隔三秋'的意思。有一回女儿问我，虽然这些老人都这么好，但他们都要走的，他们走的时候，妈妈你岂不是要难过死？女儿的问题让我难以回答。这些年来，送走的老人我都记不清了。老人走的时候，心里肯定很难过，因为人都是有感情的嘛，但作为一名专业的养老机构从业人员，那个时候再难过都不能表现在脸上，家属哭得稀里哗啦，我也随着他们去哭得一塌糊涂，那岂不是要翻了天？因为‘九久’还住着那么多老人，他们更需要活在欢乐里，不能把这种悲伤的情绪传染给他们，所以只能忍着，还要劝慰老人家属不要太悲伤，能忍尽量忍。这么多年来，我学会了控制理智与情感的平衡。我想，这就是养老机构从业人员的职业素养吧。我常对女儿说，以后不管做什么工作，一定得培养自己的职业素质，否则，肯定成不了一名合格的职业女性。”

蒋元兰是 2015 年 7 月进入“九久”的，一进来，刘彤就给了他总经理的职位。是什么让刘彤对他如此信任呢？

55 岁的蒋元兰以前是做工程的，是工程造价、成本控制等方面的行家里手。他与刘彤结识于“九久”二期工程设计、施工工程中，是装潢公司的老板把他请来做工程监理的。按理说，谁请的人，天平就应偏向谁，所谓拿人钱财替人消灾。但蒋元兰是个信奉佛教的人，在他的职业生涯中，总以一颗佛教的慈悲心对待服务对象。在与刘彤接触了几次后，他就对聘请他的装潢公司老板说，这个女老板不容易，做善事的，是为社会尽责任的。在施工监理过程，刘彤很快就发现了他的长处，就是公正公平，凭良心做事，不偏向哪一方，而且专业水平很高。“九久”需要的就是这样的高层管理人员。二期工程结束后，她就把想聘请他到“九久”做总经理的想法说了，谁知他没有过多地考虑就答应了，就这样两个信奉佛教的人一拍即合。

刘彤说：“蒋元兰从来没有接触过养老产业，但悟性非常高，上手很快，一点就通。我觉得自己在安全控制、成本控制等方面是把好手，没有想到他比我做得还要好。做养老，安全、成本两个控制是最重要的，关系到公司的经济命脉。有了蒋元兰，我省力了很多，而且他在对员工、老人的精神抚慰方面很有一套，分寸把握得特别好。可以说，蒋元兰是我挖到的一块玉。”

蒋元兰说：“以前，我一直认为，把老人送养老院的都是不孝之子。进入‘九久’才知道，做养老其实是一种感情服务，与工程造价、成本监理完全是两回事。能把养老业做到‘九久’这个份上，真的很崇高。刚来时，刘总一上来就让我做总经理，让我负责三期工程建设，这对我不是什么难事。但总经理的职责并不仅仅是做工程，还要协调好各方面的关系，让老板的想法落地。刘总对我说，办养老院关键要把握好三个关系，老人、护工、家属。一开始，我怎么也搞不定，刘总就手把手地教我。这个学习、适应的过程持续了近两年。现在对三者之间出现任何问题，我都能做到妥善化解。我非常感谢刘总给了我机会，感谢她对我的信任和培养。从刘总身上我学到了很多东西，比如养老院每到一个新规模就会遇到一个坎，但刘总总能在不经意之中就跨越过去，举重若轻，这样的智慧点拨让我受益很多。在遇到刘总之前，我与数不清的老板打过交道，说不好听的话，都是钻进钱眼里的主儿，与他们打交道，心太累；但刘总是个有情怀的老板，没有把养老院当成赚钱的平台，而是把它当作了尽孝尽爱的一个途径，我常常想，她可能是想把对于母亲的那份愧疚从其他老人那里得到补偿吧。刘总是老板，但从不端老板的架子，对任何人都很平等，在‘九久’工作，有精神上的升华。我常对护理员说，你们是为老人服务的，我是为你们服务的，你们不要喊我什么总不总的。工作压力虽然也很大，但心一点都不累。”

张萍现在是“九久”的后勤部主任。她曾经是镇江一家当时很火红的企业的仓库保管员，2010 年该企业倒闭，她就失业了，后来又到好几个单位工作过。2015 年经人介绍进入了“九久”，干的是食堂帮厨，说白了就是在食堂里打杂，择菜、洗菜、淘米、刷碗样样得干，反正厨师不干的她都得干。这个工种虽然没有任何技术含量，但很辛苦，不管刮风下雨，凌晨4:30就要赶到单位，天天如此，城里人一般是吃不了这个苦的，而且张萍都四十大几岁了，又有腰椎间盘突出，但她从来不叫一声苦，在食堂帮厨不声不响地干了两个多月。

刘彤说：“我看中张萍的就是这种不怕吃苦的精神，两个月里，她从没有迟到过。后来，我无意中知道了她会电脑操作，而且是个网上购物达人，感觉这样的人在食堂打杂太可惜，于是把她调到后勤部。在这里，她的特长发挥了出来，凡是她经手的进出物品，从来没有出过一点差池。我便有心培养她，让她一点一点成长。2017年年底，我提拔她做后勤部主任，进入了核心管理层。”

张萍说：“我没有想到刘总会让我干这个主任，总觉得自己能力不够。以前干仓库保管很单纯，就是根据来单发货，只要进出货物不错，就干好了自己的工作，一切就OK了。当开始干主任时，我还像先前一样，什么事都亲力亲为，顾了东顾不了西，干得特别累。刘总就严厉地批评我，你现在是主任，什么是主任？主任就是带领你部门的人一起干，教他们干，组织他们干，合理安排大家干，分工协调，督促检查，该表扬的表扬，该批评的批评，你要是搞不定的，上面还有蒋总，还有我。批评虽然严厉，但我觉得按到了我的软肋，心里反复琢磨刘总的话，有一段时间，刘总还亲自带着我做，让我感受后勤部主任哪些该动嘴哪些该动手，简直就是手把手地教我。我也一步步地在学，自己都能感觉到自己在成长。现在我手下有10个员工，大家一条心，工作起来没有累的感觉了。”

吴九香现在是“九久”的护理部班主任，她是从最基层的护理员一步一步干上来的。她在家乡扬州是个体工商户的老板娘，钱虽然挣得不是很多，但比上不足比下有余，日子过得还算有滋有味。后来积攒了一些钱，丈夫就不学好了，她的家庭遭受到了近乎毁灭性的打击，她不得已背井离乡、抛家别子外出找生路。2013年10月，她经人介绍进入了“九久”，干起了护理员。由于她曾经服侍过瘫痪在床的婆婆，所以老护理员只带了她一天，第二天她就独当一面，一个人照顾4个老人。

刘彤说："吴九香刚来时，我并没有看好她，她比较内向，不爱说话，不像别人能说会道，做事风风火火。有时她会很轻松地坐在房间里休息，不像别人忙得手不停脚不住。我一开始以为她偷懒，但检查发现，她把老人服务得很到位，一切都符合要求。于是，我注意观察她，发现她做事很会'弹钢琴'，事情套着做，井井有条，纹丝不乱，一天的工作很轻松就拿下了。后来，遇着人手不够时，我又给她加量，最多时让她照顾过6个人，这可是到了极限，但她依然做得很轻松。这说明，她脑子好使，悟性好。这样的人是可塑之才。我就有意识地培养她，先让她干护理班长，她把各人班次安排得有条不紊，她的这个班从来没有出过乱子，这说明她还有组织能力。到2017年时，我干脆提升她为护理部主任，让她多挑担子。其实，她的家庭是非常不幸的，人却非常善良。有什么苦恼，她会跟我们倾诉，我、蒋总得了空就与她聊天，替她排解情绪，也给她一些处理家庭矛盾的建议，让她在'九久'可以安心地工作、生活。"

吴九香说："到'九久'那一年，心情特别不好，连跳楼的心都有。干了两个月，都不想干了，家里那边闹得不行，心定不下来。可是，离开'九久'，我又能到哪？况且刘总这个老板为人这么好，吃住与我们在一起，不拿我们当底下人看。心里还是舍不得，所以不好意思提走。刘总看得起我，提我做班长，后来又让我做主任。到'九久'五六年了，看着它从丁卯桥路搬到官塘桥路，来的老人越来越多，心里高兴呀。想想刘总这些年真不容易，女人最懂女人的心，我想只有好好工作，才能不愧对刘总。'九久'每月给我们放四天假，每次回家，儿子女儿都问：妈妈，你下次什么时候回家？我说，'九久'就是妈妈的家。在'九久'，跟着刘总干，这日子过得有盼头有滋味。"

这就是"九久"的核心管理层。你会发现，这个管理层的构建过程其实就是一个发现人才、培养人才的过程，与通用的企业管理模式相比，“九久”有点反其道而行之的味道。大多数与“九久”起步时规模相似的养老机构，都是投资人先把高层管理的架子搭好后，然后把自己认为信得过的亲友往里面塞，管理层的更多精力用在了磨合上面，磨合好了，先想着分钱；磨合不好，散伙，再找新的合作伙伴，再进行磨合。这样一来，总是陷入磨合的魔咒里出不来，没有时间和精力去思考下一步的发展规划，以至于做了十几年，还是停留在起步时规模上。“九久”则不同，没有事先定好框架，而是摸着石头过河，从实践中积累经验、发现人才，等时机成熟，再根据人才的特长来设置管理岗位，构建管理层的框架。这样做起来，在养老机构起步阶段投资人会很累，但是，累有所值，由于在积累经验、发现人才过程中，已经完成了磨合，一旦管理层的框架形成，就直接提升了团队的战斗力，而这时的投资人就可以腾出手来，考虑下一步的发展规划。这是“九久”可以用不到 10 年时间，将规模容量由 100 张的床位扩到 600 张的重要原因。

2……管理的游戏规则

任何一个企业没有规则就没有未来，所有的规则一定要在游戏之前定好。“九久”在发展过程中，经过不断探索形成了自己独特的管理游戏规则，这些游戏规则体现了两条最基本的原则，即“统一利益”和“诚信+契约”，不管规则如何变化，这两条原则铁打不动，成了“铁案”。也正是坚持了这两条“铁案”，在“九久”工作超1年的护理员留存率达到了60%，这个高度是很多养老机构难以企及的。

众所周知，做养老机构，护理员是直接实施者，相当于制造业的操作工人，每一个产品都是通过操作工人的手生产出来，不同的是，养老机构护理员生产出来的产品是服务，服务质量的好坏体现了产品的优劣，最终影响的是养老机构在社会上的口碑和业界的地位，从这个意义上说，护理员是养老机构的核心成员。但是，护理员的最大问题是流动性大，由于他们大多没有接受过正规企业的训练，脑袋里根本就没有纪律约束这根弦，想来就来，想走就走，还这山望着那山高，有时候管理人员还真拿他们没办法。没有足够的护理员数量，养老机构的规模再大、硬件再好，也办不下去。听一些养老院的老板经常抱怨：“我这哪是做老板，简直就是给他们（护理员）做‘孙子’，为了留住一位熟练的护工，真是好话说尽，笑脸赔尽，还不一定能得到自己要想的结果。作孽呀！”

初期的“九久”，情况也好不到哪里去。为了要留住护理员，刘彤和柯敏经常轮番上阵做挽留工作，好不容易“哄”好了这边一个，那边一个又提出明天走人。其实，在护理员问题上，养老机构与医院是对手。医院的护工是由劳务公司管理的，开出的工资账面上要比“九久”高，护理员在“九久”熟悉了情况、掌握了一些职业技能后，离开“九久”，除了一些家庭原因外，大多去了医院，“九久”成了为劳务公司培养医院护工的摇篮。翻来覆去地算，“九久”都觉得自己亏。为协调好护理员的关系，刘彤和柯敏绞尽脑汁，但收效甚微。作为“九久”的投资人，作为老板，刘彤更加心烦。闲下来的时候，她常常琢磨管理此事，总觉得靠“哄”留人不是办法，必须找到护理员的“痛点”，才能对症下药。什么才是护理员的“痛点”呢？有一回，有一位护理员向刘彤诉苦，家里如何如何困难，想提前支点工资，最后刘彤当然是答应了她的要求。刘彤从这件事上得到启发，要留住护理员必须了解他们的家庭境况，了解了，才知道他们为什么要来干护理员，以前把护理员的工作和家庭截然分开的做法是错误的。想通了这一点，她立刻对以前的做法进行了纠正，对护理员的家庭境况进行了摸底，没想到结果竟如出一辙：每个家庭都缺钱，因为对钱的强烈需求，他们才会这山望着那山高，才会想来就来、想走就走。既然如此，在护理员的管理上就要围绕利益做文章，要把账算给他们听，断了他们这山望着那山高的念头。

当时，“九久”的护理员工资是以镇江市三甲医院的护工收入为参照的。医院护工收入是每天 130 元，以 30 天计算，也就是 3900 元，但是没有休息天，吃饭自己解决。“九久”为护理员提供了吃住条件，而且每月有四天的休息，毛巾、香皂、洗发液、手纸等劳保用品“九久”会定期发放，节假日有福利，过生日有礼物，因此把工资设定在 3200 元是合理的，因为这 3200 元是净得收入。当刘彤第一次把这本账算给护理员听时，他们竟有了豁然开朗的感觉，原来在“九久”工作，收入并不比在医院做护工低呀。一些心活的护理员，听了刘彤算出的这本账，心也就定了，悄悄回绝了医院那边的聘请。

很多企业老板经常会对员工说，你好好干，我们不会亏待你。其实空对空地讲，是没有一点效果的，员工往往希望先得到再干，并签订承诺书，一句话，就是企业不能拿手电筒照人，要求员工讲诚信，企业首先要做到对员工讲诚信。为了调动护工的积极性，“九久”制订了一套激励方案，这个方案是围绕养老院的三个要素而制定的，即：环境卫生、老人的意外伤害、护理员出勤率，必须是在“九久”干了一年以上的护理员才有资格参与。这个方案是按季度考核兑现的，只有上一个季度达标的，才能参与到下一个季度的考核中，季度达标者，被评为季度优秀护工，还可获得200元、220元、240元、260元的奖励，当四个季度全部达标的，则被评为年度优秀护工，并获得3000元的奖励。如果一个护理员每个季度都达标，他的年收入将增加5760元，相当于每月增加了480元的收入，而且还要戴红花、拿奖状，可谓物质、精神奖励双丰收。这个方案主要目的有两个，一是推动护理质量上水平，二是在“九久”护理员中间树立榜样。指标的设定，必须是跳一跳，够得到的，太低、太高都不行，否则游戏无法玩下去。

这套激励方案在实际操作过程中，采取了五步法，第一步就是告诉他们怎么做，第二步就是做一遍给他们看，第三步就是和他们共同做一遍，第四步就是让他们单独做，第五步就是确保他们做好并给予表扬。在考核过程，把握的尺度又有所区别，严格程度按季度递进，到第四季度最严，获得年度优秀护理员的控制在3人以内，因为榜样只能是少数。对于年度优秀护理员的表彰必须大张旗鼓，一方面增强护理员的职业自豪感，一方面让新护理员感觉到在“九久”干得有希望、有奔头，同时也告诉大家，“九久”对员工是讲诚信的，绝不会玩“画饼充饥”的虚热闹，在潜移默化中，让员工对“九久”产生信赖感。

由于这个考核方案的实施，“九久”的护理员技能和水平上了一个新台阶，现在连老人房间柜子里的东西都摆放得整整齐齐，纹丝不乱。进入“九久”，就是在黄梅天这样的闷热天气里，也闻不到那种很多养老机构特有的难闻气味，令人心情舒畅。更值得一提的是，这个考核方案的实施，还让许多护理员实现了灵魂的自我完善和净化，上面提到的护理员胡巧子就是在这个方案实施中脱颖而出的一位。

其实，每个养老机构都有自己的游戏规则，有的还把规则搞得很花哨，一套一套的，读起来非常好听，但起的作用不大，运营了多年，还难以掌控护理员队伍，还在用“哄”的办法挽留人，只能说明规则订得再花哨，但不管用，等于无规则。“九久”的游戏规则之所以管用，是因为抓住了两个要害，一是护理员的内在诉求，二是企业和员工之间的双向诚信，建立起了契约关系。

3……“三会”制度

“三会”制度脱胎于保险公司的早会、夕会制度。由于刘彤和柯敏都从事过保险行业，自然而然会把保险公司的那一套管理制度搬过来，并根据养老机构的实际进行推陈出新。“三会”制度已然成为“九久”内部管理的一大特色。

“三会”是指早会、周例会、月度经营分析会。

2015 年“九久”从丁卯桥路迁至官塘桥路上的鸿雁山庄，新的居所，新的气象，“三会”制度顺应而生。推出“三会”制度，并不是“九久”管理层的一时心血来潮，而是经过深思熟虑后才推出的。主要目的是为了让员工有参与感，让他们明白自己是“九久”的一份子，而不仅仅是一名被“九久”雇佣的人员，“九久”好，他们也好，“九久”不好，他们也不好。让他们懂得，在“九久”工作，就要与“九久”同呼吸、共命运、心连心。

2015 年 9 月开始，镇江市政府每年都为全市的养老机构购买养老院机构综合责任险，四年下来，“九久”从未发生过一次理赔，这在镇江是唯一的一家。养老机构业内都明白，风险管控第一责任人是护理员，只有把护理员责任心加强了，自然风险就小了。“九久”成立以来，没有发生一起老人意外伤害事故，这不能不说这是早会的功劳。

早会的时间一般定在每天上午的8：30—9:00，分楼层召开，主要内容就是让护理员把前一天晚上下班以后到第二天早晨他所护理的老人身体出现哪些异常情况做汇报。如果没有汇报，管理层发现了，就要扣激励方案中的意外风险奖。由于和自己的切身利益挂钩，所有护理员都习惯了早会汇报一定要多说，哪怕这个老人大小便次数多一点点，那个皮肤有一点点红，身体有一点点状况，护理员们都会汇报，以便于管理层及时和家属沟通。除了护理员汇报工作，早会还有一个重要的内容就是传达公司重要的事项，对护理员工作提要求。开早会，“九久”有其独特的做法，就是由主持会议的管理层人员让“爱”的企业文化渗透进来，以提振员工士气。比如，有的时候，会把早会开得活跃一点，让部分老人也参与进来，与员工一起说：爱行业、爱“九久”、爱老人。日积月累的渗透，“九久”的企业文化也就一点点建立起来了。现在，只要还有语言能力的老人，在“九久”生活了一段时间后，都会说：爱行业、爱“九久”、爱老人。

周例会定在每周二的中午12:30—13：30集中召开，主要功能是对本周出现的一些案例进行分析，通过比对，给出解决这些问题的最佳路径和方法，并提醒注意事项，布置下一周的工作。比如老人的“中风”问题，“中风”有好几种，是一次中风，还是二次中风，甚至三次中风，所表现的状态都是不一样的。一个老人中风，但是有前期预兆的，可能是嗜睡，原本是在吃完午饭后午睡，但他早饭后，不到一个小时就要睡觉，甚至逐步到3小时到2小时到1小时，动不动就要睡觉，这种老人中风的可能性很大；还有心跳的状态、嘴唇发紫的状态等等都和心脏病有关系，讲话时舌头的蠕动状态，都关系到中风；再比如痴呆的老人，有的痴呆比较烦躁，有的痴呆就比较闷。由于护理员长期与这些老人生活在一起，对老人的身体状态知道得最直接，周例会上，让护理员把自己观察到的老人这些身体征兆一一罗列出来，让管理层集中起来进行梳理，讲给护理员听，让他们进行比对，一旦遇到类似的情况，护理员就“对上点”了，就知道怎么去处理了。

同时，周例会也是一个培训的大好时机，通常是在中午进行消防的培训、护理知识的培训、食品安全的培训等等，讲关键的要点，由于护理员的文化都很低，讲课的语言表达特别重要，都是把书面语言变成大白话，让护理员们一听就懂，立即就可以照着做。对于这一周涌现出的先进个人和集体也一并在周例会上进行表扬和奖励，当然以精神奖励为主，也会给一个小小的奖品，奖品不在多，但一定要表达出公司的心意。

月度分析会定在每个月月初的第一个周二的晚上召开，重点是把一个月以来的经营情况向员工进行通报。对于一家私营公司而言，这样做确实有一定的风险，因为按市面上的做法，私营企业的经营状况只需老板和会计知道，员工只要把事情做好就行。后来刘彤发现还是公开透明了好，因为公开透明了，员工们就有了参与感，就会感觉自己是公司的人。月度分析会由刘彤主讲，告诉大家这一个月“九久”预收了多少老人，离开了多少老人，进来了多少老人，老人为什么离开的，老人为什么刚住进几天又离开了，把这些详细地分析给大家听，让大家明白，公司的经营与自己的利益是一体的，缺哪一方都不行，从而真正实现同舟共济和利益共享。

月度分析会除了分析月度经营情况，一般还会精心准备一个专题。这个专题其实就是一些有针对性的培训，但这样的培训又不是纯粹的专业培训，过于纯粹的讲解，员工们听了会打瞌睡，讲了也是白讲，必须内容实际，形式多样。比如，每天护理员都要带老人到户外去透气，但总有一些动作是不符合要求的，老人坐在轮椅上，护理员就坐在离老人有点距离的石墩上三三两两地聊天，所以管理层就把这样的视频偷拍下来，在月度分析会上播放，大家都是边看边笑，等笑完了以后，培训人员就会提问：如果你是家属的话，你看到这一群护理员，你觉得哪些情况会让心里面不舒服？然后让大家一一罗列出来。这样一来就把枯燥的培训变得有生机，效果立竿见影。到了第二天带老人出来晒太阳、透气时，情况就得到了改变。坚持做了几期后，护理员见到家属来宾都会主动打招呼，和老人聊天都会手拉手或者对老人有抚慰的动作，当护理员和老人之间有这些动作的时候，和老人的关系自然也就亲密了，家属看了就非常喜欢，外面来咨询的时候就觉得这个“九久”就像一个大家庭。

在专题培训中，还有一个主题不能忽略，那就是爱的教育，让员工们知道爱，懂得爱，学会爱，完成心灵塑造。有一回，刘彤买了一套中国传统文化教育的碟片回来，就在月度分析会上组织员工观看，每次观看一集，观看后让大家谈感受谈体会，让他们对中国传统文化的理解也一点点深入。员工们平时工作都很忙，根本没有机会去学习去提升自己，通过观看碟片，大家的心灵得到了洗涤，自己的行为方式在不知不觉中得到了改变，在家里也开始孝敬公婆，和兄妹之间搞好关系。就这样，中华民族的传统文化已潜移默化地在员工的心中扎下了根，他们懂得了善有善报，恶有恶报，今天的果都是过去的因造成的，照顾老人是行善积德的好事情，日后必然有好报。

在月度分析会中，还有一个事情是绕不过去的，就是员工的收入，因为员工的收入是与公司的经营状况紧紧连在一起的。对于收入，大家都有一个体会，那就是，并不是你把钱拿到手的那一刻最高兴，而是你算出能挣多少钱的时候最激动最开心。在月度分析会上，刘彤作为主讲者，会给员工带来最前沿的资讯，还有“九久”的发展前景，员工最关心的是，“九久”有这么好的前景和未来，自己即将得到多少收入。围绕收入来谈将来谈未来，员工的眼睛都会瞪得雪亮的。然后帮他们算账，比如预测下一个月的经营收入达到100万，如果超过了100万元，每个人会多出多少收入。但又要让大家明白，超过100万并不是容易做到的，光靠老板一个人，光靠管理层，是难以完成的，必须靠大家的共同努力，靠大家的优质服务传口碑。这样一说，大家心里都有了盼头，工作起来也更有干劲了。算出自己能得收入的时候是最喜悦最开心的时刻。“九久”一直倡导快乐地工作，快乐地生活，其核心就是告诉员工“种瓜得瓜，种豆得豆”，收入从工作得来，要多拿收入，就必须把老人照顾好，把企业经营好，而“九久”正在帮助你实现心中的目标。明白了这一点，员工自然对公司就贴心了。

4……打造彼此依赖的团队

常言说得好，小成功靠个人，大成功靠团队。

“九久”创业之初，由于对困难估计不足，刘彤曾经非常困惑：自己的付出为什么总得不到相等的回报？

有三件事让她记忆犹新。有一个护理员的丈夫癌症手术后在镇江市区化疗，化疗之后就要回乡下休养。但是这家人的经济状况很糟糕，护理员一旦回家照顾丈夫，这个家庭就将失去经济来源。考虑到这个原因，刘彤就让他们夫妻俩同住在“九久”，吃住全包。这位护理员的丈夫就是在“九久”走完自己的人生的，这也是在“九久”去世的第一个人。还有一位护理员，她的孩子在镇江没户口，跟着她妈妈到市区来打工，在镇江人生地不熟，找了很久也没有找到工作。刘彤知道此事后，找朋友托关系，终于帮她的孩子解决了工作问题。另外一位护理员的儿子得了抑郁症，刘彤也把他接到“九久”免费吃住，两个多月后他回到了家乡，跳了自己家里的井死了。刘彤在第一时间带着慰问金开车一个多小时赶到护工家去慰问。但是，这三个护理员还是说走就走。当时的“九久”团队很小，老人八九个，护理员和管理人员加起来也是八九个，突然少了一个护理员，养老院的运作立马就乱套了。刘彤的心都快寒了，禁不住扪心自问：为什么自己很用心地去付出，可最后的结果往往跟自己的愿望背道而驰呢？她想不通呀。连柯敏都不止一次地劝自己，还是像其他的养老院学习吧，护理员的工资不发全，扣下一部分做押金，如果说走就走，这押金就没有了。

但是后来发生的一件事，让刘彤触动很大。

2013 年春节的时候，“九久”有两个员工家中突发事情，不得不回家处理，这一下子把整个养老院的工作节奏都打乱了。因为在春节期间，该放的都放假了，不该放的，也都责任到人了，而且工作的负荷非常大。大过年的，到哪儿去找人？就算自己和柯敏一时顶上，顶一两天还可以，时间长了肯定不行，体力吃不消，又要处理其他的事务。在万不得已的情况下，刘彤鼓起勇气给“九久”以前的一个护理员打了电话，这个护理员曾在“九久”工作过一年多，后来她住院手术后就回去带孙子了。刘彤在电话里跟她商量，是不是可以到“九久”来帮忙顶一个星期的班，这位护理员二话没说就同意了，她说：“刘总，当时我开刀的时候，一个人孤身在外，没有亲朋好友来看我，唯独‘九久’带了五百块钱和水果看望我，这个，我永远记着哩。”

这件事情让刘彤的心久久不能平静，也促使她静下心来，认真思考自己在管理上的得与失。人还是应该善良一点，应该对别人更好一点，我们在选择员工，同样员工也在选择我们，有时候我们看中人家，人家看不中我们，我们看不中的他们却看上了我们，选择到最后总是缺少人手，与其这样不如换一种思维模式。到底谁成就了谁？到底是骑士成就了马，还是马成就了骑士？正确的答案应该是相互成就，说白了就是彼此相互依赖相互支撑。养老院本身就是个服务型企业，服务的最高境界就是服务与被服务者之间产生相互信赖的关系，老人凭什么依赖护理员？凭的是优质的服务。员工凭什么能给出优质的服务？凭的是企业给予了他想要的。

自从“九久”搬入官塘桥路上的鸿雁山庄后，刘彤就开始着手打造“彼此依赖”的团队。通过几年的不断摸索，“九久”形成了一套自己打造“彼此依赖”团队的办法，其核心就是硬件、软件、要件三个要素。

硬件就是养老院里的基础设施建设。硬件好了，就可以筑巢引凤。为什么品牌专卖店里的营业员素质长相和收入要远远超过普通超市里的营业员？就是因为品牌专卖店的硬件设施要远远好过普通超市。“九久”在丁卯桥路上时，地方狭小，房间里没有卫生间，没有户外活动场所，很难招到护理员；现在的“九久”，活动场地开阔，户外运动器械应有尽有，房间有地暖，招聘员工就容易得多。所以办养老院要想服务好，必须要有好的护理员，要有好的护理员，必须不断提高硬件设施。中国人都讲面子，硬件越好对护工越有吸引力，因为可以满足他们的面子问题。

软件就是氛围，氛围就是生产力。在日常生活工作中，大家都会有这样的体会：干自己喜欢的事，再苦再累也乐此不疲。那是因为从这件事中得到了快乐；干自己不喜欢的事，就算再轻松，也觉得苦也觉得累。在“九久”，管理层就不断地营造让员工快乐工作的氛围，让员工感觉到，在“九久”工作是一种享受，以此聚集人气，用好的心情做出好的服务。为此，“九久”经常会在养老院里搞一些“换位”活动，比如刘彤亲自下厨炒菜，因为她本身不会做饭做菜，常常闹出不少笑话；比如蒋元兰亲自做服务员，大家看到一米八的大男人笨手笨脚地做家务活，引得员工哈哈大笑；再比如让管理人员（所有的后勤和行政人员）为护理员做好服务，让护理员享受一下被服务的感觉。这些做法，融洽了氛围，消除了阶层，建立了彼此的信任和依赖感。

要件就是游戏规则。制订的游戏规则，必须回答三个问题：一是员工跟着公司干能得到什么，说白了就是能有多少收入，这是物质性的；二是员工跟着公司干能学到什么，说白了就是是否能获得晋升机会，这是成长性的；三是员工跟着公司干未来能有什么，说白了就是我在公司干有没有希望，这是精神性的。这三个问题是制订游戏规则的核心。在这一方面，“九久”有属于自己的一套办法，并在实践中得到了证实。关于第一个问题，前面已经讲得很多；关于第三个问题，其实是建立在第一个和第二个问题之上的，当一个人的物质条件达到一个层次时，精神需求也自然会跟着上一个层次。这里重点阐述第二个问题。这些年来，“九久”对员工进行分门别类，主动替他们进行职业规划，并有意识地朝规划的方向培养。

第一个就是普通员工。第二个就是在普通员工中晋升一部分护理班班长。第三个就是从护理班班长晋升护理部主任。随着“九久”不断做大，做好职业规划显得尤为重要，就是给他们一个晋升的通道，让他们生活得有盼头。

这三种人群中，普通员工的规划最难，他们年龄大，没有文化，连拿工资都要按罗印，替他们规划确实有难度。正因为有难度，则更要替他们规划，因为他们是护理团队的基础。但是，从哪儿入手呢？刘彤想了很久也没有想出一个好的办法来。后来有一年春节，“九久”的管理层去护工家家访，刘彤就问他们拿钱回家做什么用，他们说钱拿回家都存起来不敢用，因为他们没有劳保。又问他们在“九久”拿着三四千块的工资，够他们在家里花多长时间，她们说六个月没有问题。这就给了管理层一个很好的启发，就是他们在“九久”工作由于是吃住全包，还发劳保用品，拿工资其实是净落的，那么在“九久”工作一年，就可以管他们在农村五六年的养老费，两年就管十来年，以此类推，就是说在“九久”工作三年五载，护理员们以后二十年的养老钱就有了。这是一个很好的切入点，替他们算算账，告诉他们，你都六十岁了，还能到工地上扛砖头吗？还能到饭店端盘子吗？但只要在“九久”安下心来做，工资还会涨的，到六十五岁时，你的养老钱就不用愁了。这么一算账，他们心里敞亮了，工作热情也有了，也不会轻易放弃这份工作了，“九久”的护理员队伍也稳定了。护理员一稳定，服务质量也就稳定了。

在这些新来的护理员当中，如果有年龄比较年轻的（45—52岁），文化水平也有一些的，他一进“九久”，就给他规划班长、主任的角色，使其积极投入，争取利益最大化。但提拔的前提条件是，必须融入“九久”半年以上。这个苗子一旦培养出来，六个月以后，一位新的护理班班长就诞生了。对于现有的护理班班长，还有意识往护理部主任岗位培养，护理部主任需要在“九久”工作两年以上，对“九久”的任何岗位都能够拿得起顶得上。不管是班长还是护理部主任，他们的工资待遇都是随着职位的晋升而晋升的，工资待遇的提档升级是吸引护工们积极争取晋升的最大动力。

护理员—护理班长—护理部主任，晋升通道的建立，完成了护理的组织架构，每个班长管理10个护理员，护理部主任管好护工班长，管理层只认护理部主任说话，责任权利的明确，让整个养老院的管理变得轻轻松松，运营也井然有序了。

打造彼此依赖的管理团队，“九久”还有很多招数，但归纳起来就一句话：机制活，一活百活；不是员工没有激情，而是因为我们的机制让他变得死气沉沉。

作为养老院的经营者、管理者务必记住：如果你没有办法让员工实现梦想，员工一定会选择能够让他实现梦想的地方。要提高养老机构的服务水平，必须有稳定的护理团队，要让养老院成为护理员实现梦想的地方！

第六章　恋爱中的“医养融合”

2018 年 12 月 12 日，人们仿佛已经听到了新年的脚步声，新年的钟声就要敲响了。镇江的大街小巷披红挂彩，商家们纷纷推出送“元旦红包”的促销活动，跳广场舞的大妈大爷更是铆足了劲舞动身姿，一心想在元旦的广场舞大赛中拔得头筹……然而，在这份热闹里，有一份文件悄然印发了，文件题目是《镇江市人民政府办公室转发市卫计委等部门关于深入推广医疗卫生与养老服务相结合的实施意见的通知》，文件号是“镇政办发 [2018]171 号”。这份在元旦前夕悄然而至的文件，没有多少人会去关注，可是在养老机构中却刮起了一阵旋风。关于“医养融合”，镇江之前也出台过相关的文件，但都是以民政局、卫生局等部门的名义。这次以政府的名义出台的“医养融合”专门文件，在镇江这是第一次，参与这个文件制订的有卫计委、民政局、发改委、财政局、人社局、国土资源局、规划局，全是政府中的强势部门。171 号文件的出台，标志着镇江真正完成了“医养融合”的顶层设计，注定将定格在镇江养老史上。刘彤在镇江市政府的门户网站上看到这份文件时，脑中空白，心如止水，但不到五分钟之后，心便狂跳起来，她抑制不住内心的兴奋，拼命发微信把这个消息分享给亲朋好友。对刘彤而言，“医养融合”是她心中的痛，更是她心中的梦。当初，她就是冲着“医养融合”搭进自己的全部家底创办了“九久”，为的是照顾自己患重病的父母，可是直到2012年母亲去世，这个梦依然还是梦，这成了刘彤心中无法释怀的痛。正因为有着这切肤之痛，“医养融合”才成了她心中不竭的追求和梦想。从2010年重阳节“九久”开业之日起，她感觉自己就像夸父追日一样追赶着“医养融合”，一路追赶下来，吃了数不尽的苦，经历了无数的坎坷，付出了自己所有的家底和智慧。直到2015年2月，她终于追赶到了“医养融合”，“九久”与镇江市黎明社区卫生服务中心（以下简称“黎明”）建立了合作机制，成立江苏省首家“医养融合”养老模式护士站。“九久”与“黎明”的这种“医养融合”模式，在镇江是创新，在江苏是创新，在全中国也是创新。但这种模式的运营并不是一帆风顺的，分分合合，合合分分，除了当事人，没有人知道这里面究竟发生了什么。刘彤开玩笑地说：“这些年来，自己一直在谈恋爱，对象就是‘医养融合’，恋爱中的滋味算是尝了个遍。”

1……“医养融合”是什么？

“医养融合”四个字，从字面上理解，“医”就是医疗，“养”就是养老，两者融合在一起，就成了“医养融合”。说起来真的很简单。但往深里想，就不那么简单了。

按中国的传统习惯，养老走的是“居家养老为主，社区养老为辅，机构养老为补充”的路子。在家里养老，叫“居家养老”，医生进入家庭，才叫“医养融合”，可是除了钱多得没有处使的富豪们，中国的百姓谁请得起家庭医生？怎么办？那就与医院签个协议，让医生定期上门服务，行里的话叫“全科医生签约服务”，就是每年付一定的费用，医生上门替老人量量血压，测测血糖，听听心肺，问诊问诊，送送常用药，但真正生了病还得上医院。

“社区养老”哩，就是社区组织为社区里的老人提供一定的服务，当然也是要付费的，比如建立老人用餐点，比如为老人开展家政服务、日间照料服务、供餐服务等等。通过社区组织的牵线搭桥，社区里的医院自然承担医疗这一块内容，这叫“社区养老”中的“医养融合”。但是放眼神州大地，还真没有形成成熟的可复制可推广的“社区养老”模式。为什么？因为社区人手不够，经费不足，如果没有一个养老机构做支撑，“社区养老”也就是嘴上的漂亮话。

再下去就是“机构养老”了。机构就是养老机构，福利院、养老院、康复中心、康养中心、护理院等等都可以统称为养老机构，虽然他们之间有着一些差异，但本质是一样的，都是为老人提供各种服务的专业机构。

那么，都是些什么人住进养老机构呢？

在中华民族的传统认识里，老人不到“那个程度”，都不会住到养老机构中去。“那个程度”是什么程度呢？说白了，就是到了失智失能的程度，说得更直白一点，就是老年痴呆患者和失去生活自理能力的老人，否则，没有几个老人会主动住到养老机构里，也没有多少子女会想着让自己健健康康的父母在养老机构中度过余生。所以，住进养老机构的老人 90% 不是痴呆就是生活不能自理的，同时还患有一种至几种的老年人常见的慢性病，这部分人群对医疗有着强烈的需求，所以养老机构就需要有医疗支撑，于是，“医养融合”的概念就应运而生了。

在没有政策保障的情况下，养老机构一般都用自己的方式来解决老人的医疗服务的问题。“九久”在丁卯桥路上时，老人得了小毛小病都是由护理员用推车把老人推到附近的医院去，如果老人身体出现比较严重的状况，会叫上救护车，直接把老人送进三甲医院。当然也有一些养老机构自建医务室，聘请一两个退了休的医生进行管理，给老人配配药，处理一些小问题，由于不能刷医保卡，有的老人家属为图省事，甘愿自掏腰包替老人在医务室配药，但大多数则是事先到医院配好常用药送至医务室，由医务室的医生根据处方让老人按时服用。还有的养老机构则与老人家属签好协议，只管老人的一日三餐和生活服务，发现身体出现状况，则通知家属把人领走。反正是“八仙过海，各显神通”。

镇江市卫生局、民政局在 2015 年的时候就联合出台了一个文件——《关于做好我市养老服务机构内医疗服务的通知》（镇卫医

[2015]19 号），这个文件的主要内容就是让镇江市区范围内的 24 家养老机构与所在社区的卫生服务中心结成对子，让“医养融合”在市区养老机构中实现全覆盖。

出台文件是一回事，落实文件是另一回事，这是国情。到了“医养融合”这里，问题就更复杂了，因为养老机构本身就很复杂，有很小的，有很大的；有有医疗人员的，有没有医疗人员的；有公办的，有民办的；有在乡镇的，有在医院旁边的……什么类型都有。据统计，2016 年镇江全市共有养老机构 143 家，其中公办 50 家，民办 93 家，公建民办 4 家。由于投资主体不同，运营的方式自然也不同。这么复杂的情况，该怎么处理呢？镇江采取的是分类政策，从而形成了“医养融合”的三种模式。

如果养老机构有能力成为一个医疗机构的，就批复它成为医疗机构，这样的医疗机构有一个属于自己的名字，叫护理院，所以护理院实际上是个医疗机构。护理院的投资一般都比较大，没有上亿的资金是拿不下来的。护理院把医院的一整套管理模式和运营方式都照搬过来，医院该有的设施它都有，医院该有的人员配备也都配齐整。镇江最高档的一家养老机构就是以护理院的形式出现的，它一共有两幢楼，一幢楼为护理院，一幢楼为养老院，但它的床位是弹性的。当它的设施、人才都满足要求时，它就获批为护理院，一切按医院的方式进行运营，入住的老人相当于住进了医院。住过院的人自然都明白啥叫住院，虽然可以刷医保卡，短期住院还可以承受，但长期住下去，还是会给家庭带来不小的经济压力。护理院真的不是一般的家庭能住得起的。这是一种模式。

如果养老机构没有能力成为护理院，但是它规模比较大，自我的服务医院内容比较多，可以成立一个类似门诊部一样的，就是说养老机构自己成立一个医务室，它也具有一定的医疗能力，但不足以支撑整个养老机构的医疗条件，可以做一些内部的医疗服务。这又是一种。

第三种模式就是采取联合的方式，让医疗机构跟养老机构联合。养老机构没有医疗的能力，但医疗机构融进来，在养老机构里面开设门诊部、护理部、医疗病房等等，双方就联合了，有点“联姻”的味道。这是联合的第一种形式。还有一种联合的形式，就是让养老机构跟一个医疗机构签订一份协议，由医疗机构提供日常服务，定期到养老机构去巡诊，医生可以去开开药，给老人调整调整，做完巡诊，医生就撤回去，不需要天天待在养老机构。与第一种联合形式不同的是，医疗机构并没有与养老机构合作开一个诊所或者合作开一个医疗病房，而是双方的合作由外部来覆盖养老机构的医疗服务，这种联合有点“走婚”的意思。

以上就是“医养融合”的三种模式。有点复杂，那是因为养老机构本身就很复杂，只有采取这样多元化的做法才能做到“医养融合”全覆盖。

现在回过头来看“医养融合”的概念，实际上就是将卫生的资源与养老资源之间做一个融合，这种融合并不是让医疗机构与养老机构合二为一，变成一个主体，而是说两项工作要相互融合的、协同地去服务这些老人。通俗地讲，就是养老机构里老人的那些小毛小病不要老跑到医院去就诊，就在养老机构开开药、看看病，就能够解决掉，等老人需要住院时，再到医院治疗。

“九久”与“黎明”采取的是第三种模式中的第一种合作方式，即“联姻”形式。

“九久”从丁卯桥路搬到官塘桥路的鸿雁山庄时，刘彤卖掉了自己仅有的两处房产，将床位由不足 100 张扩大至 200 张，从而完成了“九久”的二期工程建设。这样的规模，已经不可能再按过去的方式来满足老人所需的医疗服务了，必须在医疗上有所突破。作为“九久”的当家人，刘彤对此有非常清醒的认识。

其实，鸿雁山庄本是山西晋煤集团的疗养院，疗养院本就有一个医疗机构。但问题是，“九久”仅仅是租赁了疗养院的房屋，跟疗养院中的医疗机构之间并没有签订协议。当时，刘彤不是没有想过把医疗机构也一并拿下，从根子上解决医疗的问题。但是，这里面有两道坎刘彤难以跨越，一是缺少资金，为“九久”，她已倾尽所有，投入了自己的全部家当，再也没有钱去建一座医院了，她想过去银行贷款，但是人家银行门槛高，她那时的规模和运营状况，根本入不了银行的“法眼”，如果去民间借贷，借的必定是高利贷，等于自己往火坑里跳，这事不能干；二是没有经验，“九久”从2010年10月开业算起，用了差不多五年时间，才好不容易摸索出一套管理和运营养老院的经验，可谓尝遍了人间的酸甜苦辣和人生的种种艰辛，自己甚至都不敢再去回想，但在“九久”摸爬滚打的这些年，让她真正明白了一个道理，就是必须由专业的人去做专业的事。没有医疗的专业管理和运营知识及经验，就算有钱去建一座医院，自己也是无法把它管理好运营好的。

那么，唯一的路子就是与医疗机构实现联合，不管是“联姻”还是“走婚”，只要联合了就好。

在一份由张彤明、周霞、刘国福联合撰写的《促进养老服务业健康发展——镇江市医养融合养老服务机构收费情况调研报告》中写到，镇江市2016年共有24家养老机构，主要依托江苏康复医疗集团和江苏江滨医疗集团旗下的社区卫生服务中心，按照属地和就近原则，由属地或就近的医疗卫生机构和养老机构签订医疗服务协议，社区卫生服务中心定期上门巡诊，遇紧急情况社区服务中心也能及时处理，及时转诊。运行情况较好的就是“黎明”与“九久”的合作。“九久”作为黎明社区的执业点，由黎明社区派驻医生护士进行管理，收治需要医疗支撑的养老老人。

为什么“黎明”与“九久”的合作比较成功？该调研报告也指出了原因，“黎明”与“九久”合作的医养病区因增加了医保份额得以顺利开展，而其他社区因人力成本和医保总控政策等问题，基本未有实质性运作。

外行看热闹，内行看门道。

“黎明”与“九久”的合作成功，其实是突破了很多政策性的障碍，是一种创新。但没有人知道，这创新的背后究竟经历了什么。

2……“黎明”来了

“黎明”的当家人叫栾立敏，也是一位很有事业心的人。当他在媒体上看到刘彤的创业故事后，很是感动，知道她与自己一样，也是一位有事业心有社会责任感的人，脑中忽地闪过一念头：如果两个有事业心的人合作，肯定能撞出火花呀。在这个念头的催促下，他不请自到，来到了“九久”考察。

那时“九久”还在丁卯桥路上，正处于非常艰难的时期。但是，刘彤“为爹妈建座养老院”的创业故事经媒体的宣传，已在业内和一些社会群体中有了一定的知名度。有一些投资者跃跃欲试，主动找到刘彤，想“参股”“九久”。但是，当了解到“九久”的利润率低微时，都放弃了，有一位投资者说：“我把款放出去，闭着眼坐在家里，都能收到20%的利。”刘彤反驳说：“如果仅仅是为了赚钱，我也不会办这个养老院。”道不同，不相为谋。打这以后，刘彤对社会融资已不抱任何希望。

对于栾立敏的突然造访，刘彤的表现有些冷淡，以为又是冲着她的名气来谈“参股”的。当确定栾立敏的身份和此行的目的后，她的心陡地一动：难道梦寐以求的“医养融合”就在眼前吗？心中的那个火种不知不觉中就蹿出了火苗。

她领着栾立敏在“九久”那豆腐块的地方转了一圈，详细介绍了“九久”的管理运营情况以及今后的打算，看到的却是失望在栾立敏的脸上蔓延开来。她知道，没戏。刚刚蹿出的火苗灭了，火种又装进了心里的某个盒子里。

只听栾立敏惋惜地说：“管理尚可，可硬件差太远了，做不成，做不成……”

这句话深深刺激了她，也就在这一瞬间，她做了一个大胆的决定：搬！必须搬！砸锅卖铁也要搬！

那时，刘彤并不知道“黎明”在镇江是一个怎样的存在。

其实，业内都知道，“黎明”是镇江医疗卫生改革的一个案例，很特殊，但很成功，在现有的全国社区卫生服务中心里，“黎明”是做自己的事情做得最好最正宗的。

“黎明”正式挂牌的时间是2012年3月，比“九久”开业迟了1年多的时间，但筹划却比这个时间早得多。“黎明”所在的区域为润州区红星街道。大概在2010年左右的时候，红星街道所辖的部分区域拆迁，开发朴园房地产项目，在该项目的拆迁安置区拿出了3000多平米给卫生系统，拟开设一家社区医院，这就是“黎明”的由来。

“黎明”筹建的时候，正赶上镇江医疗体制改革，组建了江苏康复医疗集团、江苏江滨医疗集团，这意味着所有的社区卫生中心都按属地原则，都隶属于这两个集团，“黎明”所在地处于江苏康复医疗集团管理的范围之内。当时，镇江医疗体制改革面临这样一个问题：社区医院的定位是什么？是以医疗为主还是以康复为主？

现在，我们来看看长期在三甲医院住院的病员现状。

比如，一个病人患上脑出血，做过手术后，病情稳定了，病人该出院了，但是，病人继续躺在医院，占着床位不走，三个月，五个月，甚至一年两年，因为他患病之后，身体机能受到了损伤，行动不便，必须受到护理，但是病人的家庭没有护理条件，他只能选择在医院赖着不走。你想，一个护理病人长期占领了一个三甲医院的床位资源，这是一个多大的资源浪费呀！这个浪费带来了种种弊病，比如后面的患者很难住进医院，比如增加了国家的费用，个人的负担也跟着水涨船高……所以这是极不合理的。

在医疗体系非常完善的发达国家，一般走的是如下的路线：病人过了急性期之后，转到亚急性的服务机构；过了亚急性期后，再转到慢性的服务机构；如果完全康复了，就可以回家了，如果功能丧失了，就转到长期护理机构。这样一条线，才应该是正常的病人运转的完整体系。

但是，在我国这样一个发展中国家，由于种种原因，导致这个体系一直没能建立起来，所以康复周期较长的病人只能跟医院“耗”，那份艰苦卓绝绝不亚于二万五千里的长征。

于是，镇江在2009年的医疗体制改革中，计划成立“医联体”或者“健联体”，就是要着力解决这个体系的建立问题。在这个体系中，首先要解决的是，病人在三甲医院过了急性期之后，由谁来承担亚急性病人的治疗和护理服务。于是，社区医院被推到了这次改革的风口浪尖。社区医院该走什么路？它不应该是照搬三甲医院的管理和运营模式，与三甲医院配套的亚急性服务机构才应该是它的发展方向。

但是，问题又来了。把社区医院建成亚急性服务机构，这条路大家都没有走过，国外是有，但由于国情不同，照搬肯定不行，如果一哄而上，以行政手段强行把所有的社区医院都变成亚急性的服务机构，最终肯定以失败告终。在经济、社会发展过程中，急功近利的亏不是没吃过，而是吃得太多，这方面的教训不得不吸取。怎么办？只能选择一两家社区医院先搞试点，运行成熟了，形成经验了，才能在面上推广。

在这样一个背景下，镇江在医疗卫生的“十二五”规划里明确要求，所有的社区卫生服务中心80%的病房调整为康复护理病房，于是“黎明”走上了历史的舞台。市卫生局选择“黎明”做试点，主要鉴于两方面的考虑，“黎明”是新建的社区医院，一切从零开始，可以比较容易地突破定势思维，这是其一；其二呢，就是看中了栾立敏这个人，他想干事，能干事，尤其是他身上有着当今人少有的一种社会责任感，想着为社会尽一份责任，具有承担改革任务的政治素质和业务素质。

在卫生局的推动下，市第一人民医院（又名“康复医院”）与“黎明”共同成立了康复护理病房。定义很清楚，“黎明”的病房是康复病房，再说得明白一点，是联合康复病房，“黎明”的设施、设备是利用政府经费购买的，而主要医护人员都是从一人医那里配备的。

由于康复病房对镇江市民来说是一个全新的概念，“黎明”开始正式运营的时候也遇到收不到病员的问题，没有病员，只能坐吃山空，到最后就是惨淡收场，最初的改革创新典型就成了反面典型，这样的结果是谁都不愿意看到的。为了让病人家属能够接受“康复病房”这个概念，卫生局、一人医、“黎明”共同运作，隔三岔五就用救护车把病人的家属拉到黎明去实地考察。家属们到了那里一看，这个地方的条件不错，一个病房有两张床位，有热水器，菜肴也蛮好的；护士长呢是一人医的老护士长过来的，医生呢是一人医的医生过来的，让人放心；费用呢，比住在一人医要低得多，而且有专门的人员做康复训练，病人可以恢复得更快一些。实地看了之后，病人家属觉得“黎明”靠谱，它其实是一人医的医生跟护士帮着它开了一个联合护理的康复病房，把病人送到这里放心，也省了不少钱。通过这样的方式，“黎明”慢慢收到了病员，运营逐步正常起来，甚至到了一床难求的地步。

可以说，从“黎明”开始，镇江的医疗机构有了真正意义上的康复病房，病人在这里可以得到比较完整的亚急性治疗和康复。

但是，随之而来的又是一个新问题。病人在“黎明”度过了亚急性期，尝到了康复病房的甜头，但是身体的机能并没有恢复到生病之前的状态，于是他就躺在“黎明”不肯出去了。从理论上说，病人在完成亚急性期的治理和护理后，应该再往下走，转到慢性期的服务机构或者长期的护理机构，甚至家里。

为了防止病人赖在医院的情况再次发生，镇江做了一个规定，比如在“黎明”，一个康复病人只能享受两个康复周期，一个康复周期是45天，超过90天，达到两个康复周期，你就应该出院了。病人从康复病房出来之后的去处有两处，一个是护理院，也就是所说的慢性期的服务机构或者长期的护理机构；还有一个去处是家里，业内称之为“居家护理”。但是，对于身体机能受到损伤的病人来说，回到家里反而增加了家庭的负担，有经济上的也有精神上的。如果在亚急性期实现了完成康复，哪个病人想赖在康复病房不走？毕竟家才是最好的归宿。那么，这类病人最好的选择就是护理院。问题是，在镇江大市，一共才批了几个标准化的护理院，一只手的手指头都数得过来，而且收费不菲，普通工薪阶层一般难以承受，但是社会需要又很大。

怎么办？

镇江医改组瞄向了普通的养老院，简单地说，就是让社区医院在同一区域内的养老院里面开护理病房。于是，就有了“黎明”与“九久”的合作。

如果说栾立敏第一次去“九久”考察，属于“黎明”的个体行为。那么，当栾立敏和刘彤再次“面对面”时，已经属于官方行为了，因为牵线搭桥的是代表市医改领导小组的卫生局。这距离他们的第一次接触已经是一年之后了。

一年的时间，很短暂，但对于干事业的人来说，一年中可以干很多事。

受了第一次与栾立敏对话的刺激，刘彤下决心拿下了“鸿雁山庄”，踌躇满志地要在养老产业里干出一番事业。与栾立敏第二次坐下来对话时，“九久”二期正在热火朝天的建设之中。没有对比，就没有高低。与一年前看到的那个“九久”进行对比，栾立敏禁不住对面前这个女人刮目相看了。只是他根本没有想到，正是自己一年之前的“九久”之行，才促成了现在的这个施工现场；他还没有想到，为了这个工程，面前的这个女人卖掉了自己所有的家当，断了自己的后路，只是为了实现自己的梦想，这个梦想叫“医养融合”。他更没有想到，市医改组之所以选择“九久”与“黎明”开展合作试点，与当初选择“黎明”与一人医进行合作试点一样，就是看中了刘彤身上与自己身上有一些共同点，有点强势，想干事，对社会都有一般人身上所没有的责任感。

由于有了卫生局的牵线搭桥，他们这次的“面对面”对话，很有点“相亲”的意思，彼此都毫不掩饰地直奔主题，不过，这个主题不是“婚姻”，而是“医养融合”。

栾立敏问：“搬到这边，你有多少张床位？”

刘彤说：“我拿下的面积一共是18000平方米左右，按国家规定，养老院的每张床位应该有30平方米的容积率，全面建好，我这里应该在600张左右。不过，正在建的这一期是200张，计划用三年时间，完成全部的扩建计划。”

栾立敏又问：“住你这里的老人，有多少是需要康复和护理的？”

刘彤说：“按中国的传统习惯，健全的老人是不会住进养老院的。从现在的情况看，90%都是失智失能的，我想以后的情况也差不多。”

听到这里，栾立敏不语了，他在心里迅速计算着要建多少张护理床位才能让“黎明”不亏本。

其实，刘彤也在打着自己的盘算。她问：“在这里开护理病房，你那里的医护人员忙得过来吗？医疗、康复设备够用吗？”

栾立敏说：“这些不用担心，我们有卫生局做后盾，怕什么？”

类似的互相发问，也不知道进行了多少回合。用当事人的话说，像是经历了一场马拉松式的恋爱，跑累了，就想停下来，散伙。可卫生局这个“媒人”盯着他们不放，不断给他们鼓劲、打气、加油，让他们一路奔跑下去，直到彼此正式确定了关系。

原以为，经历了一场马拉松式的奔跑，接下去的合作会很顺利，没想到却是合合分分，分分合合，领了“结婚证”，却永远在“恋爱”的路上。

3……一波三折

2015年2月1日，还有半个多月，就是“三羊开泰”的羊年了。就在这一天，“黎明”与“九久”举行了“婚礼”，联合护理病房落户“九久”，这标志着刘彤的“医养融合”梦想变成了现实。

第二天的官媒上是这样报道这件事的：

> 昨天，江苏省首家“医养融合”养老模式护士站在镇江市九久老年康复中心试运行。由黎明社区医疗卫生服务中心与九久老年康复中心联合创办的“民办养、公助医”机构在省市民政、卫生等部门大力支持下，软硬件设备与设施全部到位，老人们不出养老院大门，在自己的屋内就能享受到医疗服务。据了解，该护士站内配备全新的心电图、X光机、彩超、多功能监护仪等设备，改造了康复理疗室、机能训练厅等。

这段平淡无奇的文字只是在阐述一个简单的事实，但里面有两个字很出跳——首家，而且是江苏省首家。这说明，“黎明”与“九久”的合作模式，在镇江是创新，在江苏省是创新，其实业内人士很清楚，这样的“医养融合”模式在全中国都是一种创新。它的创新就在于社区医疗机构与养老机构合建护理病房。说到护理病房，大家不约而同地都会想到护理院，其实护理院是早就存在的，全国每个城市都有，有的搞得还特别“高大上”，是专门给有钱人量身定建的，护理院谈不上是创新。我们说，社区医疗机构与养老机构合建护理病房是一种创新，就在于它打通了健康服务体系到底的通道，一个病人生了病以后，到社区看病，转到医院去开刀，医院开完刀后，又转到社区去康复，社区康复完以后，转到养老机构去长期护理，如果好了，回家；如果不能好了，功能缺失了，那就留在具有护理功能的养老机构长期护理。这样一条线就串起来了，它的服务是连续的、完整的、全方位的、健全的，这才是完善的“健联体”。“黎明”与“九久”合作的意义就在于此。另外，“黎明”与“九久”合建的护理病房，面向的是普通大众，在镇江，只要你的月收入在3000—4000元，你都可以住得起。所以，“黎明”与“九久”的合作模式比起护理院，更具有推广意义。

但是，“黎明”与“九久”的合作是试点，在镇江是，在江苏乃至全国都是。试点代表着没有现成的经验可以借鉴，必须摸着石头过河。

其实，“黎明”与“九久”的合作并不是两个机构的合体，而是彼此的联合，双方的职责其实是分开的，“九久”里面的护理病房主权是属于“黎明”，“黎明”只是借助了“九久”的地盘为老人开展医疗服务，而“九久”则是利用“黎明”的医疗力量，让入住的老人享受到了医疗服务，“九久”要做的依然是照顾好老人的生活。

但老百姓不懂这些，他们只知道，老人住进“九久”就可刷医保卡看病开药了，不遇特殊情况，不用再跑医院了。这是大多数老百姓心中的“医养融合”。

“九久”从丁卯桥路搬至鸿雁山庄，当初跟着迁移过来的老人只有不足三十个，有将近一半的老人没有跟过来，主要考虑的还是鸿雁山庄的地理位置不如丁卯桥路方便，离医院远了。大多数老人对死亡都怀着深深的恐惧，住得离医院越近就越有安全感。在得知“九久”

里面有了护士站，可以刷医保卡看病开药了，一些老客户又纷纷回头了，到2015年底的时候，“九久”的入住率上升到了50%。

然而，这样的好势头并没有持续多久，2016年2月“黎明”悄然退出“九久”了。

“黎明”为什么要退出？原因很简单，就是“黎明”在“九久”赚不到钱，不仅赚不到钱，还要拿“黎明”总部的利润去支付在“九久”的医务人员的工资以及医疗设备的折旧。现行的医院早已不是以前的那种公益性机构，而是靠盈利才能维持运转的商业部门。说一个人有强大的社会责任感，那得建立在一定经济基础之上的，赚不到钱，失去了经济基础，什么社会责任感、什么公益心、什么爱心，也不过是嘴上的功夫而已。“黎明”在“九久”赚不到钱，自然要走人，总不能自己“二姑娘倒贴本”吧。

那时候，放眼泱泱神州，“医养融合”的养老机构都还没有步入盈利模式。是服务质量不行吗？当然有一部分是这个问题，但绝不是核心问题。核心问题只有一个，就是缺少医保政策的支持。

在现行的医保制度下，一个进入了医保体制内的医院是要有医保份额才能正常运转的。比如，医保主管部门给一家医院的医保份额每年是100万元，这100万元的医疗、药品支出是可以从医保经费中走账的，如果这个医院这一年用不到100万元，那么没有用完的这一部分由医保主管部门补足给你，补足的这一部分就成了医院的纯利润。为了防止医院以用不完份额的名义来吃医保的“空饷”，医保主管部门会根据医院上一年所用的实际份额来确定来年的份额。这就是现今的医保政策。

“黎明”与“九久”合作的第一年，是没有政策做支撑的，就是说卫生局并没有因为“黎明”在“九久”建立了护理病房，承担“九久”的医疗责任而格外“开恩”，增加“黎明”的医保份额。因为没有政策支持，“黎明”派驻“九久”的医护人员的工资和劳保必须自己来挣。“黎明”要自己挣钱养活自己，“九久”也要自己挣钱养活自己，双方在磨合中发生了摩擦。“黎明”希望“九久”听自己的，因为大量老人是冲着养老院里面有了医疗才住进来的；“九久”则希望“黎明”按照自己的要求来做，理由也很说得通，因为“九久”为“黎明”提供了平台，“黎明”的业务量才得以拓展。

有一回，一楼的一位老人跌倒了，磕破了头，要立即包扎。护理员立即拨通了内部电话通知护士站，护士站也立即派出了医生去处理。这位医生不知是因为过于紧张还是其他什么原因，居然跑到三楼去，在三楼的房间到处问，弄得三楼的气氛很紧张，以为发生了什么大事。这么一折腾，就是二十来分钟。等这位医生弄清楚了楼层，出事的老人已被两个护理员合力送进了护士站，包扎好了伤口。

类似这样的事情在第一年合作期间发生过多次。连护理员都看得出来，来这里的医生“人在曹营，心在汉”，心根本就不在“九久”身上。护理员看到的只是表面现象，可刘彤心里跟明镜似的，人家医生在“九久”辛苦辛苦，可到头来工资、劳保都没有保障，哪有心思去好好为老人做好服务？

为了这些医护人员的工资、劳保，刘彤和栾立敏不止一次地交涉过。“黎明”方面希望“九久”来支付这里医护人员的工资和劳保。可“九久”哪来这些钱？一般说来，一位医护人员的工资加“三金”，一年少说也要15万元，四个人一年就要60万元。“九久”本就很微利，到哪去挣这多出来的60万元？难道要把价格提到护理院的水平？可人家护理院是医院，是有医保份额做保证的。再说，提价要有正当的理由，这种因为养医护人员而提价，还不如不要这“医养融合”了。每次谈判，都是不欢而散。

就这样磕磕碰碰合作了一年，“黎明”一算，亏了，干脆撤。

现在回想起第一次并不愉快的合作，不管是刘彤还是栾立敏，心里面虽然五味杂陈，但最多的是深深的内疚，由于没有政策支撑，也由于双方对“医养融合”的内涵理解不透，最终受损害的其实是老人。他们曾经天真地想，两个有责任心有事业心的人联合起来，一定能在镇江的养老天地里开创出一片新天地，结果……难道忘了自己的初心吗？

“黎明”撤出的那天，有几位老人也跟着撤了，后来又陆陆续续搬出了一些老人。望着老人远去的背影，刘彤心里很不是滋味。她好想找个没人的地方哭一场，可到了没人的地方，却是哭不出来。

“医养融合”是自己心中的梦，为了这个梦的实现，自己卖掉了房子，吃在“九久”，住在“九久”，以“九久”为家，终于迎来了实现梦想的一天，可是现实却是那么短暂，做梦做了五年，可梦想变成现实只一年就这样破灭了。这难道就是自己想要的结果吗？她想哭，为自己的梦想哭，为那些老人哭。

她哭不出来，是因为这个世界不相信人的眼泪。离婚时，她哭了，可终了还得自己扛；在保险行业赤手空拳打拼了十年，其间不知道哭过多少次，可还得擦干眼泪笑对客户；母亲从患病到去世，她无数次哭得肝胆欲裂，可母亲还是没能回来；创建“九久”至今，那么多的风风雨雨，那么多的沟沟坎坎，最无助的时候甚至想到了从楼上跳下去，一开始，也曾一个人悄悄流过泪，可哭又有什么用，该来的还得来，该解决的还得想办法解决。一路哭着走来，她彻底明白，这个世界不相信眼泪，只相信智慧和能力。

又有几个老人搬出去了，护理员着急，管理层着急，虽然他们嘴上不说，但刘彤看得出他们心中的焦虑，因为老人少了，服务人员多了，得闲的时候，他们会发呆，精神有些萎靡。刘彤知道，这种精神状态不是好征兆。这一个月，她破天荒提前召开了月度经营分析会。会上，她说：“在丁卯桥路上时，那么难，我们都扛过来了，现在也一样能挺过来！”

有一位胆大的护理员站起来问：“刘总，您也看到了，最近老人走了不少，原因大家伙都清楚，因为医院撤走了嘛。您倒是给个准日子，医院何时才能再搬进来？”说完，有几个人低声附和起来。

发问的是一位护理班长，脑子活，点子多，是护理员里的“智多星”，可以肯定他的问话代表了一批护理员的思想。刘彤说：“看来大家都看出了问题的症结所在，这说明大家都学会了动脑子，在‘九久’进步了。看到大家的进步，作为老板，我很高兴。这里，我向大家承诺，就是再难，我也不会拖欠大家一分钱工资，但前提是，大家必须高质量地做好自己的本职工作。现在医院暂时撤走了，我们更要用心、尽心、全心把老人服务好。我相信，医院一定还会再回来！”

可拿什么让“黎明”回来呢？这是管理层思考的，也是刘彤一直思考的。

“黎明”的离开，是因为在“九久”做亏损了，亏损的症结是因为没有医保政策做支撑。当初，是卫计委让两家走到一块的，卫计委是主管医保的部门，政策就在他们手上，要想“黎明”再回到“九久”，唯一的办法只能向卫计委要政策。

后来，刘彤回忆起自己到卫计委“上班”的那一个月，她说自己在脸上“打了蜡”，什么脸面，什么情面，也都顾不得了。那段时间，她在卫计委每位领导的办公室都坐过，一坐就是一天。

“某某主任，这事怎么办？怎么办呀？请您帮我想想辙了。”

“医院再不进来，我这边快支撑不下去了。我可是把自己所有的家当都贴进去了呀。”

“报纸上都说了，‘九久’和‘黎明’的合作是医养融合的创新，在全省都是第一，您总不能看着它就这样完了吧？”

……

这一连串的问题，不仅仅是刘彤在思考的，恰恰也是卫计委自身在思考的。因为初时推动“黎明”与“九久”的合作，就是看中这样的医养融合模式花钱少，可以让更多的工薪阶层老人得到优质的养老服务，远比“高大上”的护理院更具可推广性。他们更清楚问题的症结在哪里，就是由于“九久”的客源不足以支撑黎明在“九久”的运营成本，必须增加在“黎明”的医保份额，才能支撑下来。但是，增加医保份额是对现有政策的突破，不是随便可以增加的。为此，卫计委召集相关部门先后开了四次协调会，专门商讨“黎明”与“九久”合作的医保政策支撑问题。会议的争论其实是很激烈的，每个部门都从自己的利益出发，从自己少担责任的角度出发，不愿在医保政策上给“黎明”和“九久”的合作开口子。

在现有体制下，所谓的改革试点，其核心就是对现有政策和法律的突破，在不违反大政方针的前提下，必须对改革试点单位在政策和法律上开绿灯，然后形成试点经验，对政策和法律进行修正，然后在面上推广。

其实，镇江在推进医养融合过程中，做过一些成功的试点，采用的是“一事一策”的办法，比如对镇江最高档的某家护理院的推进，就是通过突破当时许多政策的限制，才使得这家护理院得以正常运营起来。那么，对于“黎明”和“九久”的合作试点完全也可以采取“一事一策”的方法来解决面前的问题。

在第四次协调会上，时任卫计委主任林枫作了最终的拍板。他说，搞试点，不是为试点单位开后门，而是要为他们寻找政策的可能性。“黎明”和“九久”的医养模式不仅在全省是创新，在全国也是创新，这个模式一旦成熟，将突破许多政策的瓶颈，这些瓶颈一旦突破，必将写进中国养老产业的顶层设计之中，届时所有“速 8”酒店都可以改建成养老院。作为政策的设计者和掌握者，我们应该有这个眼光。我们终将会老去，养老院是我们最后的归宿，不仅是为了镇江的养老事业，也是为了我们自己，我们有责任为“黎明”和“九久”的合作寻找政策上的可能性，这点担当，我们应该有也必须有。

这次协调会形成决议，以其他的方式补贴给“黎明”，支撑其在“九久”运营的成本。

2016年4月15日，“黎明”第二次入驻“九久”，两家开始了第二次合作。

虽然有了医保政策的支撑，但并不意味这次合作就一定能成功，因为彼此有着太多需要磨合的地方。走过了“纸婚年”，步入了“棉婚年”，双方都显得小心翼翼，都不再那么任性，冷静下来对“医养融合”的养老模式进行更切合实际的思考。以前以为“医养融合”就是把养老院建成医院，医疗介入了，一切都OK了。其实这是一种误区。“医养融合”如何做到医和养的融合，就是要养老一方和医疗一方分别做好三件事，养老院做好日常生活照料、精神抚慰、文化娱乐，医疗机构做好病前预防、康复训练、护理服务。如果双方各自把这三件事做好了，“医养融合”的养老模式就基本成功了。其实，这是经过“纸婚年”付出彼此任性的代价之后，在“棉婚年”中，双方懂得了彼此要让步，懂得了婚姻其实是需要呵护和用心经营的。

这一年的6月，刘彤到加拿大探望在那里留学的儿子。虽然人在国外，但心依旧牵挂着国内，她几乎天天通过微信与管理层联系，了解每天的情况。然而有一天，她突然发觉自己发出去的微信要么没有人回、要么回复得很慢。她不禁担心起来：难道出什么事了吗？不会是“黎明”又退出了吧？这样的状况持续了一周，她终于按捺不住了，通过国际长途联系上了柯敏。只听柯敏在电话里兴奋地说：“这边忙得不可开交了，都没时间看微信了。你不在的这段日子，一天就能进来几个老人，我算了一下，这个月的量相当于以前一年的量。你说忙不忙？你就安心在加拿大好好玩玩吧。照这样的速度，不到年底，就一床难求了。”

柯敏的预测没有错，到年底，“九久”的老人入住率达到了90%以上，真正到了“一床难求”的地步。

在“棉婚年”中，“九久”终于迈入了发展的黄金时期。第二年一开春，“九久”的三期工程开工了。一年之后，“九久”的床位将达到600张，成为镇江规模最大的养老院，而且是老百姓住得起的养老院。

然而，现实总是很骨感。

当“黎明”和“九久”都踌躇满志地要在“医养融合”的天地里开创一片新世界时，突如其来的变数不以人的意志说来就来了。2017年4月，市委市政府调整了卫计委的领导班子和工作职能，医保支付职能划入人社部门。这意味着对“黎明”的政策性补贴可能出现变数。失去了政策性的支撑，“黎明”和“九久”的“医养融合”模式还能走多久？又一些老人陆续搬出了“九久”，搬到靠近医院的养老院，尽管那些养老院提供的服务可能没有“九久”好，但是就图靠医院近，图个心理上的安全感。

干事业，成也政策，败也政策。这是当下中国的真实写照。

这一次“黎明”选择了半退出。之所以没有像上一次一样选择全身而退，实在是因为在与“九久”同舟共济的两年里，作为医疗机构，“黎明”已对养老事业产生了不可割舍的感情，“医养融合”是一个发展方向，于己于民于社会都是有益的。

“黎明”和“九久”的这一次“分手”，并没有像第一次“分手”具有那样的冲击力。因为通过两年的磨合，“黎明”和“九久”合作的“医养融合”模式已引起社会的各界高度关注，社会反响异常强烈。

在2017年底的两会上，有30余名人大代表联名提出了关于养老方面的建议达到了3件，政协委员提出同类型的提案、议案达到11件。“养老”一词成了两会的热词，这引起了镇江高层的关注。2018年春节后，惠建林、李国忠、李健、孙晓南等市领导多次来“九久”调研，对“九久”和“黎明”的“医养融合”模式表示了充分的认可。

那时，由承担市医保份额分配职能的人社局牵头，联合卫计委、民政局、发改委、财政局等部门对社区医院的调研也在悄然进行。调研显示，镇江社区医院的资源是富余的，完全可以利用这些富余资源服务于社会刚性需要的养老业，节约和充分利用养老医疗成本，提高我市的养老内涵。特别是在调研了全市各家养老机构后，对“九久”的管理模式和服务水平给予了极高评价，对“九久”和“黎明”“医养融合”的合作模式高度认同，认为这是面向大众的“医养融合”模式的成功典范。

社会的呼吁，领导的重视，部门的意愿，促成了黎明和“九久”的第三次合作。2018 年 5 月，市人社局给“黎明”增加了 100 万元的医保预算，补偿其因开展“医养融合”服务而增加的成本支出。第三次的合作，对“九久”的规模扩张、提档升级提供了新的发展机遇。从这一年开始，“九久”又对入院老人推出了三甲医院的科室大主任周查房、问诊等服务，养老、医疗、护理、康复“一站式”服务模式在“九久”逐步形成，越来越多的子女把父母送到“九久”这个新家。

在“黎明”与“九久”步入“皮革婚”年之际，“九久”重新回到了“一床难求”的进行时之中。

更令人振奋的是，这一年的年底，镇江市政府下达了《镇江市人民政府办公室转发市卫计委等部门关于深入推广医疗卫生与养老服务相结合的实施意见的通知》（镇政办发[2018]171 号），该“通知”明确:

——完善医疗卫生机构与养老机构合作机制。鼓励养老机构与医疗卫生机构开展协议合作、对口支援、合作共建、服务外包、建立医疗养老联合体等多种形式的合作，建立完善可持续的运行机制和服务模式。不具备设置医疗机构条件或医疗服务能力弱的养老机构，以购买服务的形式，可与周边医疗机构签订协议，或者由有能力的医疗机构托管其内设医务室，选派医务人员开展医疗服务。鼓励二级以上综合医院、中医医院与养老机构开展对口支援、合作共建。医疗卫生机构为养老机构开通预约就诊绿色通道，确保老年人能够得到及时有效的医疗救治，承担养老机构医务人员培训任务，提高养老机构医务人员诊疗康复服务能力。养老机构内设的具备条件的医疗机构可作为二级以上综合医院、中医医院收治老年人的后期康复护理场所。建立医养融合联合体，医疗机构可以技术、人才、管理、利益为纽带加强与养老机构内设医疗机构的合作，实现信息共享、服务共享、利益共享；也可通过提供医疗巡诊、健康管理、保健咨询、预约就诊、急诊急救、中医治未病和养生保健等服务，畅通医疗机构与养老机构服务渠道，实现医疗机构与养老机构之间协同发展。

——建立健全医养融合与基本医疗保险衔接机制。将医养融合机构符合医保规定的医疗费用纳入医保支付与管理范围。对经登记并取得卫计行政管理部门颁发的《医疗卫生执业许可证》，且符合基本医疗保险定点医疗机构协议管理申报条件的护理院、养老机构和开设护理型床位的基层医疗机构，按规定纳入医保定点医疗机构协议管理范围。对与养老机构开展驻点服务的社区卫生服务机构，明确医保定点与医疗费用支付管理的规范与标准。提高基层医疗卫生机构为居家老年人提供上门服务的能力，将符合规定的家庭病床、医疗巡诊等医疗费用纳入医保支付范围。参加城镇职工基本医疗保险、城乡居民基本医疗保险的老年人，入住护理型养老服务机构发生的符合政策的医疗费用，分别按照相关规定报销结算。将符合国家、省基本医疗保险诊疗项目规定的医疗康复项目纳入基本医疗保险范围，为失能、部分失能老年人治疗性康复提供相应保障。

从以上文件内容可以看出，养老机构与医疗卫生机构的合作有着诸多“黎明”与“九久”合作模式的影子，这意味着“黎明”与“九久”合作试点是成功的，为镇江的“医养融合”提供了宝贵的实践经验。

文件出台了，文件的落实还有很长的路要走。但，我们终究迈出了这一步。

4……幕后推手

在“九久”的宣传墙上，上面贴满了照片，有领导来视察的，有相关部门来慰问的，有专家来做培训的，有同行来参观的，有大医院的医生来寻诊的，有志愿者来服务的，甚至还有香澳同胞来考察的……这些照片色彩艳丽，所有人的脸上都是阳光灿烂，尤其是突出了中心人物的“高大上”，看得出当时的场景是十分热闹的。在这些照片中，有两张很不起眼，色调有些暗淡，照片上的人物很少，只有两个，都是侧面，一个刘彤，一个中年男人，从两人的服装上看，可以推算出当时的季节，应当是夏季和冬季。两人的姿态都很随意，一张是男人很专注地盯着刘彤手指着的某一处，一张是两人很严肃地在交流。从照片看，这个男人的身材应该很高大，戴着一副眼镜，显得很斯文，五官清秀，头发稀疏。如果再往前推二三十年，这个男人应该是位典型的江南帅哥。这两张照片应该是用手机抓拍的，手机的档次不是很高，拍照水平则更业余。

照片上的中年男人叫林枫。拍这两张照片时，他的身份是市卫生局局长。不过，他现在的身份是镇江高等专科学校的党委书记。从卫生局局长到高等专科学校党委书记之间，还有一个职务——镇江市卫计委主任。

刘彤一直说，“九久”在发展过程中，得到过许多人的关心和帮忙，她要感谢的人太多太多，但她最要感谢的就是林枫，是他帮助自己实现了“医养融合”的梦想。可以说，没有林枫，就没有“九久”的今天。

2013 年 6 月 9 日之前，林枫还不知道“九久”的存在，更不知道有刘彤这么一个人。但这一天之后，他成了“九久”开展“医养融合”试点的幕后推手。

其实，镇江的医疗制度改革，镇江的“医养融合”推进，他是真正意义上的总设计师。

现在让我们来看看 2013 年 6 月 9 日这一天究竟发生了什么。

这一天，林枫来到“九久”，是因为一次党组织活动。在政府机构待过的人都知道，百分之八九十的工作人员都是中共党员，党组织活动是一种常规工作，一般都会在某个特定的时间节点，或到某个红色教育基地去接受党的教育，或到服务对象那里走访慰问，或到老弱病残那里访贫问苦……活动形式多种多样，活动内容丰富多彩，但万变不离其宗，就是把党的温暖送给广大老百姓。然后留下影像记录，一次组织活动就算完成了。

2013 年的 6 月 9 日，恰恰是端午节前的最后一个工作日。当时的卫生局党组织活动选择了“九久”作为慰问对象，那时的“九久”开业才两年多，在镇江的养老业界还是一名新兵。

林枫走进“九久”时，起初并没有什么不同的感觉，环境收拾得很整洁，但与他去过的许多养老院一样，里面弥漫着浓烈的老人味。对于养老院里面的老人味，主要是有两个原因，一种是护理员人手不够，不及时为老人清洗身子、更换内衣内裤；还有一种是服务虽然不错，但由于养老院的空间太狭小，通风通气功能差。凭经验，他感觉到这里的老人味应该是后一种原因造成的。在他的眼中，这家养老院与曾经慰问过的许多养老院没什么两样，很普通很平常。

他开始像每次慰问一样，与刘彤开始了礼节性的对话。

林枫："这里一共住了多少老人？"

刘彤："不到四十个，大多数是失能失智的。"

林枫："中国人的老观念嘛，人不到这个地步也不会到养老院来。不过，按现在这个规模应该是收支平衡略有盈余了。"

刘彤："您真是专家，一眼就看出来了。前两年一直是亏本运营，一直到去年年底才收支平衡的。"

林枫："这是养老机构的运营规律，没两年时间是起不来的。熬过了这两年，就好了。你以前是做什么的？怎么想到要做养老？"

刘彤："我在保险公司干了十年，干得还不错，职位和收入都不错。哪想到，两年前父母都得了大病，找不到好人照顾，条件好的养老机构又住不进，就想着自己开家养老院吧。然后，就真开上了。没想到，上了这条船，就再下不来了。"说到这里，刘彤禁不住露出一丝苦笑。

刘彤说得轻描淡写，但听者有意，林枫心里"咯噔"了一下：这个女老板的目的跟其他人不一样嘛！于是，禁不住多瞄了身旁正在领自己参观的中年女人一眼，对她刮目相看了。他去过许多的养老机构，那些老板没有一个不是冲着钱去的，有些到了不讲良心的地步，克扣老人的饮食，不及时给老人处理大小便，甚至老人家属送来的食品，工作人员搜刮了来，私下分了，还有的连道德底线都丧失了，虐待老人的事时有发生。正因为眼里只有钱，很多养老院做了十几年，十几年前是什么样，十几年后还是什么样，没有任何发展。面前的这个老板是为了照顾患病的父母才办的养老院，目的不一样，说明她的心里装着老人，真正想为老人干点好事实事。在镇江，乃至全国的养老机构中，太需要这样的人了。

有了这层想法，林枫禁不住又多问了刘彤一些问题。

林枫："这里的老人病了怎么办？"

刘彤："用车子推到医院呀。丁卯医院就在旁边，对面的住宅小区里还有社区医院，方便得很。万不得已，叫上救护车，送江滨，送康复。”

林枫：“可这总不是长久之计呀。”

刘彤：“可不是嘛。一开始想开家‘医养融合’的，可是找不到合作方，只好退而求其次开了个普通的。前段时间，人家医院还来看过了，可是这里的条件……”

林枫沉默了一下，仿佛是在对刘彤说又仿佛在自言自语：“‘医养融合’是个方向，可不仅仅是硬件条件要完善，还有许多政策性的壁垒要突破……”

刘彤本想再继续讨教下去，可是看到林枫陷入了沉思，她打住了。

这就是林枫与刘彤的第一次见面。活动结束时，他们彼此加了微信。后来，“九久”搬至官塘桥路上的鸿雁山庄，为“九久”与“黎明”当“红娘”，为“九久”与“黎明”的“医养融合”解决医保份额问题，都是在他的建议和推动下一步步实现的。

林枫说：“我这么做，不是在帮刘彤，不是在帮‘九久’，不是在帮‘黎明’，而是在帮镇江的养老事业，在帮‘医养融合’的养老模式在镇江形成经验。我不希望‘九久’停下来，因为刘彤的初心，‘九久’的管理水平，‘九久’与‘黎明’的合作模式，在我国养老产业发展中是具有方向性的，而且是完全可以复制和推广的。”

林枫如此执着地做一件事，可以从他的学历背景和工作阅历中探究出一二。他的第一专业是医疗，第二专业是行政管理，第三专业是经济法。大学毕业后，干了八个月的医生，他就干到了句容人民医院的医务科科长。医务科科长是个行政管理岗位，为了提高自己的业务水平，他就去读了省委党校的行政管理本科，这是他的第二个本科学历。后来，组织上为了培养他，派他到乡镇做领导。做乡镇领导，不仅要懂行政，还要懂经济和法律。他意识到自己的知识储量不够了，于是又去读了研究生，学的是经济法。那是 1993 年，那时候的社会风气是不鼓励领导干部去读书进修的，不像现在，县处级以上的领导，不是硕士就是博士，他们读研还给报销费用。当时的句容市委还专门为林枫读研的事开了一次常委会，得出的结论是，同意读研，但不给报销费用。后来，他又从乡镇调到县里的卫生局，然后到镇江来，当过市政府分管医疗卫生的副秘书长、卫生局长、卫计委主任，现在又成了高校的党委书记等等。从中可以看出，他的工作阅历比较广，涉及专业也比较杂，但有一个共同点，除了在乡镇那几年，他基本上没有跳出医疗卫生的领域。

林枫是执着的，他希望干事业的人也是执着的，不执着干不好事业，也干不成事业，所以他才那么积极地将“九久”和“黎明”拉扯到一块，因为刘彤和栾立敏都是真心想干事的人，都有一份执着的心。

因为执着，林枫希望手下的人必须为服务对象寻找合规合法的可能性。他常对手下说，作为一个官员也好，一个工作人员也好，你不能去为某个服务对象开后门去突破什么，但是，你可以为服务对象像对待自己的舅舅一样，为他寻找政策上的一切可能性，这个是没有问题的。服务对象辛辛苦苦跑来找你，你扔给人家一句话：这个不归我管，你找某某部门去。就这样打发人家，你还是人民的公务员吗？什么是公务员？公务员就是服务。服务对象找上门来求助了，给他提供一种路径，政策上哪个地方可以这么做，哪个地方不可以这么做，这并不违规。

“九久”与“黎明”的“医养融合”模式，实际上是一种改革。所有的改革都是从试点开始的，而试点意味着在一定的范围内允许它突破政策甚至法律上的限制和瓶颈，试点下来，如果这种突破是可行的，那么就可以在更大范围内推广，最后完成对原有政策和法律的修正，赋予这种突破以后法律认可的权赋。这是从小样到中样再到大样的过程。比如，农村改革是我国改革的先锋，为解决农民贷款难、贷款贵的问题，2015 年在全国实施农村承包土地的经营权和农民住房财产权抵押贷款的试点，在全国选择了 232 个县（市、区）和 59 个县（市、区）分别开展经营权抵押、农房抵押的贷款试点，在试点地区允许突破相关法律的限制大胆探索，封闭运作。到2018年底试点结束时，《农村土地承包法》完成了修订，推动了经营权抵押贷款的合法化；而农房抵押贷款涉及《土地管理法》《担保法》《物权法》等诸多法律的修正，一时难以突破，试点结束后，农房抵押贷款的通道也随之关闭。这就是试点。

“九久”与“黎明”的“医养融合”养老模式为什么只是一种改革的试点呢？根子在于镇江还没有建立长期护理险制度。放眼全国，2016年7月，人社部出台了《关于开展长期护理保险制度试点的指导意见》，在河北承德市、吉林长春市、黑龙江齐齐哈尔市、上海市、江苏省南通市和苏州市、浙江宁波市、安徽安庆市、江西上饶市、山东青岛市、湖北荆门市、广东广州市、重庆市、四川成都市、新疆生产建设兵团石河子市15个市开展试点，试点时间是1—2年。在2019年政府报告中，明确提出扩大长期护理险的试点范围。

长期护理险与“医养融合”养老模式之间有着怎样的关联呢？

现在，我们把老人住进养老院后产生的费用拆分下来进行分析。这个费用拆分开来看，应该是三块：

第一块是养老费用。这是属于纯养老的范畴，比如一张床位多少钱，吃饭多少钱，水电费多少钱，付给护理员多少钱，这就是养老费用。

第二块的费用是由于有一些老人有功能性的丧失，需要特别的护理而产生的。这是医疗吗？不是。这是单纯的养老吗？也不是。它是养老中间产生的一种需求，但这个需求不在医疗的范围内覆盖，也超出了原来基本养老费用的服务范畴，就像现在的家庭有个成员瘫痪了，长期卧床不起，需要找个保姆来照顾他，但是保姆是不能完全解决这个问题的，得有专业的护理人员才行，比如换个药，比如说腹腔上有一个罩口，比如做褥疮的护理，这些内容属于长期照护的范畴。这一块的费用来自哪里？如果抬高养老费用，显然普通人不应该承担，所以应该有一个补充协议。但是，单纯的养老机构能不能提供这样的服务？肯定不行，因为安全也好，质量也好，资质也好，都达不到要求。“九久”刚开业那会儿，刘彤把自己的母亲接进来，只待了半天，又转到了医院，因为她的母亲切开了食管，身体上有罩口，需要专业的医疗护理才行。所以要在养老机构中建立护理病房，形成医养的融合。

第三块就是医疗费用。说白了，就是看病用的。这个是医保本身应该覆盖的。只不过本来老人应该到定点医疗机构去就诊才能报销，实现了“医养融合”之后，老人住在养老院里面就能刷卡报销了，方便了老人，方便了家属，提升了养老机构的服务质量。把医保政策覆盖到了养老机构内部，本身也是一种突破。

全国现在对养老的不满，最关键的原因不在第一块，也不在第三块，而是在第二块。因为第二块费用的筹资系统是缺失的，导致支付能力有问题。医疗保险的筹资里，明确不包涵这些内容，医疗保险的支付国家有规定，包括药品、器械、治疗三块内容，护理显然是超出了这个范围。那么，这第二块费用的支出只能靠老人和家属自己解决，这是一笔很大的费用支出，费用大就会产生风险点。如果有一个保险覆盖，不管是商业保险还是社会保险，就可以解决这个问题了。

目前，国际上有两类较为成熟的长期照护保险模式：以美国为代表的商业保险模式和以德国、日本为代表的社会保险模式。商业保险模式下，老年人自愿投保，由商业保险公司提供市场化长期照护商业保险，主要以现金支付为主，待遇水平由个人缴费费用水平决定，政府负责监管。社会保险模式下，把长期照护从医疗保险中剥离出来，以立法的形式强制全民投保长期照护保险，参保人的待遇水平与其缴费之间有密切关系，同时具有明显的收入再分配功能；支付形式可以是现金或者服务，后者在合作时往往需要参保人支付部分费用，在一定程度上形成个人与国家共同承担责任的机制。日本在这方面做得最好，实现了长期照护社会险的全覆盖，老人住进养老院，以上三块费用加起来，老人只要自付10%的费用，90%由政府和保险机构埋单。

普惠制的长期护理险制度不建立，“九久”与“黎明”的“医养融合”养老模式只能是一个试点。这个试点虽然经历了一些曲折，但实践证明它是成功的。现代社会是一个分工合作的社会，分工合作的纽带实际上是“社会契约”。契约使我们不同的分工可以走到一起，共同完成同一件事情。所以实质上就是分工合作机制的建立。比如，医保不与卫生合作能做成事吗？卫生不管医保、不管养老，你自己闷头往前走，能走得好吗？民政只管给养老机构的床位补贴，而不与卫生、医保合作，养老能办得好吗？在这个合作分工的社会里，没有一个产业链是只通过某一主体就可以完成的。

林枫说：“‘九久+黎明’的这种‘医养融合’养老模式最大意义在于，突破了合作分工的部门障碍、政策障碍，建立起了一套十分畅通的合作机制，所以，我特别推崇这种模式。我相信，它一定能成为一种最好的、最广泛的、最有效的、成本最低的、服务最好的养老服务模式。这也是我一直想支持‘九久’和‘黎明’做成这件事的原因。坦率地讲，我内心有一个信念，不想让他们停下来，不想让他们垮下去，不是因为他们能不能做好，而是因为这件事应该这样去做。我是一个知识分子，我这个人讲究理论跟规律的。我做一切事都有理论支撑，我开展什么工作，一定是先研究理论，然后再研究工作，再来推进它。这是符合规律的一件事。”

这是这位幕后推手的自信。

然而，对于在自己任上，没能促成长期护理险制度的建立，至今他还是耿耿于怀。他说：“这个事，在全国难做，因为需要去筹资。”目前，做长期护理险试点的地方主要采取老人交一点、财政补一点的方式去建立护理险制度。但这种方式有一个根本性的缺陷，就是老人中间有很多人不想去交这个护理险费用。保险有一个恶性循环理论，大家参加保险以后，会讨论一个问题：就是我有没有用到什么？如果没有用到什么，他会觉得不划算，那他第二年可能就要退出，退出的人越多，需求的人在里面，保费就会越拉越高。所以保险在这种理论下，只有具有风险的人进去，没有风险的人出来，保险就会进入恶性循环。所以解决它的最好的办法，就是所有的人都参加，扩大风险池，这是大数法则，风险瞬间就可以化解。所以在社保基础上来做保险是最合适的。

“在镇江不难做，在镇江早就可以做了。”林枫显得很自信，“我提倡做的方法是很简单的，在医疗保险体系里的个人账户里拿出一点点钱出来为大家和自己都买上这个保险，就足够了。”

说到这里，他陷入了沉思：“这个方案设计了很多年，但一直没有通过。在我推动的改革历程里面，一样工作我都没有能够把它做出来的很少，或者说想好了而没有做成的，或者说跟着人家后面都没有做成的事情是很少的，一般都是提前五至十年就把事情做成了，但这件事到现在也没有做成，主要是体制上比较复杂。设计了这么多年，却没有做成，这成了我的一块心病，真是心有不甘呀！”

所幸的是，他没有做成的事，镇江决策层已经有了成熟的考虑。2018 年 3 月，镇江市政府印发了《关于进一步促进养老服务业发展若干措施的通知》（镇政发 [2018]8 号）。在这份文件里，对建立长期护理险制度定下了明确的目标：“到 2020 年前，建立政府、社会、单位和个人多方筹资，符合我市实际的长期护理保险制度，着力解决失能半失能老年人长期护理保障问题。”文件还明确了建立这一制度的责任单位，分别是市人社局、财政局、卫计委、民政局。在 2018 年年底印发的《镇江市人民政府办公室转发市卫计委等部门关于深入推广医疗卫生与养老服务相结合的实施意见的通知》（镇政办发 [2018]171 号）中，也明确指出：“鼓励和支持有条件的地区积极建立老年人长期护理保险制度。按照政府主导、社会参与、企业运作、责任共担的机制，探索建立以社会互助共济方式筹集资金，为长期失能人员的基本生活照料和与基本生活密切相关的医疗护理提供资金或服务保障的社会保险制度。”

两个文件是镇江在推动长期护理保险制度建立的顶层设计。我们相信，具有操作性的建立长期护理保险制度的实施细则即将问世，届时“九久+黎明”的“医养融合”养老模式将不再是试点，而将成为覆盖镇江全市的普惠式养老模式。作为这种养老模式的总设计师和幕后推手的林枫，终于可以释怀了。

镇江的老百姓，望穿秋水，拭目以待！

第七章 “九久”依然在前行的路上

当拥有200床位的“九久”一床难求的时候，“九久”的三期工程已投入施工了，为了不影响老人的休息，没有举行开工仪式，连施工时间都是计算好的，一切都是那么收敛，那么不事张扬，看起来悄悄的、悠悠的，内里却有一种绷紧的张力，仿佛在追赶着什么。刘彤知道，这一次的扩容，已不仅仅是简单的床位数量由200张增加至600张，而是意味着新一轮创业的开始。一期和二期工程，她用光了自己的积蓄，卖掉了自己的房产，断了后路，可谓背水一战。刚创业那会儿了，就她和柯敏两个管理人员，为了留住护理员，她几乎是跪着求他们不要离开，直到二期工程运营走上正轨时，才培养出了成熟的管理团队和护理团队。三期工程上马时，“九久”已站在了不同的平台上，虽然建设资金是银行贷款和社会融资，刘彤再不需要动用自己的“私房”了，但借贷的数量是庞大的，她必须恪守信用按时还款，压力依旧；虽然已拥有了成熟的工作团队，但是护理员数量很快就将突破100人，最高峰值是200人，实践表明，对护理员的管理方式随着护理员数量的变化而改变，50人以下时，是一种模式；50—100人时，又是一种模式；超过100人时，得动用“财务模型”了，这对管理团队提出了更高的职业素质的要求。刘彤把三期工程建设交给了蒋元兰去打理，她知道他的能力和人品完全可以挑起这副担子。但闲下来时，她还会到建设现场看一看。看着工人们紧张地忙碌着，她仿佛看到了刚创业那会儿的自己，不知道为什么心就有一种空荡的感觉，就像一间间正在装潢中的房间，空得有些不近人情。何苦还要这么拼下去？守着200张的规模不是挺好吗？人家做了十几年，也就是百来张的规模，不也照样过得有滋有味吗？经过一间间空着的房间，看到从没有玻璃的窗户透进来的光，恍惚间仿佛走在了一座迷宫里，找不到来时的路和也找不到出口。有一回，她甚至打电话给蒋元兰，请他把自己领出这“迷宫”。屋外的阳光依旧灿烂，院子里的树木依旧葱郁，正在晒着太阳的老人依旧安详，一切都没有变，其实是自己变了。她在心里不断鞭策着自己，回来吧，回到现实中来吧！她要继续追赶，永不停息地追赶，因为“九久”依然在路上。

1……名师点拨

刘彤与顾正财的相识，缘于一次在上海举行的全国养老院院长的论坛。那是2018年的春天，顾正财以专家的身份参会并作了报告。作为听众，刘彤感觉这个专家比较与众不同，他的报告里没有长篇大论的一套又一套理论，但实战性很强。

刘彤清晰地记得，顾正财的那个报告重点讲了护理员的职业性，但强调的是职业行为，而不是通常所说的职业状态。他说："职业状态，用现代语言讲，就是用专业的人做专业的事。但是，在为养老服务的行业中，讲专业，显得太高了点，因为护理员的文化层次、年龄结构都不是在专业里面讨论的话题。但是，护理员的职业行为绝对是可以体现的。"

"职业行为"一词深深触动了刘彤，从事养老产业将近10年，还是第一次听到有人将"职业状态"和"职业行为"剥离出来进行表述。而接下来的讲述，更让刘彤觉得入心入肺了。

顾正财说："什么是职业行为？就是你对自己所从事的工作，能够懂得基本的职业技能、基本的道德底线以及对社会的基本的责任感。没有这个几条撑着你，你是体现不出你的职业行为的。职业技能就是别人做不到的，你能做到。举个简单的例子，同样是一个老人躺在床上，给他喂饭，家属喂饭可能半个小时喂不好，但职业护理员上去5—

10分钟就能喂好；再比如老人身体的清洁卫生问题，老人把屎尿弄在身上，职业护理员一个人就可以清理干净，但家属一个人却做不好，甚至几个人都弄不好，还累死了。这些都是职业护理员应有的技能。如果护理员做这些事与老人家属无异，那么你就不是一个合格的护理员。”

“那么，护理中基本的道德底线在哪里呢？就是对于老人，不管什么时候，我们都不能歧视他。很多职业技能不到位的护理员，对老人尤其是失智失能的老人是不耐烦的，他们会和老人计较。这不行。老人的任何事情任何过错，护理员要做的就是包容。绝对包容老人就是护理员的道德底线。不能与老人计较什么对错，不要有空间来讨论这个话题，有了这样的概念，我们的职业底线就到位了。但是，我们对老人家属的交待清晰度要高，不是要家属来包容老人，而是要家属来理解护理员的工作。护理员包容老人，老人家属理解护理员，到了这个状态，社会就和谐了。”

“很多人认为，护理员的社会地位都到这个份上了，对他们讲社会责任感有什么意义呢？但我要说，意义巨大。古人云：‘老吾老，以及人之老；幼吾幼，以及人之幼。’我们做养老，就要把天下老人作为自己的责任，而不是说照顾这个老人只对这个老人负责，其他老人就与自己无关，甚至在心里头把老人分成三六九等，这个老人的儿子在单位是个领导，就对这个老人尽心尽责；那个老人的儿子是下岗工人，就对那个老人敷衍了事。我在这里要大声说，养老院不是机关大院，管他老人的家属是干什么的，只要是老人都值得我们尊重。这就是护理员的社会责任感。”

用职业技能、道德底线、社会责任感来支撑护理员的职业行为，这引起了刘彤强烈的心理共鸣，纠结在心中的很多疑惑都有了答案。

那次论坛的最后一个活动是“圆桌会”，就是把参会人员分成几组进行讨论，并与专家们进行互动。顾正财恰好就在刘彤这一组，而刘彤又被推选为“圆桌会”的主持人。顾正财很快发现，这个小个子女人语言表达能力很强，主持风格干脆利落，对于自己的观点不加掩饰，尤其是对各人的发言，点评很是到位，于是经不住对她刮目相看。他赶紧翻阅她报给论坛的个人资料，才知道她是江苏省政协委员、镇江市政协常委，在办养老院之前，还是一家省级保险公司的副总。顾正财终于明白这个主持人的干练从何而来，这来自她的从业经历。这样的人才正是养老行业所急需的。

其实，顾正财本人也正是因为从业经历而造就了自己在养老行业专家的地位。

顾正财现在是上海市养老协会的副会长。退休之前，曾担任过上海一家公办养老院的院长十多年；退休之后，他的主要精力放在了对养老机构的指导上，希望在有生之年，将自己积累的养老从业经验传递下来，对中国养老业的发展尽自己的一份责任。

然而，顾正财步入养老业完全是一次偶然，回想起当时的心情，他心里涌出的只有三个字——懵懵然。

2002年，他已50岁了。俗话说："四十七八，原地踏踏。"对于"混"在机关的人来说，这个年龄基本上已失去了提拔晋升的机会。那会儿，他所在的单位正好要合并到市里，他的身体又不太好，不太想去到新的单位"从头再来"，于是萌发了提前让位的念头。当他把提前让位的申请递交组织时，组织并没有批准，原因是年龄差了半年时间。于是，组织上出面做他的工作，劝他留下来干点别的事。那时正好区组织部需要人搞动迁工作，于是他被组织派到动迁办干了半年左右的时间。原以为，干完了动迁工作，年龄到了杠子，组织就可以批准他的申请了。哪成想，组织上又把民政局办的社会福利院工作派给了自己，还说先到那里过渡一下，等有了适合的位置，再让他回来。他万万没有想到，这次权宜之计的工作调动，竟让他没有了回头路，在福利院院长的位置上一干就是十多年，一直到退休。

如今，回想起在福利院工作的日日夜夜，他依然难掩内心的激动。

他说："感谢组织的安排，让我走进了养老机构，让我在那里度过了一段激情燃烧的时光。"

2002年那会儿，中国的大部分养老机构都是公办的公益性的福利院，民办的还不多，所以住进那里的老人有一半以上都是"五保户"、困难群众等需要政府帮助扶贫的弱势群体，所以一张床位等上三年是司空见惯的事。顾正财所在的那家福利院，床位不足400张，在上海属于中等规模，硬件条件也很一般。顾正财担任院长后，狠抓软件建设，终于形成了一整套自己特有的规范化管理的模式，在业内产生了一定的影响，尤其是对于中小城市养老机构的管理具有较强的启发和借鉴作用。

第一次踏进福利院时，有一件事给了他极大的触动。作为新任院长，自然要体察"下情"，与福利院的老人见见面，问个好。他握着一位老太太的手，说："侬好！"

老太太笑着回说："侬好！"

他继续说："看侬身体蛮好格。"

老太太继续笑说："好格，很好格。"

他又问："侬今年高寿啊？"

老太太继续笑说："阿拉一百多了。"

听到老太太的回话，他心里一动，不禁仔细打量起面前的这位老太太来，虽然她满头银发，坐着轮椅，可怎么也与百岁老人对不上号。这时，身边的人都笑了起来。

后来，顾正财又与几位老人交谈，情况都差不多，第一句话、第二句话他们说的还是正常的，后来的话就是稀里糊涂的，主要是分不清时间和空间，有的把福利院当成了家，有的把顾正财当成了自己的儿子，弄得他哭笑不得。面对这种情况，他一时反应不过来，就回头看着身边的工作人员，他们只是对着自己笑，这笑反而把他弄得更糊涂了。幸好有一位工作人员很有眼头见识，忙给他打一个手势，点了点自己的脑袋。他这才明白过来，与自己交流的老人们脑子都不正常。

在听了汇报之后，他才知道，福利院的老人百分之七八十都患有不同程度的老年痴呆。

人呀，一过了五十，同情之心、悲悯之心就会几何级上升。这次的触动，对顾正财而言是刻骨铭心的。不知道为什么，这里的老人总让他在有意无意中想起自己的父母，甚至想起了二十年之后的自己。

但是，真正让他沉下心来在福利院干下去，是到日本考察之后。

没有对比，就意识不到差距。那次考察之行发生在2004年。那时的日本，已经拥有了比较完整的养老体系，老年人的福利保障国家承担40%，保险公司承担45%，自己只要承担15%，对于保险一块，他们在工作时就已经交了，所以老人经过评估后进入养老院，自付的费用很低，只有退休工资的不到20%。日本的养老院，规模都不大，大多在100张床位以内，但覆盖了所有社区，完全实现了养老社会化。在这方面，我国与日本的差距是很大的。这次考察，顾正财意识到，养老其实是一件很有意义的事，于人于己于社会于国家，有百利而无一害，因为人总要老去。从日本回国后，他就跟领导要求，不换岗位了，就在福利院干了，想在养老业上做个亮点出来。

十年下来，他确实做出了一些亮点，比如，他们对老人实行的是规范化的管理，床上用品是由福利院统一购置的，颜色以素雅的亮色为主，所以尽管房间的陈设有些旧，但看上去很整洁很敞亮；老人的内衣穿多久就要更新、穿几天就要清洗、用什么牌子什么香型的洗衣粉都有规定，为的是最大限度地消除房间里的老人味。要知道，那时还没有养老机构服务质量基本规范“115条”，这个规范到2017年国家才出台的。上海早于国家多年就制订了区域内的养老机构服务质量标准，顾正财又在上海标准的基础上，进行了一些提升和创新。比如，由于家属的经济状况不同，有的家属探视时会送来很多吃的东西给老人，有的家属则几乎不带东西，这样容易造成同一屋老人的心理落差，对于老人的身心健康没有好处。为解决这个问题，他们采取的是“共享食物”的办法，就是把家属送来的食品集中起来，由福利院的工作人员分发给每一位老人。“共享”一词是近几年才出现的，可是顾正财的那个福利院在十年前就做到了。由于这些亮点的成功打造，到他所在的福利院参观的同行很多，但主要是中小城市养老机构的负责人，因为它的规模比较适合中小城市的养老机构，在管理上具有较强的借鉴性。

刘彤和顾正财从彼此的人生经历中发现了某些相似之处，惺惺相惜之情油然而生。顾正财接受了刘彤的聘请，出任“九久”的顾问，而且是义务的。

顾正财多次赴镇江，深度调研了“九久”，也走访了镇江另外几家养老机构。他的职业敏感性告诉自己，与所有的三线城市一样，镇江在养老领域与上海的差距应该在5至10年之间，这里有高层认识的问题，有政府财力的问题，有从业者的能力问题，但更主要的是一个情怀和意识的问题。就在这样一个大环境中，“九久”的管理却“进入了状态”，甩镇江几乎所有养老机构几条大街，它的管理水平就是摆在现在的上海，也处于中等的位置，这在三线城市是非常不容易的。除了与刘彤的能力有关，起关键的作用应该是她的情怀，那份“为爸妈建座养老院”的情怀，因为有了这份情怀，她才会全力以赴、用心用情去经营“九久”，才能白手起家带出了这样一支管理团队和护理团队。顾正财觉得自己积攒了多年的“养老家底”，只有交给这样的人才能传承光大。

同时，他也一针见血地指出了“九久”的弊病所在。主要集中在两个方面，首先是从业人员的职业性不够。很多护理员是文盲，大字不识一个，他们来“九久”工作纯粹是一种劳动行为，甚至连劳动就业行为都谈不上，只是劳动生存行为。就管理层而言，要在怎么和政府的要求相匹配上动脑筋、下功夫。

其次就是要增强养老机构的社会责任。这主要针对管理人员，尤其是养老院院长。很多养老院院长如果把机构做到“九久”这个规模，等到人住满了，他就可以分享他的快乐了，因为养老是一个比较平稳的行业，不会有大的波动，人住满了就可以了，他不用再像创业初期那样去努力了，他可以躺在这样的小成就上享受生活。这是一类养老院院长。还有一种类型，他追求在同一区域内同行业的排名，这个在有规模的养老院院长中是有期待的，如果一个养老院规模不小，住进的人也不少，结果在同行业里排在后面，他心里会不舒服，所以他有一个相对的目标。第三种类型呢，就是这个养老院院长突破做机构的局限，向居家养老、社区养老、扶贫养老等方面渗透，把自己做成一个行业的标兵，从而带动区域内养老行业的发展和提升，这才是养老机构应该承担的社会责任，一句话就是在推动养老责任由家庭向社会转型过程中作些有益的探索。在顾正财的心目中，刘彤显然应该把自己定位在第三种类型上，因为她政协委员的政治身份决定了她必须这么做。

为此，他为“九久”以后的发展从近期、中期、远期三个角度给出了建议：从近期来看，在三期工程完成后，利用两年左右的时间，通过进一步规范服务标准、提高服务质量，将入住率提高到70%，同时把“九久”的管理经验归纳出来，形成系统性的东西，与所有的养老院院长进行共享。从中期来看，从现在开始，利用三年至五年的时间，从扶贫养老入手，把居家养老、社区养老、养老职业技术培训一点一点做起来，从而形成镇江的“养老样本”。从远期来看，建立镇江养老的大数据平台，推出镇江养老产业的菜单式服务。

顾正财的指点仿佛点亮了一盏灯，给身处“迷宫”的刘彤指明了方向，大有醍醐灌顶之感。每当她开始懈怠的时候，顾正财的话就会不经意间盘旋在自己的耳边：“刘彤呀，改革开放四十年，出现了这么多土豪。为什么叫他们土豪？因为他们的眼中只有钱，没有觉悟，心中只有自己，没有大家，没有社会，一切都为了自己。我们讲人生是很短暂的，在短暂的人生中，可以体现很多价值，不能说你人退休了，你的事业就退休了。其实思想永远不会退休，思想不会有一个绝对的高度和绝对的低度，它有一个很大空间给你，你愿不愿意去塑造，这是你自己的事，有机会让你塑造，你不去塑造，这就是浪费生命。刘彤，你有机会塑造，为什么不去塑造呢？我有一个预感，不出三年，你的'九久'有超过常州369的可能。"

养老业界谁不知道"常州369"的大名？369养老是以"整合照护"模式而闻名的，在全国率先建立了"机构—社区—居家"三位一体的服务运营体系，可以说将居家养老、社区养老、机构养老三方面都有机融合到了一起。这代表着中国养老的发展方向。

是呀，有了机会有了平台，为什么不去塑造呢？"九久"就是要为镇江养老业的发展树起一个标杆，从而推动镇江养老业上到一个新的台阶，这就是自己的责任，这就是"九久"的责任。

一切将从零开始！

2……“杏花村”在12小时内起死回生

2018年6月30日下午4：30左右，刘彤接到晋煤集团疗养中心打来的电话，对方在电话里说：“刘总，能帮个忙吗？”

从对方的语气中，刘彤听出了急切。“什么事？请说！”

“‘杏花村’明天有五桌早餐，四桌中餐，六餐晚餐。您能帮忙搞定吗？”

刘彤一时语塞。“杏花村”是晋煤集团疗养中心的餐厅，服务对象主要是晋煤集团的疗养人员，同时也对外营业。“杏花村”采取的运营方式是外包。以前生意挺好，在镇江有一定的知名度，中央“八项规定”后，扼制了公款消费，“杏花村”的经营出现了“王小二过年，一年不如一年”的颓势。“九久”搬来鸿雁山庄，这个酒店大多时间是黑灯瞎火。就在前段时间，起码有一个多月没有开张了。刘彤从“杏花村”工作人员的只言片语中得知，合作双方因为租金的事闹得很不愉快，十有八九要闹崩，但并没有从官方渠道得到确认。此刻这个突如其来的电话，让所有的传言都得以证实。

见刘彤没有立即表态，对方接着说：“就要您一句话：接还是不接。如果接了，‘杏花村’就归您了。一切都好谈！”

在对方急切的情绪里，刘彤是平静的。“九久”现在的厨房和职工餐厅在山坡底下，是用鸿雁山庄的一排临时工用房改造的，硬件条件差，出行也不便，她早有重新改建的打算。现在机会来了，只是来得太突然，自己根本没有准备好。

“怎么样？”对方继续催问。

刘彤说：“容我考虑考虑，可以吗？”

“要考虑多久？一个小时？两个小时？不管怎么样，明天必须吃上饭！”

从对方的话语中，刘彤听出了最后通牒的意味，双方都没有退路，都别无选择。

情况十万火急。

刘彤立即召集“九久”的管理层开会商讨，让大家集思广益，分析利弊。讨论中，大家各抒己见，但认识是一致的：“九久”的三期工程建成后，床位数达到600张，一旦住满，现在的厨房和餐厅容量明显不足，这是其一；其二呢，老人生日那天，许多家属会把老人接到酒店庆祝生日，由于老人对新的环境和饮食不适应，回“九久”后，情绪波动、身体出现小情况的事情时有发生。如果能拿下“杏花村”，可以较好地解决上面两个问题，对“九久”今后的发展肯定是有利的。但问题是，情况来得太急，没有时间充分准备，大家又都没有搞餐饮的经验，心里没底。如果因为这次弄得不好，晋煤集团失去了对“九久”的信任，那还不如不做。

对于大家的担心，刘彤不是没有想过。现在的“杏花村”是座“空城”，连锅碗瓢盆灶具都没有，水龙头都是坏的。12小时让它起死回生，可能吗？这就是个刀山火海呀！

但是，如果换个角度思考，情况又不同了。刘彤说：“顾院长一直对我们讲，‘九久’要承担社会的责任。我觉得，承担社会责任不是看说了什么，而是看我们做了什么。现在疗养中心遇到了困难，我们帮他，是解人之急，是雪中送炭，这个世界最需要的就是雪中送炭，最缺少的也是雪中送炭。你们说，雪中送炭是不是承担社会责任？再换个角度想，在12个小时内，让‘杏花村’起死回生，这是在考验我们这个团队的应急能力，困难是有，但是办法总比困难多。我相信，大家能行！”

1个小时后，刘彤给了对方回复：“不管以后怎么样，就算使出‘九久’的全身解数，明天的15桌饭一定准时做出。您就等着瞧好吧！”

“九久”的管理层全体出动了，大家纷纷动用自己的社会关系，找水电工，到菜场买菜，借餐具，联系餐饮团队，组织人员打扫卫生，联系早点店……电话打爆了，大家却顾不上喝一口水，一直到晚上九点多，自来水通上了，厨师到位了，餐具齐整了，菜谱敲定了，一切准备就绪，但还没有完，大家伙匆匆吃了些东西，又奔到厨房拣菜、洗菜、剁菜……

第二天早上，丰盛的早餐端上了桌子，一个多月没有开张的“杏花村”传来了欢声笑语，弥漫着诱人的早点的香味，“杏花村”终于活过来了。看着眼前的一切，疗养中心的负责人紧紧握着刘彤的手说：“刘总，您救了我们！谢谢您，谢谢‘九久’！”他竖起了大拇指。可他哪里知道，为了这一天的三餐，“九久”是豁出去了，社会关系用尽了，能调的人也都派出了，可核算下来，却是亏了。付出了那么多，却是做了一笔亏本买卖。

“值吗？”会计问刘彤。

刘彤不假思索地说：“值！”

“亏了，还值？”

“当然，值不值不是只用钱来衡量的，赚了就值，亏了就不值，不能这么绝对！这次让‘杏花村’在12小时内起死回生，我们经受住了考验，说明我们‘九久’的团队是有战斗力的，赢得了对方的信任，这是无形的资产，是花多少钱都买不到的！”

很快，“九久”承包“杏花村”一事进入了细节性的商讨之中。

双方在租金问题上并没有太多的争执，因为价格基本满足了双方的心理预期，一切变得很顺利。刘彤盘算的是将“杏花村”改个名字。新的承包单位，新的服务对象，新的经营理念，得有一个新的名字才行，这个名字必须与养老有着某种关联，让人一听就能联想到敬老爱老。“杏花村”虽然很有诗意，但毕竟离养老产业太远，不是自己心之所属。为了这个名字，她走起了“群众路线”，把自己的亲朋好友、同学闺蜜以及“九久”的管理人员、护理员一网打尽，全员发动，全员起名。一时间，“九久”的上上下下彼此一见面就问：“名字想好了吗？”甚至一些老人还兴致勃勃地给刘彤递上了自己取的名字。

在这场没有任何奖励的起名“运动”之中，员工和老人能够如此积极地参与，刘彤身为老板，心里感到无比欣慰。这么多年来，她在管理上致力于建立公司、员工、老人彼此依赖的关系，呕心沥血，白了头发，增了皱纹。如今在起名字这件小事上，终于看到了成效，刘彤的心里是欢喜的，更是感恩的，她感恩老人，感恩员工，感恩亲友，感恩社会，是他们让自己越过了一个又一个坎，经受住了一场又一场风雨，终究见到了彩虹，沐浴在了风和日丽里。

其实，对于起什么样的名字，刘彤早就心有所属，起名“运动”只是为了验证自己的管理成效。现在自己想要的效果已得到了验证，是到了定下名字的时候了。

刘彤心属的名字叫“念慈恩”，是她综合了几十个名字后定下的，寓意就是“念慈父慈母的恩情”，切合了创建“九久”的初心——为爸妈建座养老院。不过，经过将近十年的用心运营，“爸妈”已不是原来的概念，当初是为了刘彤自己的爸妈，现在变成了所有的“爸妈”。

与取名一样，“念慈恩”正式运营的时间节点也是经过精心谋划的。

在“九久”，每个季度都要为护理员举办庆生宴。“念慈恩”的承包合同签下后，正逢二季度庆生宴举办的时间，于是把“念慈恩”正式运营时间定在这个特殊的日子。

为了给过生日的护理员一个惊喜，“九久”的管理层事先并没有透露任何消息，只是有意识地对过生日的护理员进行了调班。那天晚上，“念慈恩”的大厅里灯火通明，厨师们精心准备了20多种菜肴，盛在了自助餐的餐具里。在明晃晃的灯光中，菜肴那油滋滋、水汪汪、绿油油、红扑扑的色泽里有着一种秀色可餐的诱惑，满室绚烂，满室飘香，让人迫不及待地想奔赴这美食的盛宴。

护理员陆续步入大厅，禁不住睁大了好奇的眼睛，这些来自社会底层的护理员，对于自助餐是只闻其名不知其身，当身临其境时，竟有些不知所措，甚至局促不安。在餐厅工作人员的引导下，他们才拿起盘子和筷子排着队取餐。原来，这就是自助餐呀！

等大家取完餐坐定，大厅的灯突然熄灭了，只见刘彤亲自推着点着蜡烛的三层蛋糕缓缓步入大厅。护理员这时方才明白，今天是“九久”给自己过生日，几个新来的护理员一下子就激动得哭了出来……

在护理员的生日宴里，“念慈恩”正式开张了。随后，一些家属把老人的生日宴也摆在了这里，不到一年时间，已有四五十位老人在这里吃上了儿女们为自己定做的生日饭，一些家属已向“九久”预定了来年的父母生日宴。

念慈父慈母之恩情，在“念慈恩”有了仪式感。

3……我们扶贫去

2018 年 8 月 19 日，虽然立了秋，但夏天的暑气依然笼罩。烈日炎炎之中，刘彤开启了“九久”养老扶贫下乡之旅。

其实，“九久”的护理员大多数都来自农村的贫困户，不是因病致穷，就是因残致穷，从这个意义上说，“九久”本身就是一个扶贫帮困的实体。在护理员中，有夫妻，有姑嫂，甚至还有一个家族中来了六个人，他们在“九久”干了两年之后，都实现了脱贫，翻新了房子，买了电器，添置了家具，在村里头终于可以扬眉吐气了。

但是，这次的扶贫是针对农村的贫困老人。

这次的地点是句容市马埂村。这个村是镇江最偏远的村，地处茅山风景区，虽说在镇江地界，沿盘山公路驾车不足 15 分钟就进入常州的金坛地界，进入南京的溧水地界驾车只需 20 分钟，可是距离镇江市区达 80 多公里，距离句容市区则将近 40 公里。

一路上，触目之处除了绿还是绿，连吹来的风里也有着绿的味道。然而，绿色的快乐心情并没有持续多久，从走进第一家孤寡老人家里起，刘彤的心便沉重起来。

这一家只有老两口，都七十多岁了。两口子结婚多年没有孩子，直到四十多岁时才生了个儿子，老来得子，自然是视如珍宝。不想，这个宝贝似的儿子却不是长命的，二十来岁时，因为一次车祸，再也没有回来。从此，两口子相依为命，一转眼就过去了20多年。

他们住的还是30年前起的平房，屋里的地面是泥巴地，墙面不知道曾经有没有粉刷过，现在是黑乎乎的，与泥巴地面几乎一个色儿；摆床的地方，两面墙都糊着不知道是什么年代的报纸，发黄了，仿佛在诉说着一曲青春逝去的挽歌；除了一台老式的电视机，家里几乎看不到一台像样的家用电器；更让人震惊的是，灶间里赫然摆放着两具白皮棺材，一屋的阳光，却是阴森森的。

老两口很热情，特意从家前的瓜田里现摘了一只西瓜，请大家品尝。

刘彤问："老人家平时还下田干活吗？"

老爷爷笑说："我还做得动，自然要做。不做怎么行？不做吃什么？老太婆身上不大好，就让她在家里憩着。"

"村里还给补贴吗？"

"给，怎么不给？去年是一人6000块，村会计说今年涨到8000块了，上个月发了4000块，会计说还有4000块到年关再发。"说到钱，老爷爷脸上刀刻一样的皱纹都舒展开来，仿佛每道褶子里都盛满了笑容。

可刘彤笑不起来。离开的时候，她问陪同的村干部村里有没有敬老院，得到的回答是村里没有镇里有，步行过去也就半个小时。

刘彤问："这一把年纪了，又无儿无女，住敬老院不是更好，路又不远。"

村干部叹了口气："谁说不是呢？可他们不愿意呀。没看到吗？他们已经为自己准备好了棺材。"

接下去走访的一家只有母子俩，94岁的老母亲照顾70岁的儿子。儿子20多岁时在矿上打工，受了伤，落下了终身残疾，半边身子不能动。那时候他刚结婚没多久，媳妇看到丈夫成了这个样子，就跟人跑了，真正应验了那句老话："夫妻本是同林鸟，大难临头各自飞。"

老太太提起这事，就牙咬得咯咯响，儿子在一旁唉声叹气，几星泪光在眼中一闪而过。

这一家人正在吃午饭，食物是蒸南瓜。老太太说：“一到夏天，什么都吃不下去，只能吃几口南瓜混日子。只恨自己怎么还不死，老天爷不长眼呀！”她瞟了一眼坐床沿的儿子，“我死了，他怎么办？真是叫人死不得又活不得。我这遭的是什么罪呀!？”

老太太的情绪有些激动，大家赶紧好言劝慰。这时进来了一位60多岁的男人，母子俩看到他，表现出了异乎寻常的高兴。男人与大家打了个招呼，就径直走到里面，拿了几件衣服就离开了。老太太说：“这些年多亏了他呀！”

村干部告诉刘彤，后来进来的男人是村里的一个光棍，这几年外出打工干不动了，回到村里，就经常到一些老弱病残的家庭做些力所能及的事。“以前村里人都笑他，现在变了。”说到这里，村干部笑起来，笑声里意味深长。

刘彤问：“村子里像这样肯帮忙的人多吗？”

村干部说：“怎么可能多？他不过是无家无子，闲得没事，才去帮你帮他。要是拖家带口，谁还有那个闲心？”

听他这么一说，在场的人都不再言语。

午餐是在一家家庭农场用的。农场主是一个叫吴如花的中年女人，一看就知道是个吃得了苦、干得了事的角色。从交流中，刘彤得知她是离过婚的，原因是前夫出轨。现在带着个聋哑儿子过日子。为了给儿子有指望的生活，她放弃了外出打工，承包了村里没人要的采石宕口，创办了这个农场。刘彤发现，自己与这个女农民在经历上竟是如此相似，都是因为丈夫出轨而离婚，都是独自带着一个儿子生活，都是为了创业而吃了太多的苦……无形之中，心理上就与这个第一次谋面的农村妇女亲近起来。

刘彤问：“农场经营得还好吗？”

吴如花说："先几年不行。宕口没有土层，都是一车车硬垫上去的。这几年好了些，就是农产品难卖。"

刘彤问清农场有哪些农产品后，说："我们'九久'养老院现在有两百多号人吃饭，以后肯定要翻倍。你卖不掉的农产品尽管给我们，我们包了。"

此言一出，在座的人简直不敢相信自己的耳朵，目光在刘彤身上形成了焦点。同事们觉得今天的刘总有些异样，她做起事来虽然大胆泼辣，但都是在征求了管理层的意见后再作决策，绝不可能随意作出决定，否则"九久"也不可能一步一步朝前走；吴如花觉得面前的这个女老板比男人还要强十倍，敢决断，敢拍板，可这是真的吗？自己没有听错吧？

见大家都望着自己，刘彤笑说："怎么，不可以吗？我这个养老院的老板，这点能耐还是有的。吴大姐，你放心，有什么困难尽管找我，只要我能帮上的，一定帮！"

吴如花激动地说："刘总，有您这句话，我心里就有底了。有什么需要我的，我一定两肋插刀！"

这一说，一屋子人都笑出声来。刘彤说："两肋插刀？可没这么悲壮！我看吴大姐是个实在人，我就聘您做'九久'在马埂村的联络员，村里有哪些孤寡老人、失独老人、贫困老人，就请您帮助摸一下底，我们一起想办法帮助他们。"

马埂村之行，让刘彤对农村的老弱病残家庭有了一个非常感性的认知。后来，她又带着员工走访了句容的唐陵村、丹阳的屯甸村以及镇江老城区的一些贫困家庭。"九久"养老扶贫思路逐步清晰起来，主要在三个方面：一是"九久"率先拿出10个左右的床位，以每床位低于市场价1000元的标准，面向建档立卡且失智失能的低收入户推介；二是拿出10个左右的护理员岗位，向有劳动能力的建档立卡的低收入户推介；三是在"九久"率先实践的基础上，向全市138个养老院发出倡议，呼吁共同参与，开创镇江精准养老扶贫新格局。

2019年春节前夕，“九久”养老扶贫正式启动。

这一天，天空飘起了若有若无的雪花，刘彤开着车，和总经理蒋元兰一起来到了马埂村，由一名村干部带路，给村里的6户孤寡老人送去了被子、食用油、鸡蛋、日用品大礼包四样东西，寓意“事事如意”。这突如其来的慰问，让孤寡老人们激动得不知所措，他们像是见到亲人一般，眼泪、鼻涕一起流了下来。刘彤和蒋元兰握着他们的手，感受着他们的粗粝、力量和温暖，仿佛握在手里的是一把把泥土。土地是人生的终点站，更意味着新生的开始。很多时候，我们因为飞得太高，已经闻不到泥土的味道，失去了对土地的感知力，可是，土地永远在我们的脚下，尽管我们对脚上沾着的泥土视而不见，却改变不了我们终将归于泥土又在泥土中获得重生的事实。握着老人们仿佛是泥土一般的手，刘彤的心头涌起了一股暖流，哽咽着说：“我们会经常来看你们的，以后就当是走亲戚了。”

离开孤寡老人的家，雪花越发密集起来。他们驱车来到了村子尽头的如花家庭农场。这里却是一番热闹的景象。刚进入农场的大门，一股油炸砧肉的香味扑鼻而来，馋得人直流口水。吴如花正在灶头上忙碌着，一只只金黄的砧肉在盛满油的大铁锅里翻滚着。她说：“这是豆腐圆子，我们这地儿的特色菜，过年过节家家户户都要做。后天，市农委要搞城乡直通车的年货大街活动，点名要这个。”她边说边从锅里捞了两只豆腐圆子，夹给刘彤和蒋元兰品尝，刘彤和蒋元兰只感觉那味道自是有些特别，外形看着像极了家常的砧肉，只是吃到嘴里有股盐卤豆腐的清香，毫无油腻之感。品尝了豆腐圆子，就到空屋里看年货。一间屋里挂满了腌制的鸡鸭鹅肉鱼，满屋的咸货香；一间屋很规整地分成了两块，一边摆满了手工山芋粉丝，都盘成了一盘一盘的，堆搁在一只只匾子里，另一边则是一瓶瓶的纯芝麻油、一袋袋的玉米粉和糯米粉，都码得整整齐齐。

面对此情此景，刘彤若有所思地自言自语："真的要过年了。"

吴如花说："是呀，又过了一年。"

刘彤拿出了一条羊绒红围巾给吴如花围上，说："山里头冷，就送你一条红围巾吧，祝你来年红红火火。"

回去的路上，车子的后备厢里塞满了年货，这是刘彤对吴如花承诺的兑现，但这远远不够，她又向吴如花订购了近5万元的农副产品，让她在规定的时间送至"九久"。

雪越下越大，眼前已是白茫茫一片。

蒋元兰突然间来了诗兴："好兆头呀，瑞雪兆丰年！"

刘彤没有作声，心里却在反复咀嚼着："瑞雪！？丰年！？九久！？"

在这个飘着瑞雪的冬季，还有多少需要帮助的老人呢？刘彤的思绪不禁回到了今年春夏交替的季节。

在这个季节，"九久"新住进来了一位老人，他叫王国金。其实，王国金并不老，只有60多岁，但是罹患帕金森综合征多年，生活已无法自理，偏又生得又高又壮，老伴根本弄不动他。有一回，他一人在家里跌倒，怎么也爬不起来，想去打110求助，可是却无法爬到搁电话的床头柜那里，硬生生就这么趴在地上将近两个小时。后来，老伴回来了，她拿出吃奶的劲想把他从地上扶起来，却怎么也做不到，还自己闪了腰。老伴不得已打了"金山公益组织"的电话进行求助，对方派了3个大男人过来，才把他从地上弄到床上躺下。

该公益组织对王国金家庭的困难知道得一清二楚。儿子去世得早，媳妇重新嫁人，留下了一个未成年的孙子，由爷爷奶奶扶养。虽说老两口都有退休金，但都很微薄。家里不出什么事还能紧巴巴地勉强度日，一旦出了事，只能靠吃老本了。这不，王国金一病多年，把老两口的"棺材本"都贴进去了，孙子还要培养，这个家在经济和精神的双重重压下，已经到了崩溃的边缘。"金山公益组织"看到这个家庭这样下去终究不是办法，老两口已经老了，可孙子才读高中，总要让他成长在希望里。于是，他们找到了镇江电视台“小梁帮你忙”节目组，希望通过媒体的宣传，能给这个家庭找到一些帮助。

王国金家庭的求助节目在电视里播出那会儿，“九久”也正在寻找符合条件的养老扶贫对象。刘彤看到节目后，立即联系了节目组，带了柯敏去家访。走进王家家门的那一刻，她们简直不敢相信自己的眼睛，在镇江城里居然还有这么贫困的存在，家徒四壁，寒碜无比，墙壁上的涂料早就成了“大花脸”，很明显是由于房屋漏雨所致。如果外面下起雨来，家里就是下小雨。又一季的梅雨要到了，这日子……刘彤的脑海蹦出这样的画面：屋外雷雨交加，屋内小雨绵绵，家里所有的锅碗瓢盆都用上了，可还是不管用，祖孙三口拥在一起，窝在屋里唯一淋不着雨的地方，耳边扫过雷声雨声风声，眼前是锅碗瓢盆里溅起的水花。她不能想象每年的雨季，这一家是怎么熬过来的。

她们对躺在床上的王国金进行了评估。像他这种情况，住进养老院是需要全护理的，每月的基本费用是4000元，还不包括电费、水费等费用。而王国金的退休金只有2000多元，老伴的退休金是3000多元，两口子的退休金加起来才5000多元，还有一个孙子要养。就算他一个人的养老金全部贴进去，尚有2000多元的缺口。望着躺在床上不停抖动着的王国金，再环顾着家里寒酸得令人心痛的一切，刘彤暗暗对自己说，钱不够，“九久”来贴，反正无论如何要在雨季前把眼前的这个人安排进“九久”。

与此同时，王国金的求助也引起了镇江市慈善总会的高度关注。经慈善总会、“九久”和王国金家庭三方共同商议，决定以“自己承担一部分，组织解决一部分，机构赞助一部分”的方式来解决王国金的养老费用问题。王国金的退休金全部交给“九久”，慈善总会每月补贴1000元，其余费用全部由“九久”承担。

三方协议达成，市慈善总会会长石耘紧紧握着刘彤的手说：“刘总，你承担的是社会的责任，衷心谢谢你！”

王国金在2018年黄梅雨季到来之前，住进了“九久”。他的养老问题算是得到了圆满解决。可这普天之下，还有多少类似王国金的存在？

在瑞雪的飘舞中，刘彤想到了王国金，突然之间，帮助了需要帮助的人带给自己的快乐荡然无存，无助和孤单一起向她侵袭而来，噬咬着她，撕裂着她，是呀，不是自己不努力，而是努力的人太少，需要帮助的人太多，如果没有理念、政策和机制上的突破，王国金只会是一个个案，就像“九久”与“黎明”的“医养融合”，随时都会发生雪崩的可能。雪崩时，没有一朵雪花是无辜的！

雪覆盖了眼前的路，但路依然向前延伸。

4……二次创业进行时

2018年10月28日，秋高气爽，丹桂飘香。这一天，“九久”第三期扩容提质工程竣工了。对于“九久”来说，这将是一个全新的开始。从此，“九久”的床位数量达到了600张，成为目前镇江市规模最大的养老院；从此，“九久”走上了“负债”经营的道路，因为三期工程的全部投入全靠银行贷款和民间融资。

对于刘彤个人而言，三期工程的竣工意味着再次创业的开始。回想自己走过的路，虽然风雨兼程，可终究见到了彩虹。站在竣工仪式的主席台上，环顾着站在自己左右的来宾，在“九久”前行的道路上，他们都曾给过自己太多的关心、鼓励和扶持；扫描着坐在台下的人群，他们中有“九久”的老人，有特地赶来的老人的家属，还有与自己同舟共济的员工，他们给予自己的是温暖，是亲情，是依赖。此时此刻，她有很多的话要说，可是，千言万语汇成的只有两个字——感恩，感恩老人，感恩员工，感恩朋友，感恩社会。但是在这样的场合，作为“九久”的老板，她又不得不抑制着内心的那份激动，平静地走完所有的流程。

她在致辞中谈到了三期工程建成后“九久”的发展方向。她说：“社会在进步，时代在发展，需要我们以与时俱进的思维，面向未来，把握好党和国家建设‘健康中国’的重大机遇，加强学习创新，在扩展入院老人容量的同时，着力提升管理和服务质量。尤其对老年心脑疾病、卧床照料、失智失能等慢性疾病的管理服务再进行系统升级，担当更多包括扶贫助老在内的社会责任，并尽快使我们的管理融入新时代网络、信息、大数据的平台，九久老年康复中心不仅仅是社会的一员，更要发展成为本市社会养老的一个共享平台，在更大范围内开创养老事业的新局面！”

热闹的仪式很快结束，之后就是平静，刘彤在平静之中踏上了二次创业的征程。刘彤知道，这一次的创业与当初自己辞职创业是两个不同的概念。当初，自己完全在懵懂的状态下，仅凭对父母的那一片孝心，创办了“九久”，走进了一个完全陌生的领域。说起来可怜，最初的奋斗目标竟然就是实现收支平衡。为实现这个目标，用了整整两年时间，费了九牛二虎之力。后来，她瞄准了“医养融合”，为此，她自断后路，卖掉了房产，狠抓内部管理，加强对外联络，塑造企业文化，当目标实现时，自己几乎脱了层皮。如今，开启新的创业征程，这一次不管是“九久”还是刘彤本人都站在不同的平台上，硬件有了，规模有了，“医养融合”有了，软件也有了，管理团队和护理团队已经非常成熟，而外部大环境也悄然发生了改变，从中央到地方对养老的关注度达到了从未有过的高度，各路好汉英才纷纷把目光投向了养老产业，都希冀在这个领域大展身手，养老产业的未来肯定是辉煌的，但竞争也将更加激烈。新的创业，必须有新的目标，没有目标，就会迷失方向。

然而，目标是什么？实现目标的路径又是什么？

刘彤明白，自己在三期工程竣工仪式上讲到的目标，只是场面上的泛泛而谈。创业的经历告诉她，目标必须是具体的，看得见，摸得着。其实在三期工程开工建设时，她已在考虑这个问题，想法很多，却无法确定下来。直到遇见了养老专家顾正财，在他的指点下，目标才逐步清晰起来。

二次创业，首先要实现的目标是三个：

第一目标，到2021年底，“九久”的入住率达到70%左右，也就是说要住满400个以上的老人。

第二个目标，把“九久”的操作规程、管理制度、实战技巧归纳总结，形成“九久”经验，与同行业共享，让老百姓住得起的养老院学得来、做得来。

第三个目标，“九久”的业务范围向社区养老、居家养老拓展。

这三个目标很现实，“九久”的员工只要一抬头就能看得到，只要跳一跳就能够得到。如果这三个目标实现不了，就算蓝图描绘得再美好，也只能是纸上谈兵。而这三个目标中，第一个目标是基础，也最具体，这个目标实现不了，一切免谈。

为实现这个最基础的目标，刘彤定下了三条实施路径，分别是：引进专业人才，加大学习交流机会；推进专业化制度化培训，逐步形成习惯；细化管理，专注细节，全面提升服务品质。

三期工程竣工那会儿，“九久”入住的老人总量在210人左右，到2019年上半年，这个数字上升到了260人左右。仅从这一组数据来看，刘彤定下的三条实施路径正在发挥着作用，“九久”正朝着最基础的那个目标顺利迈进。

这一切都从人才引进开始。三期工程即将竣工时，“九久”就已经在积极物色人才了。与招聘护理员不同，这次引进的是管理人才。刘彤定下的调子是，不唯学历，重品行看能力。引进来了，不管学历多高、经验多丰富，也要先试用，如果融入不了“九久”的人文氛围，坚决舍弃。这次物色的人才进入“九久”试用的一共有4名，两个月后，留存下来的只有2名，这2名都是内部现场管理人员，熟悉养老院业务，最可贵的是都是多面手，可以一人独当多面。除此以外，对于具有一技之长的护理员有意进行栽培，李桂平会理发，所有老人的理发都由他义务负责；王文霞会抠大便，哪个老人便秘了都找她解决，尽量不用开塞露；朱汉明会做足疗，让老人享受增值服务；吴云贵是位退伍军人，被子叠得方方正正，像“豆腐块”，由他负责带领护理员提高床铺整理能力……这些有一技之长的护理员都逐步走上了护理班长的岗位。

新人的加入，一技之长的发挥，提升了团队管理能力，护理团队的服务品质明显提高。

在2019年第四届“九久”护工节上，有几位在三期工程竣工前后入住的老人家属，上台现身说法，发表了感言。

娄奶奶的儿媳说：“我婆婆今年89岁高龄。今年1月份动了比较大的肠道手术，手术之后非常虚弱，身体和精神状态都很差。我们把她送进‘九久’进行康复。我想，数据最能说明问题。我婆婆身高1米68，刚住进来时，体重只有75斤，真正是骨瘦如柴。住进‘九久’满月时，体重达到了84斤；双满月时，体重达到90斤；今天是快满季的时候，一称重，体重达到了100斤。就是说三个月中，我婆婆的体重增加了25斤。入住时，我婆婆只能卧床，现在已经可以独立行走，自行吃饭，自行上厕所，参加了‘九久’的多种娱乐活动。护理员胡怀芳对待老人非常有耐心、有爱心，对老人态度非常热情和蔼，对老人实行的是全方位、无死角、24小时护理，非常贴心，使老人有安全感。有时我婆婆脾气不太好，要求也不合理，但胡怀芳从不计较，非常包容。我婆婆由于动的是肠胃手术，饮食要求是少食多餐。‘九久’对我婆婆的食物数量、用餐时间、用餐次数都进行了合理的分配，保证了老人的营养。老人的卧室空气清新，没有异味。‘九久’用自己的真心换来了老人的舒心、家属的安心。”

郭奶奶的女儿说：“我母亲是位参加过抗美援朝的老战士，已经88岁了。由于在战争中受过伤，我母亲的语言功能有些障碍，随着年龄的增长，身体越来越差，行动不便已有多年。去年的9月份，我们把母亲送进了‘九久’。之前，哥哥嫂嫂考察了镇江好几家养老院，对‘九久’比较满意。说实在的，把母亲送来时，我们心里还是有点忐忑的。一周以后，护理员告诉我，说老太太在这里吃饭吃得很好。我很惊讶：这是真的吗？我母亲是河南人，从来不吃米饭，只吃面食。有一天，我特意挑了午饭时间悄悄来到‘九久’，透过餐厅的窗户，看到我母亲坐在那里吃得非常香，而且是自己吃。这说明，老人家在‘九久’住得非常习惯，非常喜欢‘九久’。我们也放心了。在这里，我要特地对护理员顾师傅表达我们的感谢之情。我母亲语言功能不太好，想说，说不出来。有时才帮她洗完身子，她可能又要小便大便，但说不出来，就弄到身上了。顾师傅不怕累不怕苦不怕脏，一点怨言都没有，立即把老人弄干净。有时，遇到这等事时，顾师傅正在用餐，母亲自己都不好意思了，可顾师傅二话没说就丢下饭碗，替老人清理，还安慰说：郭奶奶，郭奶奶，您怎么不跟我讲一声呀？说了就去做。我们每次来探望时，母亲都显得很开心。作为郭奶奶的子女，我们要真挚地感谢‘九久’的全体员工，你们真的是把我们的父母当成了自己的父母，你们贴心，老人家安心，家属放心！”

高爷爷的妹妹说：“我没多少文化，在这么多人面前不会讲话，但我还是要站在这里说几句。我哥哥高长贵天生智障，一直由我照顾。我哥现在往八十上奔了，身体越来越差，基本上动不了了，我也七十好几的人了，实在是照顾不动了。今年4月，我把哥哥送到了‘九久’。来之前，我哥已经10天没解大便了，心情烦躁，不肯吃饭。最让我感动的是王文霞师傅，她有一手帮老人抠大便的绝活。王师傅一摸我哥哥的肚子，说了一句‘有了’，就替我哥揉肚子，揉了几分钟，就帮我哥哥抠大便，顿时我哥解出了好多积压了10天的陈便。我在一旁看着王师傅不怕脏不怕累地忙着，激动得想哭……我还要感谢刘师傅、吕师傅，他们对我哥哥一视同仁，从不歧视他，照顾得非常尽心。看到哥哥有了安定的生活，我这做妹妹的，也就放心了！”

坐在台下的刘彤，听着老人家属们发自肺腑的感言，得到了莫大的心理安慰，对于一个养老院院长来说，顾客的肯定就是企业前行的动力，二次创业见到了初步的成效。然而，创业的路还很长，还有很多问题需要一个一个地去解决。

夏天不期而至。院子里的栀子花开了，这白色的花朵仿佛是一个香的天使，把怡人的清香播撒在人间，“九久”便沉浸在这香气里，安静地，依恋地，慈悲地……

刘彤来到一棵栀子树下，准备采下几朵栀子花插到自己家中的花瓶里。当她伸出手去采摘时，一股清新的异香扑面而来，她下意识地缩回了伸出的手，恍惚之中，自己又回到了2010年的初夏，也是在栀子花盛开的季节，自己凭着为爸妈建一座养老院的一腔热情四处奔波，但一切都没有着落，看不到前方的路……突然间，酸甜苦辣一起涌上心头，眼泪禁不住夺眶而出，透过泪光，她看到了郁郁葱葱的树木，看到了错落有致的房屋，看到了“九久老年康复中心”的招牌。面对此情此景，心中不禁涌起了一股执念：“九久”必定是一家老百姓住得起的养老院，在精准扶贫帮困上做一些实实在在的服务，敞开机构大门辐射周边社区和居家服务，等时机成熟成立养老咨询服务公司并和大专院校合作成立培训机构，为未来老年化社会培养各种各样人才，为镇江养老服务做一些力所能及的事。

于是，她听到了来自心底里的声音：“九久”依然在前行的路上，为了那些失智失能的老人老有所依，也为了我们所有人在年老的时候还能有着“满目青山夕照明”的生存状态……

后记：当我老了

在本书的采访、写作过程中，有过难以平复的激动，有过无法抑制的感动，但真正挥之不去的却是铁石般的沉重和乱麻似的纠结。

在“九久”，从管理层到护理员都对我说，养老院每天都在上演着一部部言情剧，这里有太多的人情冷暖，太多的世态炎凉。就拿夫妻来说吧，原配的、半路的一眼就能看出来，尽管他们从来不说。老两口有一个住进来了，没住进来的那个，如果是原配的，必定天天来探望，有时见了面还会吵上几句，但第二天还会来；如果隔三岔五来探望的，肯定是半路的，前几个月可能还是一周来一回，半年一年之后没准就是半月一月才见上一面，岁数相差大的，就在不知不觉中不照面了。“九久”里头，也有两口子一并住进来的。子女们一般都是间隔开来探视，能够保证天天有人来。如果老两口先走了一位，过来探视的子女变少了，这两口子肯定是半路的。

听着原配夫妻和半路夫妻的那些事，我总会情不自禁地想起赵照的那首歌——《当你老了》。歌中唱道：“当你老了，头发白了，睡意昏沉；当你老了，走不动了，炉火旁打盹，回忆青春。多少人曾经爱你青春欢唱的时辰，爱慕你的美丽，假意或真心。只有一个人还爱你虔诚的灵魂，爱你苍老的脸上的皱纹。”

真是够浪漫的！因为每个人心里都渴望着拥有那一份浪漫，当自己老去的时候，有一个懂你、在乎你的人陪伴着自己，就知足了。

可“九久”的工作人员在讲述完亲历的各类夫妻的那些事后，总会来上这么一句：“人呀，总是这么现实！”

浪漫，大概只能存在于文艺作品之中，是创作者的想象罢了。

那首歌的结尾是这样的歌词：“当我老了，我真希望，这首歌是唱给你的。”这应该是子女唱给父母的。赵照自己也说，《当你老了》这首歌是写给他母亲的。

刘彤和蒋元兰都在不同的场合对我说过，当住在“九久”的老人，身体出现病危的先兆时，在救还是不救的问题上，最终拿决定意见的往往不是老人的家属，而是养老院的高层。

乍听这事，我很惊讶，甚至不敢相信这是真的。

蒋元兰说：“他们内心想不想救，我们一眼就能看出来。有一位95岁的老爷子，本来神智不清楚，但有一天突然变得清楚了，这不正常，其实这就是回光返照。护理员把情况反馈过来，我们第一时间通知了家属。家属来了之后，没说上几句，老爷子就脸发红，气短，浑身出汗，我们见得多了，知道这是心力衰竭的征兆。我对家属说，送医院吧，否则来不及了。老爷子有两儿子一闺女，大儿子说，老爷子生前留下话了，不想浑身插着管子走，要走得有尊严。小儿子指责大儿子见死不救，忤逆不孝。闺女就在一旁干号，没有一点主张。他们争论不下，让我来替他们拿主张。其实呀，他们心里怎么想的，我一清二楚，如果他们真想救，二话不说就叫救护车送医院不就完了，还用得着这么争论不休吗？我对他们说，老爷子这样高寿，全赖你们的一片孝心，你们没什么对不起他的。这把年纪了，现在这种情形，弄不好进了ICU就出不来了。既然老爷子留下话了，我看，你们就随了他的愿吧。他们听了我的劝，把老爷子的后事办得风风光光。”

我无言以对。如果这位95岁的老爷子进了医院，又多活了三月半载的呢？尽管他浑身插满了管子，他的身体和灵魂是很痛苦，但对家人而言是不是得到了一丝丝心理的安慰？毕竟多活了些时候呀！但话又说回来，已经主宰不了自己的老人，身体和灵魂的痛苦又有谁来替他们承受呢？

在采访过程中，有两位老人让我印象深刻。

胡奶奶在"九久"住了快10年了，可以说是"九久"元老级的老人，她见证了"九久"发展的全过程，刘彤认她做"干娘"。

老太太是个苦命的人，嫁了个不学好的男人，这男人为了一个野女人上吊自杀了，留下了一儿一女。为了这两孩子，她决意不再嫁人，又当爹又当妈，含辛茹苦把儿女拉扯大。等他们都成家了，自己也退休了，终于可以安享晚年了，谁想不幸又一次降临到自己身上。女儿结婚没有几年，年纪轻轻就得了帕金森综合征，老太太不得不担负起照顾女儿的责任。后来，老太太自己又中风了，落下了病根，右手不能动，再加上高血糖高血压，自己都顾不过来，哪还有能力照顾女儿。儿子常年在外做生意，很少回家。面对这种家庭境况，老太太干脆把财产分了，一套房子归儿子，每月3000多的工资归女儿，自己揣着微薄的积蓄住进了"九久"。一家人商量好了，儿子负担老母亲的养老费用，女儿负责来养老院探望母亲。

儿子女儿一直配合得很好，每月8号，儿子都会把钱打到"九久"的账户上，女婿隔三岔五地煲了这个汤那个汤，送到"九久"来，让老太太滋补身子。每次见到女婿来了，同一屋的老人和护理员都会说："胡奶奶，您好福气，儿子女儿这么孝顺。"老太太搭讪着，应付地笑笑，要么把话头岔开，要么拄着拐杖出去了。

从2018年下半年开始，老太太的养老费就不那么按时打来了，"九久"这边电话过去催，儿子嘴上答应着立即就打，可还是要耽搁一段时间，甚至出现了连续两个月不打费用过来的情况。"九久"的管理层找老太太询问情况，原来儿子离婚了，生意又不好做，经常钱不凑手。后来，儿子变得越来越不像话，拖欠费用成了家常便饭，甚至到了不接“九久”电话的地步。

老太太是个知趣的人，知道长此以往对“九久”无法交待，总不能白吃白住地赖在这里。有一天，她对刘彤说：“这里我没脸待了，我那讨债鬼不是个东西，房子到手，就不顾我了……”说着，哽咽起来。

刘彤握着老太太的手说：“您是我干娘，天塌了，由我顶着了。您老就把‘九久’当成家吧。”

听了这个故事，打心里钦佩刘彤的仁慈，可是转而一想，又觉得问题严重。出了一个胡奶奶，“九久”可以兜着，如果接二连三地出现这种情况，“九久”还怎么去兜？因为交不起费用，把老人撵出了养老院，传到社会上，可就变成“无良养老院狠心把老人赶出去”一说了，人言可畏呀，养老院还要不要办下去；如果“九久”硬挺着，把交不出费用的老人都接纳下来，养老院那就成了免费的慈善机构，到了这一步，养老院离寿终正寝就为期不远了。真正的是左右不是人！

采访王老爷子时，他在我面前流了三次泪。一旁的护理员说：“老爷子，你又激动了，喝口水缓缓吧。”护理员背着他对我说，王老爷子就是喜欢激动，心里搁不住事，受一点刺激，不是发火就是哭。

是我的采访刺激到他了吗？

王老爷子 85 岁，是位退休教师。“九久”的环境卫生一直很好，闻不到什么老人味。但进了老爷子住的这一层，一股难闻的气味直冲我脑门子。陪着我采访的朱萍告诉我，王老子患前列腺癌，身上挂着尿袋，怎么替他清洗都没有用，身上的味道越来越大了。

我问：“这样的情况，应该住单间，否则太影响他人了。”

“可不是吗？要舍得拿出钱来才行呀。”

一个退休教师的退休金，应该是可以付得起单间的费用的。难道是他的家庭困难？子女需要他贴补？这个疑问，我一直没有说出口。

王老爷子从房间走到大厅来接受采访，却坚持不要护理员扶着。他说："我的情况我自己知道，你们扶着我，反而让我难受。"

他走路的姿态很奇怪，仿佛两腿之间夹着什么，步子一迈开，那夹着的东西就要掉下来似的。我起初以为那东西是尿袋，但是我很快看见，尿袋就挂在他的腰间。我想，那东西也许就是患前列腺癌的痛苦吧。

老爷子很健谈，也很幽默。他瞄了一眼朱萍，说："才来这里时，我特别讨厌你们刘总。"

我惊问："为什么？"

他说："她对人总是一本正经的，开不得玩笑。"

我又问："现在呢？现在还讨厌吗？"

他说："现在是喜欢了，她人好着哩……"突然他抽泣起来。

在场的人与他说了一会儿无关紧要的闲话，他的情绪平复了。我又问："您老几个孩子呀？"

他说："三个儿子一个丫头，都结婚了，又有了四个孙子孙女。"

我说："您真是福气！"

一旁朱萍插话说："老爷子的儿子女儿可有出息了，大儿子是银行行长，还有一个儿子好像是什么院长。"

老爷子接口说："出息，是有出息……"他突然呜咽起来，一旁的护理员赶紧抽了一张面纸递给他，并把面前的茶杯盖子拧开，劝他喝口水。

我还是忍不住问朱萍："老爷子的老伴还在吗？"

谁知老爷子接住了我的话茬："在家好好的。"说到这儿，他又是一阵激动，眼泪鼻涕一起流了下来。

我无法揣测老爷子激动的原因，但知道，采访已经不能够继续下去了。

每次从"九久"采访结束，总有一个问题在我的脑海里盘旋：再过二三十年，这个世界最需要什么样的人才？

其实答案早就有了，只是一直纠结于心，内心不敢正视。大家可能都会认为，再过二三十年，这个世界最需要的人才必定是科学家、艺术家、文学家、思想家，还有技艺超群的工匠。说实在的，一直以来我也是这么认为的。但经历了对“九久”的采访，所见所闻却让我改变了认识。再过二三十年，这个世界尤其是泱泱中华需要的人才应该是训练有素的保姆和护工。

也许，这个观点太过武断，太过悲观，却是我们不得不面对的现实。

按世界卫生组织定义，当一个国家或地区 60 岁以上老年人口占人口总数的 10%，或者 65 岁以上的老年人口占人口总数的 7%，即意味着这个国家或者地区的人口整体处在老龄化的阶段。

智研咨询网发布的《2019—2025 年中国人口老龄化市场研究及发展趋势研究报告》显示，2015 年，我国 60 岁以上人口就已经超过了 2.22 亿人，占总人口的比重达到了 16.15%，预计到 2020 年，老年人口将会突破 2.5 亿元，届时 60 岁以上的人口所占总人口的比重将会达到 17.17%；预计在 2025 年，60 岁以上的人口将会突破 3 亿人，占总人口的比重将突破 20%。可以看出，我国老年人口所占总人口的比重，已经远远超过了国际通用的老龄化标准。

超出“老龄化社会”标准之后，就是进入了“老龄社会”。前面说了，当 65 岁以上的老年人口占总人口的比重达到 7% 时，就是进入了“老龄化社会”，而超过 14% 时就是进入了“老龄社会”。中国在 2005 年时就达到了 7.6%，实际上在 2001 年时就已开始进入了“老龄化社会”。从“老龄化社会”进入“老龄社会”，法国用了 115 年，英国用了 47 年，德国经过了 40 年，而日本只用了 24 年，速度之快非常惊人。我国将于 2024 年至 2026 年前后进入“老龄社会”，速度与日本相同。但问题是，这些率先进入“老龄社会”的都是发达国家，属于“先富后老”，而我国是发展中国家，如此快地进入“老龄社会”，就是“未富先老”。

如果再过二三十年，中国的65岁以上人口比重将肯定超过20%，那时中国就成了“过度老龄社会”国家。

这一天终将会到来！

届时，比重超过20%的65岁以上老人靠谁来照顾？

再过二三十年，65岁以上的老人都是60后、70后。这两代人基本上都是响应国家计划生育号召，生的都是独生子女。二三十年后，这群独生子女的年龄应该在四五十岁，在单位是中坚力量，同时在家里又是顶梁柱，可能要养育2个左右的孩子，还要照顾起码4个老人。随着生活水平的日益提高，这群独生子女的祖父母也可能健在，按健在的2个人计算，这样一对独生子女夫妻，很可能要照顾6个老人。如果6个老人身体没有问题，那么一对夫妻可能咬牙还扛得住；只要6个老人中有1个身体出了问题，这对夫妻就会被家庭的重担压得喘不过气来。一面是工作上的压力，一面是赡养老人的责任，一面是培养孩子的义务，我无法想象，这会是怎么样的一个生存状态。

可能有人会很轻松地说，请两个全职保姆，问题不就解决了吗？确实这是一个可行的路径。还有一个路径就是住进养老院，65岁以上的老人只要有50%住进养老院，那得需要多少护工呀。所以，二三十年后，保姆和护工必定成为刚性的职业。

但是，保姆真的那么好请的吗？一方面是经济原因，就拿现在的65岁以上老人来说，又有多少人的退休金能雇得起全职保姆呢？另一方面就是保姆的职业素质原因。花了1万元买不到1万元的服务，这是我国现行的通病。再说，子女把老人托付一个陌生人照顾，放得下心吗？我们已经习惯于“人防人”的思维，事实上现在的社会也不得不“人防人”。

但是，养老院真的那么好住吗？养老院不是慈善机构，它是有门槛的。由于保险制度的不健全、不完善，像长期护理险等应对老龄社会的普惠制保险还在试点阶段，老人住进养老院产生的费用基本上全部由自己承担，没有足够的退休金是住不起的。有一回在小区陪母亲散步，碰到一个与母亲年龄相仿的老太太，她是失地农民，每月的收入只有700多元，老伴是退休职工，退休金3000多元，老太太身体不好，靠老伴照应她，可老伴也是80多岁的人了，子女又都是厂里的普通工人，经济上指望不上。她对我母亲说："我只希望自己早点走，我走了，老头子就住得起养老院了。"这话听起来倍感凄凉，却是活生生的现实。还有一回在公交车上，遇到一个熟人，他问我正在写什么，我告诉他正在写一部关于养老院的纪实文学。本来，这话题发生我俩之间，不想，好几个同车的老人也插了进来。一个老人说："养老院？咱是厂里退休的，子女不贴，住不起哟。"另一个老人接过话茬："现在住得起的养老院，不是机关事业单位的退休干部，就是些有钱人，咱们普通老百姓想都别想。"听着他们的牢骚，我与熟人赶紧打住了话题。他们说的虽然有些绝对，但代表了很大一部分群体的生存现状。

进入21世纪，最贵的东西就是人工，所以各行各业都在研究人工智能技术，取代劳动力，降低用工成本。可保姆、护工这类职业是人工智能取代不了的，因为他们服务的是人，是一种陪护，除了照顾老人的生活起居外，还有一个重要的服务就是给老人以精神抚慰。老年人的内心都是孤独、寂寞的，因为他们与社会脱节，如果这个老人长期卧床，那么他就真的被社会抛弃了，可能与他接触最多的就是长期照顾他的保姆或者护工。

陪护，陪护，其实"陪"和"护"是两个不完全相同的概念，"护"说白了就是照顾老人的生活，"陪"是陪伴，更多的是精神上的。如果一个保姆、护工拥有高超的"护"的技能，却不能做好"陪"的工作，那么你不是一个合格的保姆、护工。"护"，可以通过职业技能培训培养出来；而"陪"，更多地取决于人的素养和境界。有的人天生就是善良的，有的人与生俱来就带着恶，世上最难之事莫过于改造人的灵魂。打开互联网，时不时就会跳出保姆或者护工虐待老人的新闻。不虐待老人是保姆、护工这一职业的底线，但还有人在突破底线，就因为他们的灵魂中天生带着恶，原本他们并不真心要从事保姆、护工这一职业，但他们没有其他的生存技能，不得已才去“委屈”了自己灵魂中的恶，但时间一长，恶的本性就暴露了。

刘彤说，她每年要拿出很多的精力对护理员进行“心灵塑造”，教他们怎么做人，教他们懂得去爱人，教他们怎么看问题，教他们怎么处理问题。“如果护理员都完成了高中教育，我们管理层就不用这么辛苦了，就可以腾出更多的时间和精力来研究业务的拓展，比如将机构向社区和家庭延伸，现在是心有余而力不足。”她希望高等学府能够开办实用性的护理员专业，为服务老年社会储备人才。

这就是我们面临的现实。

中国保姆、护工的职业化还有很长的路要走。

在完成对“九久”所有的采访后，有一个观念越发清晰起来，那就是“九久”建立起了一套三线城市养老产业的发展模式，这个模式不同于美国、日本等国家，而是我国自己特有的，具有推广的价值。“九久”的运营模式归纳起来有四个明显的特点：一是“九久”的经营者具有一定的情怀，真正想为老人做些实实在在的事；二是“九久”舍得下功夫对职工进行技术培训和精神净化，为他们规划职涯，教他们懂得爱和付出爱，从而在机构、职工、老人三者之间建立彼此依赖的关系；三是“九久”建立起了可操作性的实用管理制度，在机构与职工之间建立起紧密的“契约”关系，构建符合行业实际的管理团队和护理团队；四是当地政府部门较好地发挥了服务功能，在解决“医养融合”等核心问题上，给“九久”指路子、给政策、出经费。这四个方面“九久”真正做起来了，但要在三线城市所有的养老机构全操作起来，说难也难，说不难也不难，关键取决于机构和政府两方面的“真心”和“用心”。

放眼全国，像“九久”这样做得出色的普通老百姓住得起的养老院肯定还有一些，但数量不会很多。据《工人日报》报道，民政部2015年1月数据表明，一半以上的民办养老机构收支只能持平，40%的民办养老机构长年处于亏损状态，能盈利的不足9%。时间过去了4年，但情况并没有根本性的好转，大多数养老机构还是在惨淡经营，最典型的例子就是2019年7月16日，成立刚刚5年、总投资达到6亿元的苏州乐颐养老集团宣告破产。

面对这种现状，从2013年起，国家从不同层面出台了十几个与养老有关的政策性文件，但2016年出台了91号文件《国务院办公厅关于全面放开养老服务市场提升养老服务质量的若干意见》后，后续支持养老产业化发展的政策较少，直至2019年9月，国家发改委印发《普惠养老城企联动专项行动实施方案（2019年修订版）》，由于该文件中“干货”较多，被认为是我国首个系统支持养老产业发展的政策。

曾经民政部的领导问养老企业负责人，希望国家出台哪些支持养老发展的政策，这家养老企业负责人回答：不需要再出台新的政策了，能把现有的政策真正落实到位，我们就感觉非常幸福了。

不得不为这位养老企业负责人竖起大拇指，因为他说了真话、实话。政策在实际落实时打折扣，是我们必须面对的现实。其实，把好的养老政策不打折扣落地，关键就两个字：“心”和“钱”。用了心，花了钱，不愁事情办不成。

2019年11月，中共中央、国务院印发《国家积极应对人口老龄化中长期规划》，近期到2022年，中期到2035年，远期展望至2050年。这份规划是迄今为止我国应对老龄社会真正意义上的顶层设计。要规划从纸上变成现实，关键是狠抓落实。呼吁各级政府制订出具有可操作性的配套政策，核心是加大财政的投入力度，特别是针对失能半失能失智老人要制订特殊政策，尤其是扩大长期护理险覆盖面，让5000万失能半失能失智老人也能过上幸福生活，拥有一个“夕阳红”的晚年。

青春是短暂的，中年总是不期而至，我们终将老去，我们终将成为不能主导自己生活甚至生命的存在。当我们还能做自己主宰的时候，一定要好好珍惜，哪怕卑微到尘埃里，也要在尘埃里开出花来。

耳边又响起那个熟悉的旋律:“当你老了眼眉低垂,灯火昏黄不定;风吹过来你的消息，这就是我心里的歌。当我老了，我真希望，这首歌是唱给你的。”

这首歌说到底是唱给我们每个人自己的!